U0067860

俄羅斯文學中的生命議題

跨越文化的生命觀

劉心華 著

Family Sky 天空數位圖書出版

目錄

壹、序言

當普丁發動俄烏戰爭，雙方交戰如火如荼地推進超過一年有餘，世界普遍受到了嚴厲傷害之際，一般民眾也常會因為這場戰爭對俄羅斯人民、社會及文化產生了負面的觀點，本能性地認為俄羅斯人民及文化就具有侵略性的本質。但實情並不是如此，這可以從反映民族與社會一般實情的文學作品中探索出來。為了讓世人能夠真正瞭解俄羅斯的民情與文化，本書在整理了過去在俄羅斯文學的研究心得，選出七位俄羅斯著名作家的文學作品，讓一般民眾在觀念認知上能夠超越俄烏戰爭的刻版印象，進一步了解俄羅斯的文化底蘊。

俄羅斯文學的特質，自古至今一直以來都是以深刻的思考和情感的表達而著稱。其中最為顯著的議題，就是攸關生命的議題，它一直是俄羅斯文學的核心主題，也貫穿於不同時期和不同作家的作品當中。這些作品反映了俄羅斯社會、政治和文化的變遷，以及作家們對生命、死亡和倫理道德的思考。本書的重點將聚焦於七位具代表性的俄羅斯作家，他們透過自己的作品探討了不同時代、不同視角的生命議題。

一、論托爾斯泰作品對生命價值與死亡的概念

首先來看托爾斯泰的中篇小說《伊凡·伊利奇之死》。在此篇小說中，我們看到了作者對生命與死亡的深刻探

討。作品通過小說的主人公伊凡·伊利奇所經歷的生死歷程，揭示了現實生活中的矛盾、苦難和病痛，以及對死亡產生不同的觀點和態度。這部作品提出關於生命意義的一些問題，進而探討了個人和社會在面對死亡時所面臨的的道德問題和倫理困境。

其次是托爾斯泰的巨著《戰爭與和平》，這是一部世界名著，它透過情節的描述同樣是探討攸關生命和死亡的重要主題。小說是以拿破崙入侵俄羅斯作為背景，透過對該時代背景的描述，展示了戰爭對個人和社會的影響，當然，戰爭必然關係著人的生死，也衝擊著人的生活。作者運用了同處戰爭背景下不同角色的人物，在面對生死的遭遇時，反映出他們在極端環境下所做出的生存與道德之間的選擇。這樣情境的選擇可以看出他們對生命價值的深刻認識，以及呈現出人性的善與惡、愛與恨。然而，人的生存和生活都是多元價值層面的，在此同時，小說也描述了人的愛情和其他的人際關係，在面對生存受到嚴厲挑戰的情境下，人們的行為選擇更能凸顯情感對生命產生的價值。整體來說，托爾斯泰的作品體現了他對倫理和道德的哲學觀以及對人性的深刻關注，這與中國古典哲學有著一些共通之處。例如，他強調了仁愛、道德自律和個人成長的重要性，這些觀念與儒家的思想有著相似之處。這種跨文化的對話豐富了我們對生命議題的體會和理解。

二、杜斯妥也夫斯基的文學作品中二元對立的論述與超越

杜斯妥也夫斯基是一個苦難的思想家，多次處於生死邊緣的掙扎。他的文學作品充分表現了現實生活的生存矛盾，探討了二元對立的情感矛盾以及道德迷思的問題，如善惡、信仰與懷疑、生與死等問題。他通過小說中主人公的內心掙扎，反映生命中道德和精神層面的困境與無奈的選擇。這種二元對立的論述也反映了俄羅斯文學中生命議題的多樣性，更重要的是他引導人們思考二元對立的超越，打破絕對性的價值偏見，回歸於「不二」的融合思想。

三、契訶夫的作品深入探討了十九世紀末俄國女性的議題

生存於傳統社會，性別的角色也凸顯著生命的不同價值及社會座標。俄國文學中的女性角色經常反映了社會地位和性別角色的變遷。深入探討性別議題的典型作家就是契訶夫。在他的作品中，我們看到了那個時代女性的社會性空間和生活經驗，透過對相關情節的深入探討，這些作品反映了十九世紀末期俄國女性議題的演變和變革。

四、巴斯特納克的《齊瓦哥醫生》：亂世下的個人命運

在亂世中，個人命運常常無奈的受到政治和社會的影響。巴斯特納克的《齊瓦哥醫生》通過深刻描述主人公

的遭遇，反映個人處在俄羅斯歷史的動盪時刻，他徘徊在愛情、生命、倫理道德之間的價值掙扎。作品中的人物在極端情況下面對生死抉擇，突顯了生命的脆弱性和道德價值，以及灰暗環境中所呈現出人性價值的光輝。

五、布寧文學作品中的佛學元素：生命的彼岸

在面對生死問題以及攸關生命價值的特殊遭遇或困境時，布寧的生死觀以及對生命的態度，跨越了俄羅斯的文化思維。布寧採取了跨文化的生死觀，親自深入錫蘭及其他佛教世界，從東方哲學及神學的角度探索其生死觀。也因此，關於生死的議題，布寧的文學作品融入了佛學的元素，這在探討生命和靈性議題方面，他提供了獨特的視角。布寧的作品反映了對內在實現和超越的渴望，在他的小說中隱喻著從西方到東方的渡船彼岸，這種跨越文化的生死觀及其相關的主題在俄羅斯文學中也佔了一席之地。

六、俄羅斯流亡作家索忍尼辛的離散情結

索忍尼辛是二十世紀獲得諾貝爾文學獎的俄羅斯作家。他受盡蘇聯集中營對生命的折磨，也從中深刻體會了生命的價值與艱困。然而，在對俄羅斯的民族信仰及傳統價值的堅持上，他卻是一位俄羅斯靈魂的離散者。索忍尼辛一方面既是俄羅斯傳統價值的信仰者，又是極端反對蘇聯共產黨的俄羅斯異議分子；另一方面他雖然受惠於

西方資本主義的人權護衛，但卻也極度反西方資本主義的物質異化。隨著時代的變遷，索忍尼辛心中的俄羅斯價值、文化與社會，在政治硬勢力及文化軟勢力的衝擊下，已不復存在於現實的世界中，他基於俄羅斯傳統價值的生命觀就這樣在現實的世界中離散，其心靈就這樣徘徊於現代化的世道之中，道道地地是一位深受離散情結影響的俄羅斯流亡作家。儘管在蘇聯解體後，索忍尼辛曾風風光光地回到了俄羅斯的實體「祖國」，但是他的「靈魂祖國」卻早已消失在現實的世界，於是離散情節一直鎖住了他在俄羅斯的晚年生涯。

索忍尼辛的生命議題在很大程度上與他的流亡經歷相關。在離開俄羅斯後，索忍尼辛在他的文學作品中探討了流亡、失根、語言、文化認同等議題。他的筆下充滿了對家園的懷念以及對流亡生活的孤獨感。這些情感反映了生命在流亡狀態下的不確定性和困惑，以及對家園和身份的歸屬與深刻思考。

七、阿列克希耶維琪作品中的集體文化記憶：眾聲喧嘩的歷史回憶

阿列克希耶維琪也是俄羅斯文學中一位重要的作家，她的作品常常涉及到集體文化記憶的議題。她的小說以訪問圍繞事件的相關普通人為主，沒有明確的主人公角色，其作品是以一種獨特的書寫方式，超越英雄式或聖

君型態的官式歷史，而是呈現出一般庶民所記憶的俄羅斯歷史和社會變遷。這些作品探討了個人和集體生命的聯繫，以及個體在歷史浪潮中的生存價值。阿列克希耶維琪的作品提醒我們，生命不僅僅是個體的經歷，還是集體文化記憶的一部分，這種記憶在整個國家和民族的歷史中起著重要的作用。

總結來說，俄羅斯文學中的生命議題在個人生命、價值、信仰、流亡、身份認同、集體文化記憶等各方面都表現出豐富的多樣性。這些作家通過自己的作品，讓我們反思生命的複雜性，以及在不同歷史和文化背景下，生命如何被詮釋和理解。這些總合性的生死觀和宇宙觀才是實質形塑一個民族的文化與生命。儘管在歷史的大潮流中，難免會有政治野心家短暫堵住了歷史洪流，溢出而造成了旁系支流，但實質的文化和民族生命所造就的歷史洪流是不會因支流竄行而消失的。本書旨在透過俄羅斯主要作家的思想及其文學作品凸顯一個史實，那就是戰爭的無情和對人類的嚴厲摧殘並不能真正毀滅或徹底扭曲一個民族的文化和生命。普丁發動俄烏戰爭確實是一個野心家的錯誤決策，也造成對世界的極大傷害，但並不表示俄羅斯的文化及民族生命不能容於世界。如果能夠經過讀者們的理解，世界將會更加和諧。

貳、
論托爾斯泰中篇小說「伊凡・伊利奇之死」中死亡的概念

自古以來，死亡一直是人類社會最古老的一個問題，它也是一個永遠猜不透的謎。多少哲學家、文學家都談論過「死亡」這個議題，也對「死亡」所代表的意涵做深入的探討。俄國作家托爾斯泰（Л. Н. Толстой, 1828-1910）在他的創作中，不止一次探討過「死亡」這個議題。其中最具代表性的，就是他的中篇小說「伊凡・伊利奇之死」《Смерть Ивана Ильича》。托爾斯泰將主角從發病到死的過程中，身體與心理所受的煎熬做了詳盡的描述與剖析，發人深省。而托爾斯泰自己個人終其一生都處在靈魂與肉體抗爭的煩惱中，不斷地在哲學與宗教的領域裡尋找生命的價值與人生的意義的解答。這篇小說充分表現了托爾斯泰對世俗人生、生死及宗教的看法。本文將從「伊凡・伊利奇之死」的作品分析切入，進而探討托爾斯泰的生死觀。

一、前言

「生、老、病、死」是人生最重要的四件大事，生命的歷程離不開這四件事的循環。而死亡卻是一般人最不願意談論的事。一則是因為「死亡」代表著人世間的「福報」結束；一則是因為對死亡之後的種種一無所知。自古至今，多少哲學家、文學家都談論過「死亡」這個議題，然而鮮少對「死亡」所代表的意涵做深入的探討。俄國作家托爾斯泰（Л. Н. Толстой, 1828-1910）在他的創作中，不止一次探討過「死亡」這個議題。其中最具代表性的，就是他的中篇小說「伊凡・伊利奇之死」《Смерть Ивана Ильича》（1886）。托爾斯泰將主角從發病到死的過程中，身體與心理所受的煎熬做了詳盡的描述與剖析，發人深省。這篇作品為作者壯年到晚年間（1884-1886）的創作。而作者自己終其一生亦不斷地在哲學與宗教的領域裡尋找生命的價值與人生的意義的解答，直到 1910 年 10 月 28 日，拋棄一切，離家出走。最後於 11 月 7 日病逝於途中的阿斯塔波沃火車站。他的死是否就此為他終生所困擾的問題得到了解答？他的死是不是最終的「解脫」（освобождение）？這是另一個值得研究的主題。然而本文將不探討這個方面的問題。本文僅將探討托爾斯泰中篇小說「伊凡・伊利奇之死」中「死亡」的概念。

二、基督教的死亡觀與托爾斯泰

宇宙自有生物以來，就必須面對死亡的問題。死亡一直是人類社會最古老的一個問題。它也是一個永遠猜不透的謎。自古以來，面對同類的死亡，人類就開始認真地思考死亡的問題。「最初，人類的死亡思考是以原始宗教活動、原始宗教神話、原始宗教藝術和悼念儀式等形式表達出來的。爾後，隨著人類思維能力的提高，社會與科學的進步，於宗教、文學藝術之外，死亡又成了生物學、醫學、心理學、政治學、法律學、倫理學等許多具體科學或精確科學的研究對象。今天，……死亡問題更成了文化的一個焦點。」[1]無論在任何領域，死亡本身都衍生出一些形而上的問題。例如：死亡的必然性與偶然性、死亡的終極性與非終極性、人生的有限性與無限性、生死的排拒性與融合性等等。因此，許多人更把它當成哲學的分支來探討或研究，而出現「死亡哲學」之說。死亡哲學的內容眾說紛紜，見仁見智，但它都涉及到死亡的意義與價值的軸心問題。從相對的觀點而言，「所謂死亡的意義或價值問題，說透了就是一個賦予有限人生以永恆的意義或價值問題，因而歸根到底是一個人生的意義或價值問題。」[2]也就是說不單只是死亡的問題，也必須同時探討生存的問題，即人生意義的問題。

---

1 段德智。《死亡哲學》。台北：鴻葉文庫，1994，頁 3-4。
2 同註 1，頁 6。

從人類歷史發展角度而言，死亡哲學大致經歷了四個階段。段德智在他的《死亡哲學》一書中認為，死亡哲學是隨著人類歷史時代的演進在動態發展中進行的。第一個階段是古代奴隸制時代「死亡的詫異」，也就是死亡哲學的起始發展階段。在這個階段裡，人類用自然的眼光審視死亡，討論死亡本性的問題。第二個階段是中世紀時期的「死亡的渴望」階段。在這個階段裡，人類不再用自然的眼光，而是用宗教的或神的眼光看待死亡，把死亡看作是人實現永生，回歸到神中的必要途徑。因而把對死後天國生活的渴望轉嫁到對死亡的渴望上。第三個階段是近代資本主義社會時代的「死亡的漠視」階段。在這個階段裡，人類不再用神的眼光而用人的眼光去看待死亡，視厭惡死亡為人的天性，重視在世的生活，現實的人生問題。第四個階段是當代的「死亡的直面」階段。這一階段要求人不要漠視或迴避死亡問題，面對著死亡去積極地思考人生和籌劃人生。[3]

俄國十九世紀大文豪列夫・托爾斯泰曾好幾次在他的作品中探討了死的問題。對托氏而言，他終其一生都處在與靈魂、與肉體抗爭的煩惱中。1869 年托爾斯泰曾經歷了一生中精神上最大的危機期。他開始反省人生的目的及意義為何？面對死亡的恐懼和生命的無常，他開始陷入了難以自拔的精神危機。在他的「阿爾札瑪斯的恐

---

[3] 同註 1，頁 10-20。

怖」文中的一段敘述，我們可以看到托氏對死亡恐懼的描述。1869 年 8 月末，托爾斯泰到平札省去看一塊地。中途在阿爾札瑪斯城裡過夜，寄宿在一所小宅子裡。他躺在一張沙發上睡著了。不多久他突然醒過來，屋子裡一片漆黑。他想再睡，卻始終睡不著。他問自己：「我為什麼要到這裡來？我要到什麼地方去？我在逃避什麼東西？並且到那裡去？我在逃避一種可怕的東西，可是我又跑不動。我的腦子始終是清醒的，我折磨自己。我是他，我始終在那裡。平札省也好，任何其他地方的產業也好，都不會給我增加一點東西。我厭惡我自己，我受不了，我折磨我自己。我想睡，我想忘記——我不能躲開我自己。」他走到廊子裡去，希望能逃掉那個折磨他的東西。然而他追上來，把一切都給掩蔽了。他問自己：「這愚蠢算什麼呢？我擔心著什麼？我害怕什麼？」死的聲音道：「我，在這兒！」托爾斯泰恐怖地跟這個幻影掙扎。可是死趕走了他的睡眠。這使他的心靈中充滿了寂滅的思想，以及一切他所愛的人和物完全消失的思想。他禱告，閉上眼睛，可是幻影仍然在折磨他。後來他只好喚醒僕人，離開那個宅子。[4]從此以後，托爾斯泰不斷地用一些問題折磨自己：什麼是生活的意義？何謂善惡？以及關於信仰及和上帝的種種問題。也可說托爾斯泰從死的恐懼開始積極地對人生意義展開反思。對他而言，過去貴族生活的種種都是

4 劉亞丁。《十九世紀俄國之學史綱》。四川：四川大學出版社，1989.9，頁 224。

謊言，婚姻、事業，乃至創作，一切都變得虛無飄渺，毫無意義。他開始把注意力放在「死」，及死前該如何生活的問題。後來，雖然向科學、哲學、藝術等方面尋求解答，卻無法獲得圓滿的答案，時時開始有尋短的念頭。最後他轉向了宗教，從宗教中獲得啟示，展開新的人生。

托爾斯泰在自己的回憶錄中提到三十五歲前影響自己最大的書目。其中《聖經》中的〈約瑟夫的故事〉，及《新約》的〈福音書〉中的登山訓眾都給他莫大的影響。我們可以說他的思維受基督教，尤其是中世紀的基督教的影響非常大。

一般認為中紀紀始於西元五世紀末，西羅馬帝國滅亡，到十七紀中葉英國資產階級革命爆發為止。在這段時期，基督教神學具有無上的權威。因此，對死亡問題的回答也必須從基督教中尋求解答，這種獨佔情形長達一千年，可謂影響西方人的思想既深且鉅。

基督教對死亡的回答，主要是《新約》對死亡的回答。「在耶穌基督中復活」是對人生最主要的解答，「其主要目標在於引發世人對死亡和天國的渴望心理，把為上帝而死和過天國生活看作他們自己的至上善舉和最終歸宿。[5]

[5] 同註 1，頁 119。

耶穌基督的死亡及最後的復活在《新約》中有著多方面的意義，也是極重要的一部分。耶穌可以死而復活，代表了人亦可以死而復活。而如何才能像耶穌一樣死而復生，如何才能永生才是關鍵的問題。在基督教的觀點中，人的軀體及靈魂都是有罪的；他最後必將朽壞。因為人是亞當的後裔，具有貪吃禁果的「原罪」，所以，人終將一死。這個死全因一人亞當而來。但是人如何能死而復活，能得救，全靠「上帝的恩惠」。只要我們真心誠意信仰上帝，依靠祂，相信耶穌死後復活，便能脫離罪和死的定律，而得永生。[6]

耶穌何以能死而復活，重點在於他的無私、無慾的奉獻精神。因為他替眾人死，替眾人贖罪。最後才能再次復活（不僅是靈魂復活，肉體也得到復活），而得永生。人也是一樣的，人死要怎樣復活？重點在於「為主捨命」，要捨得捨棄自己的利益，甚至於生命，而跟隨上帝，才能得到恩典，才能獲得永生。[7]因此，人的死亡到了基督教裡，已不再是一件可怕的事，也非一切的終止。而是一件渴望的事，因為人必須死，必須放棄世俗的享樂與福報，追隨上帝，追求不朽的「聖靈」，才能進入天國，而得永生。托爾斯泰的宗教思想，受基督教的影響極深。我們可以從他的創作，看到他對人生、俗世、死亡、上帝等等的

6 《新約》，〈歌林多後書〉第 1 章第 9-12 節。
7 《新約》，〈歌林多後書〉第 15 章第 35-36 節。

看法。他的肉體與精神一直不斷地在「世俗的福報」與「聖靈的追求」間掙扎。

三、「伊凡・伊利奇之死」的作品分析

托爾斯泰在五十八歲時完成了中篇小說「伊凡・伊利奇之死」的傑作。這部作品主要描述法官伊凡・伊利奇在事業到達巔峰時，突然罹患絕症，然後一步步邁向死亡的心理過程。作者以寫實的手法，刻劃死亡冷酷的陰影，以及主角面對死亡的恐懼和他在臨死前心理的掙扎與對自己一生的反思。作者觀察入微，刻劃細膩，寫作手段已到了出神入化的境界，無怪乎被世界公認為死亡文學中巔峰之作。法國作家羅曼羅蘭（Roman Rolland, 1866-1944）將這部小說喻為「激動法國民眾最劇烈的俄國作品之一」。[8]連平日最不關心藝術的人對這部作品也受到極大的感動。「因為這部作品是以駭人的寫實手腕，描寫這些中等人物中的一個典型。盡職的公務員，沒有宗教，沒有理想，差不多也沒有思想，埋沒在他的職務中，在他的機械生活中，直到臨死時，才懍然發覺自己虛度了一生。伊凡・伊利奇是 1880 年代末歐洲中產階級的代表，他們讀著左拉（Emile Zola）的作品，聽著撒拉・裴娜（Sarah Bernhardt）的演唱，毫無信仰，甚至也不是非宗教者：因為他們既不願費心去信仰，也不願費心去不信仰——他們從來不想

[8] 羅曼羅蘭著，傅雷譯。《托爾斯泰傳》。台北：臺灣商務印書館，1966.8，頁 119。

這些。」[9]法國作家莫泊桑讀完這部小說後認為自己的全部事業都毫無意義，自己十大卷大作品都一文不值。由此可見這部作品的藝術及哲學價值。

這部作品的大致內容是這樣的。一個俄國典型的官僚代表伊凡·伊利奇（Иван Ильич）是個工作認真，與人相處融洽，性格也極為開朗的一個人。自法律學校畢業後，進入了官場。他處理公務都「遵守一定的規則」，履行「一切必要的手續」。他不是一個貪官污吏，因為進退得體，頗得「身居高位的人的讚許」。不僅處理公務如此，在私生活的世界裡，他也是表現得十分得體。他尋歡作樂總是「不失體面」。甚至於對於自己的婚姻，也非出自愛情，而是抱持著因為「那些身居高位的人認為這樣做是對的觀念」。[10]於是他就與一個「出身貴族家庭，又是一個可愛、美麗和完全正派的女人結婚了」。[11]

最初的婚姻生活還算美滿，但是妻子懷孕後，兩人之間就開始有了一些不愉快和爭吵。後來夫妻的感情日漸惡化，因此，伊凡·伊利奇就將生活重心轉到了公務上，全心追求功名利祿。就在伊凡·伊利奇仕途達到顛峰時，

---

9 同上註。

10 *Иван Ильич женился по своим соображениям:...... и вместе с тем делал то, что наивыше поставленные люди считали правильным.* Толстой, Л.Н. <Смерть Ивана Ильича>,《Повести и рассказы》. Москва: Художественная литература, 1978, с.86.

11 Там же, с.86.

突然生病了。他為了這個病求助醫生，遍嚐百藥，病情卻不得好轉，且不斷惡化下去。他受盡折磨，並且清楚地感覺到死亡不斷地向他接近。但是周圍的同事、朋友、親屬卻對他的命運漠不關心。這時他開始回過頭來看自己汲汲營營的一生，終於徹悟，原來過去的生活是多麼無意義和無價值，但是生命已經到了盡頭。

這部作品道盡了一個凡夫俗子的全盤生活，既無宗教亦無理想，終日生活在職務和機械式的生活中，平凡地活著，最後平凡地死去。他是所有中產階級的代表。作品中沒有戲劇化的情節，在托爾斯泰淡淡的字裡行間，刻劃了一個凡夫俗子一生的架構，手法可謂到達了「登峰造極」的境界。整部作品在結構上大致分為三個部分：伊凡的同僚（官吏）對他過逝的看法；伊凡的太太對先生死亡的看法；伊凡在病前與病後對生命與死亡的看法。

對伊凡的同僚而言，伊凡之死代表著自身官位的晉陞與職務上的加薪。「甚至於讓所有聞訊的人產生一種慶幸感：死的是他，而不是我。」[12]他們對於弔問死者家屬的禮儀感到是必要而無聊的。他們唯一關心的是今晚的牌局。伊凡的死對他們而言，絲毫不會影響到自己生活的步調，也就是說一般人對他的死漠不關心。

---

[12] *Самый факт смерти близкого знакомого вызвал во всех, узнавших про неё, как всегда, чувство радости о том, что умёр он, а не я.* Там же, с.75.

對死者的遺孀——伊凡的太太而言，丈夫的死，眼前最重要的是如何向國庫領取撫恤金等問題。在人前她不得不裝得極度悲傷，但事實上，極欲從伊凡的同僚打聽，能否向國庫撈到更多的錢。「她裝模作樣地似乎在徵求彼得·伊凡諾維奇關於撫恤金的意見，但是他看出來，連最微末的細則她都知道了，甚至他不知道的事她也瞭如指掌：她已經知道，由於丈夫去世，她可以從國庫撈到什麼的種種規定；但是現在她想要打聽的是，能否想個辦法撈到更多的錢。」[13]

再來看看伊凡·伊利奇的一生。我們可以分為病前與病後兩個階段。全篇小說的第二章與第三章說明了伊凡像平凡的一般人一樣，自少年起就立志追求上流社會的名與利。他並不是一個喜好阿諛奉承的人，「但他從少年時代起，恰如蒼蠅喜愛光亮一樣，就惟上流社會身居最高地位的人馬首是瞻，亦步亦趨地學習他們的一舉一動，他們對生活的見解，並跟他們建立起友好的關係」。[14]年輕時偶而有些荒唐之舉，但也都能適可而止，「在高年級，

---

[13] *Она сделал вид, что спрашивает у Петра Ивановича совета о пенсионе; но он видел, что она уже знает до мельчайших подробностей и то, чего он не знал: всё то, что можно вытянуть от казны по случаю этой смерти; но что ей хотелось узнать, нельзя ли как-нибудь вытянуть ещё побольше денег.* Там же, с.80.

[14] *Но у него с самых молодых лет было то, что он, как муха к свету, тянулся к наивысше поставленным в свете людям, усвоивал себе их приемы, их взгляды на жизнь и с ними устанавливал дружеские отношения.* Там же,с.82.

也染上一些自由思想，但是這一切都在一定的限度之內……」。[15]「在法律學校的時候，他做過一些事先他就認為是十分卑鄙下流的行為，……但是後來，他看到那些身高位的人也做過這些事，而且他們並不認為這些行為是壞的，因此他不僅轉而承認這些行為是好的，而且把過去的所作所為忘得一乾二淨，即使想起它們，也毫無痛心之感」。[16]從上述這一段，我們可以看到現實的社會就像一個大染缸，隨著年齡的增長，伊凡正一點一點拋去生命中最真實的東西與價值。

伊凡・伊利奇從法律學校畢業後，一路飛黃騰達，就算有點小挫折，也能迎刃而解。最後當上高等法院審判委員，並獲得五千盧布年俸。可說在官場與金錢上達到人生的最高峰。

至於他的婚姻生活也是徒具形式。伊凡在上流社會的社交圈認識了自己的妻子普拉斯科維婭（Прасковья Федоровна Михель）。她是一位嫵媚動人、非常聰明、才貌出眾的姑娘；更何況出身名門，還薄有資產。因此，為

---

15 *В высших классах-либеральности, но всё в известных пределах,......* Там же, с.82.

16 *Были в Правоведении совершены им поступки, которые прежде представлялись ему большими гадостями.......; но впоследствии, увидать, что поступки эти были совершаемы и высоко стоящими людьми и не считались ими дурными, он не то что признал их хорошими, но совершенно забыл их и нисколько не огорчался воспоминаниями о них.* Там же, с.82.

何不結婚呢？「如果說伊凡·伊利奇所以結婚是因為愛上了他的未婚妻，並且發現她贊同他的人生觀的話，那就錯了。……伊凡·伊利奇所以結婚是出於兩層考慮：他擁有這樣一位妻子，乃是為自己做了一快事，與此同時，他所以這樣做，乃是因為那些身居最高地位的人認為這樣做是對的。」[17]

一開始的時候婚姻生活還算美滿，但後來夫妻就開始為一些生活上的小事情而爭吵。後來孩子接二連三的出世，妻子變得嘮叨、愛發脾氣，兩人關係漸形惡化，婚姻生活的不美滿，致使伊凡·伊利奇將全心放在功名利祿上。婚姻也變得像公務一樣，只保持外在的形式與體面。

小說到了第四章開始轉折，就在伊凡·伊利奇的事業到達頂峰，搬進了新公寓、新裝潢，一家開始享受舒適的生活時，他突然生病了。第四章與第五章主要談到伊凡·伊利奇病發後，生活周遭的變化。他開始到處求醫問診，認真服藥，飲食起居亦有所節制，但是一切卻於事無補，他的健康狀況並未好轉。由於身體狀況惡化，他的情緒也經常失控，夫妻經常吵架，他的家人、同僚也絲毫不關心，無法體會他的恐懼。

---

[17] *Иван Ильич женился по обоим соображениям: он делал приятное для себя, приобретая такую жену, и вместе с тем делал то, что наивысше поставленные люди считали правильным.* Там же, с.86.

從第六章開始，托爾斯泰開始對伊凡・伊利奇面對自己即將死亡的事實，展開一連串深入的心靈描繪。伊凡開始接受人都要死的定律。努力擺脫死亡的陰影，伊凡周遭人與他的互動，他的內心世界交織在小說的第六章到第八章的字裡行間，構成一幅另人印象深刻的圖畫。

「伊凡・伊利奇在基澤書特的《邏輯》中所學到的那個三段論法的例子：卡伊是人，人都要死的，所以卡伊也要死，這個例子他畢生都認為是對的，但僅僅適用於卡伊，而絕不適用於他。」[18]人都要死，對伊凡而言是心裡有數的，但是在他心中卻毫無此種感覺。現在這件事居然成為事實，他無法理解。「他無法理解，於是就極力驅除這個想法，認為這是一種虛妄的、不正確的、病態的想法，並且極力用另一些正確的健康的想法把它們擠走。但是這一想法不僅是想法，而且似乎就是現實，它又來了，佇立在他的面前。」[19]

---

[18] *Том пример силлогизма, которому он учился в логике Кизеветера: Кай —человек, люди смертны, —казался ему во всю его жизнь правильным только по отношению к Каю, но ни как нек нему.* Там же, с.105.

[19] *И он не мог понять и старался отогнать эту мысль, как ложную, неправильную, болезненную, и вытеснить её другими, правильными, здоровыми мыслями. Но мысль эта, не только мысль, но как будто действительность, приходила опять и становилась перед ним.* Там же, с.106.

伊凡開始用公務來取代「死」不斷在他腦海裡出現的想法。但是當他在審理案件時，「他肋下的疼痛毫不理會審案的進程，開始隱隱作痛起來。伊凡・伊利奇注視著，極力不去想它，但是它卻在繼續作祟，它又來了，佇立在他面前，瞧著他……，他又開始問自己：『難道只有它才是真實的嗎』」？[20]

死亡像揮不去的影子跟隨著他，他擺脫不了，恐懼但又無法解決。至於他周遭的人，無論是他的妻子、兒女、還是他的佣人、朋友、同事，甚至於他自己都了解到別人對他的最大興趣僅僅在於他是否能很快地出缺，將自己的位子讓出來，使活著的人擺脫因他的存在而產生的麻煩，而他自己也可以從痛苦中解脫出來。沒有一個人可憐他，沒有一個人同情他的處境，了解他的想法。他終於了解周圍的虛偽，是多麼令人痛恨，他希望能夠像受傷的孩子一樣得到愛撫，但是存在於他周圍及存在於他自身之中的虛偽卻戰勝了一切，他無法擺脫世俗及他畢生信奉的「體面」。

在小說的第九章與第十章裡，伊凡・伊利奇開始回憶過去，認真地去思考他這一生的目的及意義。「他對上帝

---

20 *Но вдруг в середине боль в боку, не обращая никакого внимания на период развития дела, начинала своё сосущее дело. Иван Ильич прислушивался, отгонял мысль о ней, но она продолжала своё, и она приходила и становилась прямо перед ним и смотрела на него, ..., и он начинал опять спрашивать себя: 《Неужели только она правда?》* Там же, с.106.

說：『你做這一切是為了什麼？你幹什麼要把我帶到人間來呢？你為什麼、為什麼要這麼可怕地折磨我呢……』」？[21]他開始用心去傾聽自己內心的聲音，他要心情舒暢，精神愉快地活下去。但是他自己又問：「像你過去那樣活下去，心情舒暢、精神愉快嗎？」[22]於是他逐一回想起他的愉快生活中的最美好的時光。然而，他一生似乎在目前看來沒有任何美好的時光，在童年時代，有一些事情是愉快的。但是，「離童年越遠，離現在越近，那些歡樂也就變得越渺小、越可疑。在法律學校倒還有某些確實美好的東西：那裡有歡娛、那裡有友誼、那裡有希望。但是到了高年級，這些美好的時光就少起來了。然後是在省長身邊第一次供職的時候，……以後美好的東西又少了點，越往後越少」。[23]

「結婚……於是驟然出現了失望，妻子嘴裡的氣味、肉慾和裝模作樣！還有那死氣沈沈的公務，還有那位金錢的操心，就這樣一年、兩年、十年、二十年——永遠是

---

[21] 《*Зачем ты всё это сделал? Зачем привёл меня сюда? За что, за что так ужасно мучаешь меня?......*》Там же, с.118.

[22] — Как ты жил прежде, хорошо и приятно? Там же, с.118.

[23] *И чем дальше от детства, чем ближе к настоящему, тем ничтожнее и сомнительнее были радости. Начиналось это с Правоведения. Там было ещё кое-что истинно хорошее: там было веселье, там была дружба, там были надежды. Но в высших классах уже были реже эти хорошие минуты. Потом, во время первой службы у губунатора, ... Далее ещё меньше хорошего, и что дальше, то меньше.* Там же, сс.118-119.

這一套。而且越鬥後越變得死氣沈沈。恰如我在一天天走下坡路，卻自以為在步步高升。過去的情形就是如此。在大家看來，我在步步高升，可是生命卻緊跟著在我的腳下一步步溜走了……終於萬事皆休……」。[24]

這一段深刻的內心描寫，正是大師托爾斯泰最卓越之處。他道盡了千古以來一個普通人汲汲營營的一生，以及面對死亡時憤憤不平的內心的自然反應。以後的日子，伊凡·伊利奇就在可怕的孤獨中，只靠回憶往事過日子。過去的種種，一幕幕呈現在眼前。

小說近尾聲時，托爾斯泰又回到了對伊凡·伊利奇周遭的描寫，以及死前的懺悔。他意識到過去的一切都錯了，一切都是個大騙局。在臨終前，伊凡·伊利奇領了聖餐，卻赫然發現，後悔為時已晚。他開始接受死亡，擁抱死亡。「他在尋找他過去對於死的習慣的恐懼，可是沒有找到它。它在那裡？死是怎樣的？任何恐懼都沒有，因為死也沒有了。取代死的是一片光明。『原來是這麼回事

---

24 *Женитьба...... так начаянно, и разочарования, и запах изо рта жены, и чувственность, притворство! И эта мертвая служба, и эти заботы о деньгах, и так год, и два, и десять, и двадцать — и всё то же. И что дальше, то мертвее. Точно равномерно я шёл под гору, воображая, что идут на гору. Так и было. В общественном мнении я шёл на гору, и ровно настолько из-под меня уходила жизнь...... И вот готово, умирай!* Там же, с.119.

啊！』他突然說出聲來。『多麼快樂啊』」！[25]最後他兩腿一伸，死了，小說也到此結束。

四、托爾斯泰作品中之生死觀

一般而言，作品反映了一個作家的思維與人生哲學。托爾斯泰在一生中有過一個重要的思想轉變期。在痛苦思索人生的意義、生命的無常與死亡的意涵等問題後，托爾斯泰轉向了宗教，回歸到原始的基督教。他漸漸地建立了自己獨特的思想體系，他從純藝術創作的文學家，走向了探索人生意義的宗教家、哲學家。而事實上對生與死問題的探討，在早期的作品中就可以察覺到蛛絲馬跡。例如，《戰爭與和平》」中的安德烈公爵不只一認地體會面臨死亡的滋味。「在他受傷以後過著孤獨、半昏迷狀態的生活的時刻，他越深入地思考那他得到啟示的永恆的愛的原則，他就越不自覺地摒棄那塵世的生活，愛一切東西，愛一切人，永遠為了愛而犧牲自我，那就意味著誰也不愛，不過塵世的生活」。[26]如果以本文之前所揭示「死亡哲

[25] *Он искал своего прежнего привычного страха смерти и не находил его. Где она? Какая смерть? Страха никакого не было, потому что и смерти не было. Вместо смерти был свет. ─Так вот что!　─вдрг вслух проговорил он.　─Какая радость!* Там же, с.125.

[26] *Чем больше он, в те часы страдальческого уединения и полубреда, которые он провел после своей раны, вдумывался в новое, открытое ему начало вечной любви, тем более он, сам*

學」的四個歷史階段來歸類，托爾斯泰的死亡觀偏向中世紀的基督教神學。從渴望死亡到擁抱死亡，努力擺脫俗世的虛妄，追隨性靈的上帝，才能獲得永生。

廿世紀俄蘇文學作家伊凡・布寧（Иван Бунин 1870-1953）對托爾斯泰非常崇拜。僑居國外之後，大量閱讀了當時發表的有關托爾斯泰的回憶錄和文章，並對托氏的思想有了一番更深入、更徹底的了解。在他的《托爾斯泰的解脫》（Освобождение Толстого）一書中不只一次談到托氏的「死亡觀」。

現世中人類的生活是何等的虛無啊。他說：「空間、時間、原因都是思維的形式，生命的實質超乎這些形式以外；不僅如此，我們的整個生命是越來越屈從於這些形式，然後再從這些形式中解脫……我們的最高使命是準備迎接死亡。……要時刻準備死，學習更好的死」。[27]

為什麼渴望死？為何唾棄現世中世俗所謂的福報？托爾斯泰終其一生痛恨世俗的虛偽與造作；他犧牲所有，供奉真理；他捨棄幸福、友誼、愛情、金錢、爵祿，最後

не чувствуя того, отрекался от земной жизни. Всё, все любить, всегда жертвовать собой для любви, значило никого не любить, значило не жить этою земною жизнию. Толстой, Л.Н.《Война и мир》. Москва: Художественная литература, 1978,Том 4ый, с.486.

27 布寧著，陳馥譯。《托爾斯泰的解脫》。遼寧：遼寧教育出版社，2000，頁 1。

還獻上了自己的生命，可以說一生遭遇、作為與思想都是一個令人難以瞭解的謎。

不只在中晚期作品「伊凡・伊利奇之死」的小說裡，對於世俗的種種都抱持著否定與批判的語調，就是在稍早的作品「戰爭與和平」的長篇小說裡，也對現實的人生抱持著消極的態度。例如：對婚姻生活的描述。女主角娜塔莎（Наташа）是一個熱情、善良的女子，由於她年輕、無知，在未婚夫離家半年期間，忍不住誘惑，違背道德，幾乎誤入歧途，將一生毀滅。所幸她知道反省，才沒鑄成大錯，終結果還是獲得了美滿的婚姻。但是在尾聲中娜塔莎失去了早年少女的光輝，她生兒育女，操持家務，體態變得豐滿，精神生活變得貧乏了。連托爾斯泰自己也直說：在這位豐滿的夫人身上「看不見心靈了」。在托爾斯泰所揭露的是：再完美的事物也有盡頭，道盡了人世間各種形形色色事物的無常。

因此，伊凡・伊利奇的婚姻生活和托氏本人一樣，開始還算美滿。夫妻恩愛、新傢俱、新餐具、新床新被，直到妻子懷孕都很好。可是之後，夫妻就開始為一些小事爭吵，彼此傷害對方。而托爾斯泰自己在三十四歲（1862 年）娶蘇菲亞・安德烈耶夫娜（Софья Андреевна）為妻。此後十五年，專心家庭生活，大致可稱幸福，得子女十三人，並大力經營家產世業，欣欣向榮，這段幸福的婚姻期，創作了「戰爭與和平」與「安娜・卡列尼娜」兩部巨著。撰寫「戰爭與和平」期間是托爾斯泰婚姻美滿的時刻，但是字裡行間，仍透露對所謂「美滿」婚姻的質疑。

在他經歷了思想的轉變期後，主張摒棄墮落的現代基督教，回歸貫徹四海皆同胞觀念的原始基督教，主張過著標榜勤勞、素食、禁酒、禁煙的簡易生活後，離世俗的價值標準與生活模式更遠了。夫妻之間開始有了嫌隙，雙方經常為了財產與著作權的問題發生齟齬，托爾斯泰甚至於好幾次都想以離家出走來解決家庭生活的矛盾，最後終於逃離家庭，踏上流浪之旅。但不幸地，最後患病，病逝於阿斯塔波沃小車站。在「伊凡．伊利奇之死」的小說中，伊凡與妻子的爭吵，明顯地反映了托氏個人的婚姻生活遭遇。婚姻的美滿並不能維持永恆，它是會變質的。

除此之外，人世間的榮華又是什麼？「戰爭與和平」中，在奧斯特利茨戰役前夕，安德烈公爵曾想到：「我的上帝！叫我怎麼辦呢？除了榮譽、受人尊敬之外，我什麼都不愛。父親、妹妹、妻子、我的這些最珍貴的人，只要我能得到片刻的榮譽，出人頭地，能得到我不認識的人們的愛戴，我可以把他們全部割捨」。[28]

---

[28] *Боже мой! Что же мне делать, ежели я ничего не люблю, как только славу, любовь людскую. Смерть, раны, потеря семьи, ничто мне не страшно. И как ни дороги, ни милы мне многие люди —отец, сестра, жена, —самые дорогие мне люди, — но, как ни страшно и ни неестественно это кажется, я всех их*

但是當他負傷倒地仰面躺在奧斯特里茲的原野上時，所有的榮耀都消失了。「他想道：多麼安靜，多麼和平，多麼莊嚴，一點不像我這樣跑，不像我們這樣跑，這樣喊，這樣打，……那些崇高的雲團滑過那崇高的無限的天空的樣子是多麼不同啊！我怎麼先前未看見那個崇高的天空呢？我終於發現了它，我是多麼快活啊！是的，除了那無限的天空外，一切都是空的，一切都是假的。除了那個外，一無所有，一無所有。不過連那個也不存在了，除了安靜與和平外，沒有別的，感謝上帝」！[29]

對於入世生活諸相的看法，托爾斯泰問：「我是什麼？為什麼要有我」？「物質和空間、時間和運動把我，把一切活物與整體的上帝分開。「我越來越不理解物質世界，可是越來越意識到那不能去理解而只能去意識的東

отдам сейчас за минуту славы, торжества над людьми, за любовь к себе людей, которых я не знаю и не буду знать, за любовь вот этих людей. Толстой, Л.Н.《Война и мир》. Москва: Художественная литература, 1978,Том 4ый, сс.337-338.

29 *Над ним не было ничего уже, кроме неба, —высокого неба, не ясного, но всё-таки неизмеримо высокого, с тихо ползущими по нём серыми облаками.《Как тихо, спокойно и торжественно, совсем не так, как мы бежал, кричали и дрались; совсем не так, как с озлобленными и испуганными лицами тащили друг друга банник француз и артиллерист, —совсем не так ползут облака по этому высокому, бесконечному небу. Как же я не видал прежде этого высокого неба? И как я счастлив, что узнал его наконец. Да! всё пустое, всё обман, кроме этого бесконечного неба. Ничего, Ничего нет, кроме его. Но и того даже нет, ничего нет, кроме тишины, успокоения. И слава богу!* Там же, с.358.

西」。「那麼人類又怎樣？我不知道。我只知道，聚合的規律並不是人必須遵守的」。「個體是妨礙我的靈魂與一切（上帝）融合的東西」。「肉體呢？為什麼要有肉體？為什麼要有空間、時間、因果」？[30]

現實世界的諸多象是入世的，是自私的、是利己的、是貧婪地。而在回歸的路上，佔有的貪慾終止了，付出的渴望越來越強，於是人的覺悟，人的生命就與「同一生命」，與「同一性的我」逐漸融合，人的靈魂的存在便開始了。[31]

伊凡・伊利奇最後終於了解了這一點。在生命最終的三天裡，他在死亡的黑洞裡掙扎（托爾斯泰的象徵手法），最後看到光明，這時他恍然大悟，原來他的一生都錯了，他對兒子與妻子萌發了憐憫與愛，他不再怕死亡了，從而真正得到解脫。

對於托爾斯泰，伊凡・伊利奇或是安德烈公爵而言，一切事業和勞碌、一切財富和榮譽都是虛空。解脫在於剝去靈魂的物質的外衣，使暫時的我與永恆的我合一。因此，追隨上帝，才能得永生。「你們要進窄門。因為引到滅亡，那門是寬的，路是大的，進去的人也多。引到永生，那門是窄的，路是小的，找著的人也少」。[32]

---

[30] 同註 27，頁 10。

[31] 同註 27，頁 13。

[32] 《馬太福音》第七章。

五、結論

「怕死」是人的天性，人類對於無法掌握的東西與事物，都會覺得不安與憂慮，而死亡是最難去了解與預測的。因為自古以來，沒有實際的證明死後的經驗。一般人之所以恐懼死亡，除了對死後去向的無知外，更因為看到了死亡降臨前，常伴隨著衰老、疾病、痛苦等等現象。因此，人開始去思索一些與死亡有關的問題。其中包括了探討人生的意義為何的問題。而隨著時代的演進，對死亡的研究漸漸形成為一門獨立的學門。另外，也衍生出四種對死亡抱持態度：對死亡的恐懼（詫異）、對死亡的渴望、對死亡的漠視與正面去思考死亡等問題的四個階段。

在研究死亡的議題上，俄國作家托爾斯泰不只一次地在他的創作中觸及死亡的相關議題。其中最具代表性的，便是他晚期的作品「伊凡・伊利奇之死」。小說中的主角從死亡的恐懼開始了對人生意義的反思，最後終於悔悟、覺醒，進而勇敢面對死亡。作品充分反映了托爾斯泰的思想，作者曾經面對死亡，他開始深思過去關於生活的種種謊言，在事實上、婚姻上，乃至文學創作的種種成就都變得虛無飄渺，毫無意義。就好像小說中的主人翁伊凡・伊利奇一樣。當面臨死亡時，回憶過去的種種，一切名利、快樂、人生追求的目標都變得虛假與無意義。

托爾斯泰終其一生，為探索生命的意義，而經常陷入內心的掙扎與思想轉變的痛苦。他在蘇格拉底、叔本華、所羅門和釋迦牟的經典與思想裡尋找答案。從他們那裡，認知到沒有落入塵世的人是幸福的，死比生好。由於他性格上真誠率直的天性及追求真理的執著，他開始在各種宗教上尋找答案。然而他發現教會與信教的人大部分是虛偽的，因而主張回歸原始基督教，進而發展出自己的宗教信念。在新的宗教信念的基礎上建立自己的生活方式。他棄絕貴族地主的生活方式，放棄自己的財產。另外，他從俄國農民的身上找到自己對人生的註解：人只有去勞動、去生活，才能有切實的信仰，生活才過得充實，才能更接近上帝。這個答案，在「伊凡·伊利奇之死」中的農民格拉西姆（Герасим）身上找到了印證。然而為何只有農民與勞動的人才能更接近上帝？在這點上，小說中並無多做詮釋。表現出俄羅斯文化中獨特的非理性與神秘的色彩。然而，對待現實的人生而言，托爾斯泰偏向於消極的悲觀主義，人生是何等的無常，一切功名利祿最後終將化為塵土，因此渴望死亡、擁抱死亡，掙脫肉身的形式，追隨性靈的上帝，才能得到永生。也許像傳道者、像佛陀一樣，托爾斯泰這一類的人生下來就注定要「破產」，他們的一切事業和勞碌、一切的財產和榮耀，都是虛空，最後塵歸塵，土歸土。人又何嘗不是這樣，人要真正看透生死，看透人世間的諸象，才能真正面對生命。

參考文獻

1. 段德智。《死亡哲學》。台北：洪葉文庫，1994。
2. 劉亞丁。《十九世紀俄國之學史綱》。四川：四川大學出版社，1989.9。
3. 羅曼羅蘭著，傅雷譯。《托爾斯泰傳》。台北：臺灣商務印書館，1966.8。
4. 布寧著，陳馥譯。《托爾斯泰的解脫》。遼寧：遼寧教育出版社，2000.1。
5. Isaiah Berlin著，彭淮棟譯。《俄國思想家》。台北：聯經出版社，1987.6。
6. 臧仲倫等譯。《托爾斯泰中短篇小說選》。北京：人民文學出版社，1997。
7. 列夫・托爾斯泰著，劉遼逸譯。《列夫・托爾斯泰文集》，第八卷。北京：人民文學出版社。
8. Nabokov Vladimir. *Lectures on Russian Literature*. London: Pan Books, 1983.
9. Толстой, Л.Н. *Смерть Ивана Ильича*, «Повести и рассказы». Москва: Художественная литература, 1978.
10. Толстой, Л.Н. «Война и мир», Москва: Художественная литература, 1978.

叁、
論《戰爭與和平》中之生與死

《戰爭與和平》是托爾斯泰1863-69年創作的文學巨著。作品以四個豪族的主要成員在戰爭與和平環境中的命運、糾葛與心靈成長為主線，牽引出俄國當時的社會背景與生活風貌，從貴族到普通老百姓，從將領到士兵，從首都到外地，從都市到鄉村，從貴族的歌舞昇平到戰爭的殘酷，描寫了各色各樣人物的面貌與內心，描寫了各個階層的思想與情緒，也揭露了許多重大的社會議題。著作中也觸及了許多「善與惡」、「生與死」、「歷史宿命論」等哲學主題。本論文擬從「安德烈公爵的生與死」、「皮埃爾伯爵的重生」、「俄羅斯與法國拿破崙殊死決戰」三個面向來探討作品中「生與死」主題的實質內涵。另外，本論文亦將探索托爾斯泰對現世生活、生與死、人生意義與宿命論等問題的觀點。

一、前言

「生、老、病、死」是人生最重要的、也是最嚴肅的四件大事，生命的歷程離不開這四件事的循環。而死亡卻是一般人最避諱而不願意談論的事，一則是因為「死亡」代表著人世間的「福報」結束；另一則是因為對死亡之後的種種一無所知。自古以來，沒有科學能提出死後的實際經驗。一般人之所以恐懼死亡，除了對死後去向的無知外，更因為看到死亡降臨之前，常伴隨著衰老、疾病、痛苦等現象，如果根據歷史性外延的經驗，對死亡的恐懼也就不難理解了。因此，智者開始去思考一些與死亡有關的問題，其中包括了探討人生的意義為何的問題。

俄國十九世紀文學家列夫·托爾斯泰（Л. Н. Толстой, 1828-1910）在他將近五十歲時，獲得了多數人夢寐以求的東西，可以說達到了人生的顛峰，包括幸福的家庭，國際的聲譽及成就，加上本身又是大地主與貴族的身份，使他不僅享有財富，並享有崇高的社會地位。但五十歲且富有的他，對死亡的困擾當然會比一般人更為敏感，這種情境也自然地迫使他更需要去探究人生意義的問題。他在《我的告白》一書中對死亡的恐懼做了詳盡的描述，「死亡」的問題使他的精神曾經一度陷入極大的危機。[1]當他面對「死亡」的問題時，貴族生活、名譽、財富、婚姻、

[1] Lev Tolstoy. *My Confession.* New York: Arms Press, 1968, p.26.

事業，乃至於創作，一切都顯得虛無飄渺，毫無意義。從此以後，「人生的意義是什麼？」就成為他主要關注與探索的對象與目標。1886 年，他完成了探討「生與死」主題最代表性的著作《伊凡・伊利奇之死》（*Смерть Ивана Ильича*）。在書中，托爾斯泰將主角從發病到死亡的過程，身體與心理所受的煎熬做了詳盡的描述與剖析，發人深省；這一部著作可以說是探討「死亡哲學」的代表作。然而，追溯托爾斯泰的創作歷程，吾人不難發現，在探討「生與死」為主題的作品之中，最令人稱道的作品之一就是他的歷史巨著《戰爭與和平》。

《戰爭與和平》以 1812 年俄法戰爭為背景，以俄國人民對抗法國拿破崙進攻的衛國戰爭為中心，反映了 1805 年至 1820 年間的重要歷史事件，如，俄奧聯軍與拿破崙軍隊在奧斯特里茨會戰（Аустерлицкое сражение）、法軍入侵俄國、鮑羅狄諾會戰（Бородинское сражение）、莫斯科大火、拿破崙軍隊的潰敗、1825 年十二月黨人事件前夕等。小說的主軸以保爾康斯基（Болконский）、羅斯托夫（Ростов）、別祖霍夫（Безухов）、庫拉金（Курагин）四個豪族的主要成員在戰爭與和平環境中的命運、糾葛與心靈成長為主線，牽引出俄國當時的社會背景與生活風貌，從貴族到普通老百姓，從將領到士兵，從首都到外地，從都市到鄉村，從貴族的歌舞昇平到戰爭的殘酷，描寫了各色各樣人物的面貌與內心，描寫了各個階層的思想與情緒，也揭露了許多重大的社會議題與歷史觀點，可說是俄國偉大的一部歷史巨著。著作中也觸及許多哲學問題：「善與惡」、「生與死」等。尤其是涉及「生死」與「人生意義」的議題，托爾斯泰在作品中多處藉由故事的人物與情節，表達了他的觀點，可以說托爾斯泰早期的作品已觸及類似晚期作品的主題。本論文擬以他的早期作品《戰爭與和平》為素材，探討書中涉及「生與死」與「人生意義」的哲學問題。

二、《戰爭與和平》中「生與死」主題的探討

《戰爭與和平》書中共二十多處談到「生與死」的主題。如第一卷第一部第 18-20 章談到別祖霍夫伯爵的死及行終敷禮的情形。第一卷第二部第 8 章談到戰爭中的死亡。第一卷第三部第 16 章安德烈公爵在奧斯特里茨會戰負傷，仰望天空的遐想及第 19 章安德烈負傷躺在普拉岑高地，聽到拿破崙的談話，想到拿破崙以及生和死的問題。第二卷第二部第 9 章安德烈安爵之妻麗莎之死。第三卷第二部第 8 章保爾康斯基公爵之死。第三卷第二部第 24 章安德烈公爵在鮑羅金諾會戰時有關死的想法。第 36 章安德烈公爵受傷。第四卷第一部第 16 章安德烈公爵之死等等。以下將藉書中三個主要人物的情節發展為例，探討作品中有關「生與死」主題的哲學意涵。

2.1 安德烈公爵的死與永生

《戰爭與和平》一書中最關鍵的部份之一就是安德烈公爵（Князь Андрей）在鮑羅金諾會戰時的負傷與之後在瀕臨生死邊緣的情形。書中這一段情景與結果留給了讀者許多問題，「為何安德烈公爵在鮑羅金諾會戰時要留在後備補給隊伍，不像第一次在奧斯特里茨會戰中一樣加入直接的戰鬥，奮勇殺敵，表現十足的愛國情操？」「為何安德烈公爵在榴彈旁邊不跳開，本能地救自己的性命？」「安德烈公爵重傷在救護站碰到自己的敵人阿納托里（Анатоль）時，是什麼樣的想法佔據他的思緒，讓他原諒阿納托里？」安德烈公爵死前的深思與對生命的體認正是全書的一個重點，值得進一步去瞭解。

小說中描寫安德烈是一個「中等身材英俊的青年，相貌清秀而冷峻。」[2]他對上流社會虛偽的交際十分反感，「就連看他們一眼，聽他們說話，都覺得乏味。」[3]小說開始時，安德烈正經歷著人生的苦悶期，新婚不久，夫人麗莎年輕、漂亮，對他一往情深，又有了身孕。而作為宮廷的武官，他大有遠大的前程在等著他，他大可躊躇滿志，坐享其成。可是他卻老是一付憂鬱、冷漠的面孔。對位婚姻，彼得堡的男男女女，他都感到不滿、厭煩。他對

---

[2] Л. Толстой. *Война и мир*. Москва: худолжественная литература, 1978, т.1, ч.1, гл.3, с.18.

[3] Там же.

好友皮埃爾說：「絕對不要結婚，我的朋友！…等到有一天你老了，完全不中用了，再結婚…要不你就會失去一切美好和高尚的東西。你的全部精力都會耗費在瑣碎的小事上。…你要是對自己的前途還抱有希望，那麼一結婚，就什麼都完了，你哪兒也去不了，除了客廳以外，而在客廳裡你就會變成宮廷侍僕和白痴一類的貨色…。」[4]他承認自己的妻子是個賢慧的女人，但是「現在要是能讓我做個沒有妻室的男人，我情願付出任何代價。」[5]因為安德烈覺得「跟女人拴在一起，你就會像個戴著鐐銬的囚犯，完全喪失自由，你的一切希望和力量只會使你苦惱，只會使你感到悔恨。客廳、談天、舞會、虛榮、瑣事－這一切都形成無法衝破的魔圈。」[6]「在安娜・含勒家裡大家都聽我講，這批人都很無聊，可是我的妻子離開他們就不能過日子。這些女人…你真不知道這些所謂正派女人，或者說所有的女人，是些什麼貨！我父親說得對：自私自利、愛慕虛榮、愚昧無知、一文不值－這就是女人的真面目。」[7]

安德烈公爵的內心反映出托爾斯泰本人對世俗極其厭惡的態度，在托氏的其他作品中亦有類似對世俗生活抱持否定態度的描述。安德烈代表著一種人，冷眼旁觀世界，自己以為高高在上，洞悉人世，永遠帶著輕蔑的眼光

---

[4] т.1, ч.1, гл.6, с.31.
[5] Там же.
[6] т.1, ч.1, гл.6, с.31-32.
[7] Там же.

由上往下看世俗的種種，自己以為比別人清醒，比別人高尚，但卻無法擺脫世俗生活，了解自己人生目的與生存意義。因此，安德烈決定拋棄妻兒，追求自己的事業，如同他的偶像拿破崙一樣，要有自己的「土倫」[8]，要在戰場上建功立業。他毅然地奔向歐洲前線，做了總司令庫圖佐夫的副官。

在前線的日子，忙碌使他忘記了心靈的那份不安。這段日子是他積極人生的高峰，他在大本營和副官及將軍們討論戰局和作戰方案，謁見了奧圖皇帝，他親自到第一線去下達命令，觀察狀況。在奧斯特里茨會戰前，他想到了「死」，「一想到死，一連串最久遠和最親切的往事就突然湧上腦海。他想起最後一次和父親與妻子的別離；他想起最初和妻子戀愛的日子；想起她的懷孕，他不禁為她難過，也為自己難過。」[9]但是，他又想到可以建功，可以大顯身手，「即使我要榮譽，要出名，要得到人家的愛，那也不算什麼錯。我就有這樣的願望，就有這樣的願望，我活著就是要達到這個目的。…可是，天啊！如果我不愛別的，我只愛榮譽，只要得人家的愛，那又有什麼辦法！犧牲、負傷、家破人亡，我什麼也不怕。儘管我愛許多人－父親、妹妹、妻子，愛我最親的親人，但說來也怪，為了片刻的榮譽，為了戰勝敵人，為了獲得我根本不認識的

---

8 1793 年法國共和黨人進攻土倫，拿破崙在這裡初露頭角，大顯身手。

9 т.1, ч.3, гл.12, с.244.

人們的愛，我會毫不猶豫拋下自己的親人。」[10]托爾斯泰在此處給了安德烈公爵一個人生意義虛幻的假象－「榮譽」。

然而，事與願違。到了第二天在奧斯特里茨的原野上，俄奧聯軍大敗，安德烈正想建立個人功勳的時刻，卻被一個小小的法國兵在他的頭上敲了一下，他即負傷倒地，仰面躺在奧斯特里茨原野上，他的頭腦異常清醒，在他的眼前除了高邈的天空飄著幾片灰雲外，什麼也沒有。他體會到「多麼寧靜，多麼安詳，多麼莊嚴，一點不像我那樣奔跑…不像我們那樣奔跑、叫嚷、搏鬥，一點不像法國兵和砲兵那樣現出憤怒和恐懼的神色，爭奪砲膛刷。－雲朵在無邊無際的高空中始終從容不迫地飄翔著。我以前怎麼沒見過這高邈的天空？如今我終於看見它了，我是多麼幸福！是啊！除了這無邊無際的天空，一切都是空的，一切都是假的。除了天空，什麼也沒有，什麼也沒有。但就連天空也不存在，存在的只有寧靜，只有安詳。讚美上帝！…。」[11]托爾斯泰在此處安排安德烈忘記個人的虛榮，他把天空、造物者與地面、奔跑的人及拿破崙做了強烈的對比，拿破崙的功績在世俗的觀點看來是何等的偉大，何等的英雄人物。然而，「他心目中的英雄，此刻，與他的心靈和浮雲飄飛的穹蒼之間所發生的一切比

---

[10] т.1, ч.3, гл.12, с.244-245.
[11] т.1, ч.3, гл.16, с.258.

起來，他覺得拿破崙十分渺小，微不足道。」[12]這時，他對生命有了新的理解。拿破崙這個懷著庸俗虛榮心和勝利歡樂的英雄比起公正、仁慈的天空竟然如此低微、渺小。瀕臨死亡使安德烈產生了一些嚴肅而壯麗的想法。「和這種想法比起來，一切都顯得渺小和無聊。安德烈公爵望著拿破崙的眼睛想：偉大其實毫無價值，生命（誰也無法理解它的意義）也毫無價值，而死亡（活人中誰也無法理解它的意義，無法加以解釋）更是毫無價值。」[13]安德烈此刻看破功名，事業和精神高峰跌入谷底，但仍無法瞭解生命的意義為何？因此，托爾斯泰在後面的章節裡安排安德烈必需經歷更多肉體與心靈的苦痛。

爾後，妻子麗莎（Лиза）為他生下一子，撒手而去。安德烈看著死去的妻子，回想起生前對她的刻薄與冷淡，心中十分內疚。從此心灰意冷，無心於功名、國家，回到童山，過著像他父親隱居的生活，對生命抱持消極無為的態度。在小說第二卷第二部第 11-12 章安德烈與皮埃爾在渡船上談論人生目的，可以說安德烈進入人生的大低潮，「我知道人生有兩大真正的不幸：悔恨和疾病。沒有這兩種不幸就是幸福。為自己生活，避免這兩種不幸，這就是我現在的全部人生哲學。」[14]愛別人、自我犧牲、上帝、

---

12 т.1, ч.3, гл.19, с.268.
13 т.1, ч.3, гл.19, с.269.
14 т.2, ч.2, гл.11, с.351.

來生對安德烈而言都是無意義的，他只求「不妨礙任何人，過完這一生。」[15]

托爾斯泰在第二卷第三部第一章用老橡樹（дуб）象徵安德烈的消極心境。1809 年安德烈公爵去視察梁贊莊園，路過與皮埃爾談話的渡口時，看到路邊矗立著陰沈、醜陋、頑固的老橡樹。托爾斯泰描寫這棵橡樹，「它像一個蒼老、憤怒和高傲的怪物，伸出不對稱、難看的手臂和手指，矗立在笑臉迎人的樺樹中間。只有它不受春意的蠱惑，不歡迎春天，不想見陽光。」[16]而安德烈此刻的心境正像老橡樹一樣，消沉、死寂。「是的，這棵橡樹是對的，永遠是對的，讓年輕人去受騙上當吧，我們可懂得生活，我們的生活已經完了！」[17]橡樹又勾起安德烈消極、悲愴的想法，此刻雖生猶死，他得出安於現狀的消極結論，覺得此生無需再開創，只要不作惡，不憂慮，擺脫慾望，享盡天年就行了。

然而，與娜塔莎的偶遇，娜塔莎與宋尼雅的夜談，又使他對生命燃起了一線火光。安德烈在回程的路上老橡樹的轉變又給了他新的啟示。「老橡樹完全變了樣，展開蒼綠多汁的華蓋，在夕陽下輕輕搖曳。如今生著節瘤的手指，身上的疤痕，老年的悲哀和疑慮，一切都不見了。從粗糙的百年老樹皮裡，沒有長出枝條，卻長出許多鮮嫩的

---

15 Там же.

16 т.2, ч.3, гл.1, с.384.

17 Там же.

新葉，使人無法相信這樣的老樹又會披滿綠葉。」[18]安德烈心裡湧起了一股難以名狀的春天的喜悅和萬象更新的感覺，「我心裡有什麼感覺，只有我自己知道是不夠的，應該讓人人都知道…我活著不能只為我自己，也不能讓大家都像那個姑娘似地不關心我的存在，我的生命要在大家身上反映出來，要使大家都和我一起生活！」[19]安德烈從積極用世走到消極無為，又走回積極用世，重回彼得堡任職。

然而，生命的意義到底是什麼？托爾斯泰安排了未婚妻娜塔莎（Наташа）的背叛，使安德烈亦無法在愛情中找到寄託，又對生命與人生感到憤憤不平，心灰意懶。在鮑羅狄諾會戰的前夕，他與皮埃爾的談話，內心只有恨，「法國人毀了我的家，現在又要來摧毀莫斯科，他們一直在侮辱我，他們是我的敵人，照我看來，他們都是罪人…應該把他們殺死。…」[20]法國人該死，阿納托里也該死，背叛他的人都該死。安德烈在會戰前的憤怒與對人生的不解，讓他相對地想到「死亡」。在鮑羅狄諾會戰的前夕，他生平第一次具體、明確、單純而恐懼地想到他可能死去，然後就像人死前感應到死亡的預兆，托爾斯泰讓安德烈去看自己過去的一生，他覺得生活就像一具幻燈機，一張張的圖片閃過眼前。「對，對，這些就是使我激動、

[18] т.2, ч.3, гл.3, с.386-387.
[19] Там же.
[20] т.3, ч.2, гл.25, с.154.

使我心醉、使我痛苦的幻象，他自言自語，在頭腦裡翻閱著生活的幻燈的主要圖片。…瞧，這些畫得很差的圖片，一度曾顯得那麼美麗和神祕。榮譽、社會地位、對女人的愛情、祖國－這些圖片我以前認為多麼重要，具有多麼深遠的意義啊！可是這一切，在那個為我而來臨的早晨的冰冷白光照耀下，又顯得多麼簡單、蒼白和粗糙！」[21]在這裡，令我們想起《伊凡．伊利奇之死》在死前也有一段對過去自己一生片片斷斷的回憶。這兩段回憶對世俗生活的種種都有著排斥的態度，托爾斯泰常在作品裡刻意地藉由作品中的人物，表達世俗人生所追求的財富、名望、愛情、事業都是毫無意義而虛幻的。同樣地，安德烈公爵此刻已看透人生的虛幻與無常。

然而，為何榴彈在身邊，伏臥在地上的副官叫安德烈公爵「臥倒」時，他卻站著猶豫不決，不能本能地跳開或臥倒？是因為一貫的貴族驕傲作風(當時他對伏臥在地上的副官說：「可恥，軍官先生！」[22]，或者是消極聽天由命的思想佔據了他？托爾斯泰究竟要表達什麼？在榴彈爆炸的一瞬間，安德烈一直在生與死的邊緣交戰，「我不能死，我不想死，我愛生活，我愛這草、這土地、這空氣…他想，同時想起大家都在望著他。」[23]然而，另一個思想又佔據他「那裡會怎麼？這裡又有什麼呢？為什麼我那

---

[21] т.3, ч.2, гл.24, с.150.
[22] т.3, ч.2, гл.36, с.190.
[23] Там же.

麼捨不得放棄生命？生命裡有些東西我過去不理解，現在還不理解。」[24]

根據俄國文學批評家 В. Коломаев 的觀點，他認為托爾斯泰並不喜歡主角安德烈公爵在奧斯特里茨會戰時拾起軍旗，口喊著「烏拉」，奔向敵軍的角色，而在小說的最後對於驕傲的安德烈給予最殘酷、最反常的懲罰。不僅受盡肉體受傷的折磨（拖了很長一段時間，才死去。），精神上亦受「未知的精神力量」（невероятная духовная сила）所煎熬。[25]

然而，托爾斯泰安排安德烈公爵不抵抗而負傷，然後漸漸死去，並非只要懲罰主角的驕傲。那麼托爾斯泰究竟要表達什麼？也就是全書想揭示的另一個主題－「不以暴力抗惡」。

安德烈公爵在會戰時與俄軍密集的隊伍集結在謝苗諾夫村和土崗（семенёовский и курган）後面，面對法國的軍隊，拿破崙看到俄國人的堅毅與自我犧牲，儘管法國砲兵猛烈的攻擊，俄國人沒有撤退一步，這種強大的精神力量使得拿破崙第一次感到恐懼。也就是這種「未知的精神力量」擊潰了拿破崙的進攻。

---

24 т.3, ч.2, гл.36, с.191.

25 Елена Полтавец, “Нерешённый, висячий вопрос.... Почему погиб Андрей Болконский”, http://lit.lseptember.ru/articlef/php?ID=200202904

這種精神力量包括了在不抵抗主義中自我犧牲的精神，也就是托爾斯泰思想中的「不以暴力抗惡」精神。[26] 因此，安德烈在戰場上並沒有從榴彈的旁邊跳開，他表現出如同基督徒或佛教徒自我犧牲的精神。因為自我犧牲的精神力中沒有驕傲，沒有暴力，只有謙遜與順從。和平「мир」與謙遜「смирение」是同根字，只有謙遜、順從才能戰勝武力、戰爭。托爾斯泰認為，「最高的精神永遠和完全的謙遜是合而為一的。」（1905 年 5 月 5 日日記）因此，安德烈公爵在托爾斯筆下必須死，他必須堅持不抗惡的原則到最後，所以不從榴彈旁邊跳開。也只有不抵抗，沒有任何的暴力，安德烈公爵才能原諒他的敵人阿納托里。在救護站，安德烈遇到被截肢的阿納托里，他已沒有恨，他終於體會到基督的大愛。安德烈公爵再也忍不住，他為別人、為自己、為別人和自己的迷誤流出了同情和愛的淚水。「同情、博愛、戀愛、對恨我們的人的愛、對敵人的愛，對了，這就是上帝在世界上宣揚的愛，就是瑪莉亞（他的胞妹）教給我的愛，可是我一直不理解；對了，就是因為這個緣故我愛惜生命。要是我還能活下去，這就是我心中剩下的唯一的感情。但現在已經晚了。這一點我知道！」[27]

爾後，托爾斯泰安排安德烈公爵有一段很長的時間陷入瀕臨生與死的邊緣，他原諒了娜塔莎，既然了解了基

---

26 劉心華。〈托爾斯泰倫理思想與中國古典哲學〉。《俄語學報》（2003）。台北：國立政治大學俄國語文學系，頁 223-240。

27 т.3, ч.2, гл.37, с.193.

督自我犧牲的精神與大愛，剩下的就是放棄對人生的依戀，克服對死亡的恐懼。他知道自己要死，而且感覺到正在死去，他有一種超脫塵世、輕鬆愉快的奇異感覺，他以前害怕生命結束，如今已不再有這樣的感覺了。「在他負傷後處於孤獨和半昏迷狀態時，他越深入思考那向他啟示的永恆的愛，他就越摒棄塵世的生活。愛世間萬物，愛一切人，永遠為了愛而自我犧牲，那就是說不愛那個具體的人，不過塵世的生活。他越領會這種愛的精神，就越摒棄塵世生活，越徹底消除那不存在愛的生死之間的鴻溝。他第一次想到死的時候，他對自己說：死就死吧，死了更好。」[28]

就像《伊凡．伊利奇之死》中「光」象徵死亡的來臨，在此處，托爾斯泰用「門」象徵死亡的來臨。安德烈做了一個有關「關門」的夢，他想去關門，把門鎖上，但兩腿不聽使喚，他拼命使出全力，感到魂飛魄散，而它－「死亡」就在門外，當他死命抵住門，那個叫人毛骨悚然的東西在門外使勁向門裡推，眼看著就要破門而入。最後，他使盡力氣也沒有用，兩扇門被無聲地打開了，死神走進來了，安德烈公爵死了。但是，在死去的一瞬間，他了解到死就是覺醒，他的心靈豁然開朗了。「他覺得內心被束縛的力量獲得了解放，身上那種奇妙的輕鬆感也不再消失。」[29]托爾斯泰在這兩篇作品中描寫死前的一剎那都有

---

[28] т.4, ч.1, гл.16, с.340-341.
[29] т.4, ч.1, гл.16, с.342-343.

其類似性，垂死的人，除了掙扎與死神對抗外，在死亡降臨時，終於能掙脫肉體的束縛（肉體死亡），而精神得到永生。有關「生與死」與「肉體與永生」這一方面的問題，將在本文第三節詳細探討。

2.2 皮埃爾伯爵的重生

皮埃爾・別祖霍夫伯爵（граф Пьер Безухов）是一個外柔內剛的理想主義者。他的內在剛毅表現在對理想的執著上。在《戰爭與和平》一書中，他的經歷一直是理想與現實的衝突。皮埃爾的理念：共和主義、民權平等、言論自由等法國革命的理想，在俄國傳統文化的專制主義、神秘主義的對照下，是顯得那樣的格格不入。他代表的是西方的異質文化，勢必與俄國的傳統文化發生衝突與對抗。可笑的是俄國貴族階層的男男女女，穿的是法國式樣的服裝，吃的是法國餐，說的是法文，看的是法國歌劇，這種處處以法國時尚為楷模的大眾卻對皮埃爾宣揚的法國的玩意兒，有一種類似生理本能的反感。更諷刺的是，皮埃爾承襲了法國的理想主義者，卻面對法國拿破崙的入侵，而後來更成為法軍的俘虜。

托爾斯泰安排皮埃爾追尋自我人生意義與目的時，遭遇兩次重大的改變，第一次是加入「共濟會」（Масонство）秘密組織；第二次是在戰俘營從農民普拉東・卡拉塔耶夫（Платон Каратаев）的身上得到的啟示。

在加入「共濟會」組織之前，皮埃爾經歷人生的低潮，因為猜忌妻子海倫（Элен）和陶洛霍夫（Долохов）的關係，和陶洛霍夫決鬥，致使後者負傷，與妻子爭吵，致使他逃離眾人。在前往彼得堡的路上，在托爾日克驛站，內心理性的良知開始問他「什麼是惡？什麼是善？什麼該愛？什麼該恨？活著為了什麼？我是什麼人？什麼叫生，什麼叫死？是什麼力量在支配一切？」[30]他想到死，但死也很可怕。在驛站遇到「共濟會」會員巴茲杰耶夫（О.А. Баздеев），令他印象深刻。

加入「共濟會」，代表著他與過去沈淪、驕奢淫逸與放縱的生活告別。過去活著為自己，結果反而毀了自己的生活。今後，他將努力為別人而生活，為別人服務來肯定人生的目標。他慷慨解囊，對來者有求必應，在基輔莊園，實施解放農奴計劃，以為慷慨施捨，為農奴建學校、醫院、孤兒院，免除農奴的勞役就是行善，就是人生的目的。但他不知道，「人們向他獻上麵包和鹽並在那裡修建聖彼得和聖保羅側祭壇的地方，…早就由村裡的富農就是來見他的代表修建好了，而村裡十分之九的農民卻一貧如洗。他不知道，根據他的命令哺乳期婦女不服勞役，但她們在自己的田地上卻因此擔負起更繁重的勞動。他不知道，那個手拿十字架迎接他的神父強行向農民苛捐雜稅，強迫農民含淚送子弟去給他當學生，然後又要花很多錢才能

---

30 т.2, ч.2, гл.1, с.320.

把他們贖回來。他不知道，…所謂減輕勞役只是嘴上說說罷了。他不知道，管家從帳簿上指給他看，遵照他的意旨田租減少了三分之一，而勞役卻增加了二分之一。」[31]皮埃爾的天真與對理想的執著促使他又將自己的法國理想帶進徒具形式的共濟會，卻遭到會友的譴責，他的理想又再一次受到現實的衝擊。從此熱情減退，轉入內心的探索。

在第二卷第三部第八章記錄了皮埃爾的日記，談到他與巴茲杰耶夫的談話與體會，是他精神世界重要的啟蒙。巴茲杰耶夫要他緊抓「自我完善和淨化」的宗旨，才能不受環境的影響。在亂世中要「第一，自知，因為人只有通過比較才能認識自己；第二，自我完善，只有經過奮鬥才能自我完善；第三，達到主要的德行－視死如歸。生活的變化無常最能顯示它的空虛，增強我們天生對死亡或重生的愛。」[32]托爾斯泰是這樣描寫巴茲杰耶夫的，「巴茲杰耶夫生活貧因，患痛苦的膀胱病已有兩年多。從來沒有聽到他的呻吟或怨言，他從早晨到深夜，除了吃最簡單的飯食外，一直在做學問。」[33]「巴茲杰耶夫儘肉體上很痛苦，但從不厭倦生活，同時又愛死亡，儘管他內心純潔高尚，對死亡也沒有充分準備。」[34]托爾斯泰在這裡藉由

---

[31] т.2, ч.2, гл.10, с.348-349.
[32] т.2, ч.3, гл.8, с.400.
[33] Там же.
[34] Там же.

皮埃爾描述巴茲杰耶夫形象，表達了他倫理觀，人最主要的就是「淨化和完善自己」。這也就是皮埃爾重生的第一步。

就在熱衷於修心養性後一陣子，安德烈公爵與娜塔莎訂婚和恩師巴茲杰耶夫去世又讓他覺得生活失去重心，只剩下一個空架子。風頭十足的妻子，彼得堡的上流社會與徒具形式的公務又讓他對生活感到灰心，重新出入俱樂部，又縱酒狂飲，又過著荒唐消極的生活。但是他不再像過去那樣有失望、憂鬱和厭世的時刻，但是「人生的意義究竟為何？」又像病魔一樣在內心發作。托爾斯泰寫道，「他（皮埃爾）具有許多人，特別是俄羅斯人所具有的可悲能力：看到並相信善和惡真是存在的，但同時對生活中的邪惡和虛偽又看得太清楚，因此無法認真地參與生活。在他看來，任何活動都和邪惡與欺騙聯繫在一起。不論他要做個怎樣的人，不論他從事什麼活動，邪惡和虛偽總是與他為敵，堵塞他的一切道路。然而他總得活下去，總得做點事情。這些無法解決的人生問題使他太痛苦，因此他一有機會就尋歡作樂，以便忘記這些問題。」[35]皮埃爾的內心代表了十九世紀俄國知識份子的良心，理想與現實的衝突及對現狀的無力感。

對現狀的無力感迫使皮埃爾開始行動，在拿破崙自西向東進攻俄羅斯時，他找到了行動的著力點。他決定刺

---

[35] т.2, ч.5, гл.1, с.491-492.

殺拿破崙，天真的他認為《啟示錄》賦予他建立偉大績業的使命，殺一人可救全體人。他毅然奔向鮑羅金諾會戰前線，體驗了戰火，看到了死亡與戰爭的殘忍。當他驚惶地回到莫扎依斯克，在旅店過夜。作了一場夢（托爾斯泰寫作的慣用技巧，藉由作夢引申一些哲學意涵），夢又讓他對人生進一步了解。他內心有個聲音對他說，「純樸就是服從上帝，而人是離不開上帝，他們（指的是夢中的陶洛霍夫、聶斯維茨基、杰尼索夫等人，在夢中他們神色樸素、善良、剛毅，從四面八方圍著恩師巴茲杰耶夫）是純樸的。他們不說，只做（他們都加入衛國戰鬥）。開口是銀，閉口是金。人一怕死，就一無所有。人不怕死，就擁有一切。如果沒有痛苦，人就不知道自己的局限性，就不能認識自己，最困難的是如何把這些思想套在一起。」[36]但是就在一瞬間他醒了，仍然無法理解夢中的啟示。為了擺脫妻子與生活中錯綜複雜的糾葛，他決定離家出走。爾後，在大家從莫斯科撤退時，他選擇了留在莫斯科等待機會刺殺拿破崙。因為比起那些捍衛家園的「他們」，他覺得自己是卑微、虛偽的。他必需加入全民保衛莫斯科的戰鬥。然而，命運卻安排他在街頭搶救一個孩子時被法國巡邏兵拘捕。在俘虜營裡他經歷了生死的考驗，在親眼看見士兵被迫進行可怕屠殺之後，「他心目中，對世界的完美、人類的良心和自己的靈魂以及對上帝的信仰，全部破滅了。」[37]諷刺的是，他深信的法國共和政體、民權平等、

---

[36] т.3, ч.3, гл.9, с.219-220.

[37] т.4, ч.1, гл.12, с.329.

理性主義竟是如此的殘酷、無人性，整個世界崩潰，變成一堆廢墟，他無力恢復對人生的信心。

但就在他歷練了死亡，理想破滅之際，托爾斯泰安排他遇見了農民普拉東·卡拉塔耶夫，一個十足東方文化代表的人物。托爾斯泰是這樣描寫普拉東的，「他整個形象是圓的，頭是滾圓的，背、胸、肩都是圓的，就連他那雙隨時準備擁抱什麼的雙手都是圓的，他那愉快的笑臉是圓的，還有他那雙溫和的栗色大眼睛也是圓的。」[38]托爾斯泰更將普拉東形容成善良的圓圓的俄羅斯人的典型。「他的臉雖有細小的皺紋，但神情天真無邪。他的聲音悅耳動聽。他說話的特點是直率和自然。他顯然不考慮他說過什麼和將要說什麼，正因為如此，他那迅速而誠懇的語調具有一種不容反駁的說服力。」[39]

普拉東當了俘虜後，留長鬍子，拋棄了強加在他身上的當兵規矩，恢復了原先農民的、老百姓的生活習慣。他什麼都會做，做的不好也不壞。他烤麵包、燒菜、縫衣服、刨木頭、補靴子，總是忙個不停。他不願談當兵的生活，也不訴苦，他的話裡充滿了俗語、民間格言，這種格言本身沒有多大意義，但用得恰當卻意義深長。例如：「受苦一時，活命一世。」，「人有千算，逃不了上帝裁判。」，「討飯也罷，坐牢也罷，永遠別嫌棄。」，「幸福好比網裡

[38] т.4, ч.1, гл.13, с.332.
[39] Там же.

水：拉的時候沈甸甸，拉上來卻啥也沒有。」，「主哇，但願我睡得像石頭一樣沈，起來像麵包一樣輕。」等等。[40]

普拉東沒有像皮埃爾心中擁有私人的眷戀、友誼和愛情，但他對周圍的一切都充滿愛心，包括人（不是對某個人，而是對周圍所有的人，包括法國人）、畜牲。在皮埃爾的印象裡，普拉東就是樸實與真理的永恆化身。

終於皮埃爾又「重生」了，究竟是什麼讓他獲得重生的啟示，托爾斯泰到底要表達什麼？皮埃爾一直在追求心靈的寧靜與和諧，他試圖在上流社會的悠閒生活中，在酗酒、在自我犧牲的英雄事蹟中，在對娜塔莎的浪漫愛情中尋找，他還在慈善事業、在共濟會、在前線作戰的士兵身上、在思想中苦苦尋找，結果都失敗了。他萬萬沒想到在莫斯科浩劫中，通過身體與心理的極端痛苦，「通過死的恐怖，通過重重苦難，通過他從普拉東身上得來的啟示，才獲得精神的寧靜和內心的和諧。他臨刑時所經歷的恐怖時刻，彷彿把以前覺得很重要的一些騷亂思想和感情從他頭腦裡永遠抹掉了。他再也沒想到俄羅斯、戰爭、政治和拿破崙。他顯然覺得，這一切都與他無關，……『俄國和夏天，兩者不相干；』他想起普拉東的話，心裡感到很寬慰。…他原來企圖謀殺拿破崙，推算神秘的數字和《啟示錄》中那頭怪獸，都很荒誕，甚至可笑。原來他恨妻子，又擔心自己名譽掃地，現在他覺得這一切都微不足

---

[40] т.4, ч.1, гл.12, с.329-332.

道，簡直是滑稽可笑。」[41]皮埃爾在此刻已擺脫了個人內心的束縛，個人的好惡、理想已不重要了，活得要自然，活得要像老子世界中的無為。此刻皮埃爾回到東方哲學、東方思想去尋找人生意義。托爾斯泰明白地藉由皮埃爾表達了只有東方思想，才能使個人內心得到寧靜與和諧。

只有在戰俘營裡，皮埃爾才第一次嚐到肚子餓時吃東西，口渴時喝水，睏時能夠入睡，寒冷時得到溫暖，要談話和聽到人的聲音時能談話等快樂。山珍海味，整齊清潔，自由，這一切皮埃爾都已失去（在戰俘營），只有這時，他才覺得這些原是極其完滿的幸福。至於選擇職業，也就是選擇生活方式，現在完全受到限制，原來這些是輕而易舉的事。他忘記生活條件過分優越，就會使人喪失需要得到滿足時的幸福。明瞭了這一切，皮埃爾這時感受到一種從未體驗過的生的歡樂和力量。

爾後，普拉東發病被槍殺前，講述一個商人遭冤獄的故事。談到了每個人在上帝面前都是有罪的，吃苦是因為自己的罪孽。這個故事令皮埃爾重新肯定上帝。爾後，在他獲救前又做了一個夢，夢中的啟示，讓他相信上帝，重回上帝的懷抱，而這次是衷心、虔誠的相信，「生命就是一切。生命就是上帝。一切都在變化，一切都在運動。這運動就是上帝。有生命，就有感知神聖的快樂。要

[41] т.4, ч.2, гл.12, с.368-369.

愛生命，愛上帝。最困難和最幸福的事，就是在痛苦中，在無辜受苦時愛這個生命。」[42]

以前他苦苦追求人生的目的，現在已不存在了。這種沒有目的無私慾的人生使他快樂地感到充分的自由。而人生的目的已被信仰取代，信仰感覺永遠存在的上帝，這就是幸福；這也就是皮埃爾的重生。

2.3 拿破崙的潰敗與俄國的浴火重生

就在安德烈公爵死去的時刻，情勢已顯示出俄羅斯在拿破崙進攻瀕臨生死存亡的關鍵時刻，生存了下來。書中安德烈公爵的生死、鮑羅金諾會戰、庫圖佐夫將軍（Кутузов）的處世態度、俄羅斯的存亡，事實上都相互關聯。安德烈公爵的死代表著堅持不以暴力（強力）抗惡的原則，這種不抵抗主義就必需自我犧牲，包括連自己的生命也可拋棄，在托爾斯泰的哲學思想裡，心靈的力量高於肢體的武力與戰爭，不使用暴力高於使用暴力；在心靈的力量裡不存在絲毫的驕傲。因此，拿破崙註定敗亡。而庫圖佐夫將軍認為俄軍發動進攻，使用武力，結果只會失敗。「忍耐和時間就是我的無敵英雄！…他懂得：蘋果青，不要摘；蘋果熟，自然落。採摘青蘋果，糟踏青蘋果又傷樹，還要酸掉你的牙。」[43]

---

42 т.4, ч.3, гл.15, с.416.
43 т.4, ч.2, гл.17, с.378.

庫圖佐夫將軍的忍耐與安德烈的自我犧牲，在精神的意義上是一致的。庫圖佐夫在法軍進入莫斯科時，不抵抗而撤退的作法，得到亞歷山大皇帝的責難與同儕的非議。老將軍認為為什麼「他們（其他將領）急於要跑過去看看，野獸（拿破崙軍隊）是怎樣被殺死的。別忙，你們會看見的。老是運動戰，老是進攻！為了什麼呀？就是想出鋒頭。彷彿打仗有什麼好玩似的。他們簡直像孩子，什麼也不懂，卻老想賣弄本領。可是現在不是賣弄本領的時候。」[44]戰勝法軍真正的致命傷不在鮑羅金諾會戰（因為俄軍傷亡更慘），而是他和全體俄國人全力以赴的精神，這才是沈重的打擊。會戰之後的一個月，他忍辱負重，他知道拿破崙軍隊這隻野獸（托爾斯泰將他們稱為「野獸」）已負傷，他只是耐心地等它的死亡。的確，法軍在進入莫斯科，大肆搶劫，喝酒鬧事，紀律散亂後，已徹底的潰敗了。他們像將死亡的野獸一樣，到處亂竄，準備逃跑。當庫圖佐夫得知拿破崙從莫斯科逃走，準備撤退時，終於激動地哭了出來。他合攏手掌祈禱，「主啊，我們的造物主哇！你聽到了我們的禱告…俄羅斯得救了。主啊，感謝您！」[45]他的忍辱負重終於得到上帝的垂憐。

在歷史評價上，庫圖佐夫將軍處處退卻的作法引來許多歷史學家的議論，認為他懦弱無能，而托爾斯泰卻讚揚他的作法。當法軍沿著斯摩稜斯克大道逃跑時，所有的高級將領都忙著想立功，個個都想乘勝追擊，想切斷、截

44 Там же.
45 Там же, с.380.

擊、俘虜和殲滅法軍，個個都要求進攻，只有庫圖佐夫一人全力反對進攻。他認為，「何必再打仗，何必封鎖道路，何必犧牲自己的人，殘酷屠殺不幸的人們？既然從莫斯科到維亞茲馬敵人不戰就損失了三分之一，又何必再打仗呢？」[46]庫圖佐夫還是憑他老年人的智慧告訴其他將領，對敵人要「網開三面」[47]，但是他們都取笑他，誹謗他，他們大發雷霆，圍著將死的老虎大逞威風。庫圖佐夫對敵人網開三面的作風，是何等的富有人道精神，這是古今中外任何人都無法輕易做到的。既然人民的力量已從侵略者手裡光復自己的國土，目的已達到，法國人已逃跑了，只要不阻礙他們就行了，只要緊追著趕走他們就好，何必趁勝追擊、撲殺。托爾斯泰認為俄國軍隊的行動應該像一根驅趕牲口的鞭子。最好是舉鞭子嚇唬奔走的牲口，而不是迎頭抽打牠們。也就是中國人所說的：「上天且有好生之德。」是異曲同功的。這也是托爾斯泰在《戰爭與和平》中所要表達的思想精華，和平永遠戰勝武力、戰爭。

只有通過死亡的考驗才能重生，就像耶穌基督死後復活，才得永生的道理是一樣的。安德烈公爵死時，已完全放棄驕傲，他的苦難盡了，精神終於得到永生。皮埃爾伯爵歷盡生死的考驗，悟出了人生的意義，身心得到圓滿；而俄羅斯就像個人一樣，經歷了生死存亡，又浴火重生地站立起來。

---

46 т.4, ч.2, гл.19, с.382.

47 Там же.

三、托爾斯泰的解脫與宿命論

許多研究托爾斯泰的人認為1869年是托爾斯泰人生的轉捩點，他經歷了一生中精神上最大的危機期。[48]面對死亡的恐懼和生命的無常，讓他去深思人生的意義等問題。然後終其一生都處在靈魂與肉體，內心世界與現實世界抗爭的煩惱中。然而，如果讀完《戰爭與和平》這部著作，顯然生死、人生的問題早已是托爾斯泰研究的主題了。究竟作者自己本身如何看待這些問題？

事實上從《戰爭與和平》到晚年的作品，我們是可以察覺到托爾斯泰哲學思想，或者應該說宗教思想的一貫性。以下將就與本論文有關的一些現世生活、生與死、人生意義及宿命論等問題加以引申，以便更了解托爾斯泰對這些問題的看法。

托爾斯泰在自己的回憶錄中提到三十五歲前影響自己最大的書目。其中《聖經》中的〈約瑟夫的故事〉，及《新約》的〈福音書〉中的登山訓眾都給他莫大的影響。我們可以說他的思維受基督教，尤其是中世紀的基督教的影響非常大。

一般認為中世紀始於西元五世紀末，西羅馬帝國滅亡，到十七世紀中葉英國資產階級革命爆發為止。在這段

---

48 劉亞丁。《十九世紀俄國之學史綱》。四川：四川大學出版社，1989.9，頁224。

時期，基督教神學具有無上的權威。因此，對死亡問題的回答也必須從基督教中尋求解答，這種獨占情形長達一千年，可謂影響西方人的思想既深且鉅。

基督教對死亡的回答，主要是《新約》對死亡的回答。「在耶穌基督中復活」是對人生最主要的解答，「其主要目標在於引發世人對死亡和天國的渴望心理，把為上帝而死和過天國生活看作他們自己的至上善舉和最終歸宿。」[49]

耶穌基督的死亡及最後的復活在《新約》中有著多方面的意義，也是極為重要的一部分。耶穌可以死而復活，代表了人亦可以死而復活。而如何才能像耶穌一樣死而復生，如何才能永生才是關鍵的問題。在基督教的觀點中，人的軀體及靈魂都是有罪的；他最後必將朽壞。因為人是亞當的後裔，具有貪吃禁果的「原罪」，所以，人終將一死。這個死全因一人亞當而來。但是人如何能死而復活，能得救，全靠「上帝的恩惠」。只要我們真心誠意信仰上帝，依靠祂，相信耶穌死後復活，便能脫離罪和死的定律，而得永生。[50]

耶穌何以能死而復活，重點在於他的無私、無慾的奉獻精神。因為他替眾人死，替眾人贖罪。最後才能再次復

---

[49] 段德智。《死亡哲學》。台北：洪葉文庫，1994，頁 119。
[50] 《新約》，〈哥林多後書〉第一章第 9-12 節。

活（不僅是靈魂復活，肉體也得到復活），而得永生。人也是一樣的，人死要怎樣復活？重點在於「為主捨命」，要捨得捨棄自己的利益，甚至於生命，而跟隨上帝，才能得到恩典，才能獲得永生。[51]因此，人的死亡到了基督教裡，已不再是一件可怕的事，也非一切的終止。而是一件渴望的事，因為人必須死，必須放棄世俗的享樂與福報，追隨上帝，追求不朽的「聖靈」，才能進入天國，而得永生。這也就是安德烈公爵與伊凡·伊利奇必須死的原因。

根據托爾斯泰的想法，人生要經歷三個階段。第一個階段，人只為自己的各種慾望活著，如吃喝、名譽、功名、女人、虛榮、驕傲，生活塞得滿滿的。托爾斯泰 34 歲以前是如此，《戰爭與和平》中的安德烈、皮埃爾亦復如此。第二個階段，隨著個人的私利逐漸擴大與良知逐漸增長，人會開始關注他人的，所有人的，人類的福利；當然有時對個人與對他人的關注會交織在一起。也就是在這個階段，人常常憑藉著個人的經驗，而強迫自己或他人接受他的思想和生活方式，也就造成許多紛爭。第三個階段也就是回歸之路。個人的「我」與社會的「我」之間種種界限消失了，佔有的貪慾終止了，對「付出」（從大自然、人們、世界手中奪去的東西）的渴望越來越強，於是人的覺悟，人的生命就與「同一生命」，與「同一性的我」逐漸融合，人的靈魂的存在便開始了。托爾斯泰在宗教中找到

---

51 同上註，第十五章第 35-36 節。

了生命的意義，他衷心嚮往上帝，追求體內屬於上帝本質的純淨。在追求淨化的生命同時，個人才能更加正確，更加準確地謀求到普遍大眾的福利和我個人的福利。[52]

從佛家的角度來詮釋，既然人的肉體，人在塵世的一生經歷，只不過是「相」，而非生命的實質，那麼又何必執著於「它」，強迫別人接受「它」？種種的憤怒、對抗與傷害，都是由於執著於虛妄人生的種種「相」中產生的。而只有從虛妄人生的種種「相」中解脫，才能找到真實的我，才能發現「我」與「一切」原為一體，也就是中國人所說的「天人合一」。「一切」就是托爾斯泰指的「同一生命」，而「我」亦是「同一生命」中的一份子。因此，寬容代替憤怒，用包容讓各個人、事、物各自回歸。也就像佛教的《心經》所言，「舍利子是諸法空相，不生不滅不垢不淨不增不滅，是故空中無色，無受想行識，無眼耳鼻舌身意，無色聲香味觸法，無眼界乃至無意識界，無無明亦無無明盡，乃至無老死亦無老死盡…。」達到這樣的境界，自然能超脫死亡。

至於「死」，亦是回歸的一個部分。歷練「死」是人生重要的任務。安德烈公爵迎接了死，靈魂得以永生，皮埃爾伯爵經歷了死亡的考驗，徹底了解了人生的意義，心靈獲得重生。而托爾斯泰也談人生的「解脫」。他說：「空

---

[52] 布寧。《托爾斯泰的解脫》。遼寧：遼寧教育出版社，2000.1，頁12-13。

間、時間、原因都是思維的形式，生命的實質超乎這些形式以外；不僅如此，我們的整個生命是越來越屈從於這些形式，然後再從這些形式中解說⋯。」[53]

托爾斯泰早就想出走，逃離俗世生活。早在 1884 年他就在自己的日記中寫道，「我難過極了⋯真不該不走。看來這是不可避免的。」1987 年他又一次下決心出走，甚至寫好了給夫人的訣別信，結果還是沒有做到。因為拋下家庭就意味著只顧自己，而他這樣做對家庭，對她會是一個多麼大的打擊啊！那時他寫道，「印度人即將進入六十歲就離開家庭到森林裡去，任何一個有宗教信仰的人到了晚年都想一心一意侍奉上帝，而不再去嬉鬧、搬弄是非、打網球，我也一樣。我就要滿七十歲了，我一世渴望安寧、獨處、和諧⋯。」在出走的那天夜裡他寫下類似的話，「我的做法與我這種年紀的老人通常的做法一樣，即拋棄俗世生活，以便獨處，在一處僻靜的地方渡過一生最後的時日⋯。」[54]1910 年 10 月 28 日凌晨，托爾斯泰終於出走，11 月 7 日病逝於途中的阿斯塔波沃火車站。他的死也就他最終的「解脫」。

以上談的是針對個人的生命而言，那麼托爾斯泰又如何看待歷史上所謂的英雄人物與全人類的歷史事件

---

[53] 引自布寧，《托爾斯泰的解脫》。遼寧：遼寧教育出版社，2000.1，頁 1。

[54] 同註 53，頁 6。

呢？談到這個議題就讓我們回到《戰爭與和平》中托爾斯泰對歷史人物與歷史的評判，可以說充滿「宿命觀」。

在托爾斯泰的眼中，拿破崙根本不是歷史學家所謂的英雄人物。他就像一般人一樣，「我們每一個人即使不比偉大的拿破崙更偉大，也絕不比他渺小…。」[55]拿破崙活在妄自尊大的幻想世界，他一向愛看傷亡的景象，以為這就是他高人一等的意志力。托爾斯泰寫道，「這個人應負的責任比誰都多，…直到生命的末日，他永遠無法理解真、善、美，無法理解自己倒行逆施、滅絕人性的行為的意義。他不能放棄自己受半個世界歌功頌德的行為，因此他也就不得不放棄真和善，放棄一切合乎人性的東西。不僅這一天，他騎馬巡視屍橫遍野、傷員成堆的戰場，他知道這是由他的意志造成的。…他自欺欺人，認為一個法國人要抵五個俄國人，並因此而陶醉。」[56]而事實上，托爾斯泰認為，像拿破崙這些歷史人物不過是身不由己的歷史工具。帝王只是歷史的奴僕。而歷史就是人類不自覺的群體生活，它利用帝王分分秒秒的生活來達到自己的目的。那麼究竟是誰在掌控人類的歷史？他認為是統治人類和世界的上帝。至於歷史的現象並不能由人類的理性去解釋的。歷史的現象常是非理性的，就如同無法解釋一

---

[55] Л. Толстой. *Война и мир*. Москва: худолжественная литература, 1978, т.3, ч.2, гл.28, с.164.

[56] т.3, ч.2, гл.38, с.194.

八一二年戰爭發生的原因是一樣的。托爾斯泰寫道，「我們無法理解，幾百萬基督徒互相殘殺，互相迫害，是因為拿破崙野心勃勃，亞歷山大態度強硬，英國政府狡猾，奧登堡大公受了屈辱。我們無法理解，這些情況跟互相殘殺和暴行究竟有什麼聯繫；為什麼由於大公受辱，成千上萬的人就得從歐洲那一邊前來屠殺和掃蕩斯摩稜斯克省和莫斯科省的居民，而他們自己也被人殺害。…我們看到不計其數的原因。越是深入探究，我們發現的原因也就越多。…這些原因只要少了一個，就什麼也不會發生。應該說，所有這些原因，億萬個原因，湊合在一起，才造成了這個事件。由此可見，這個事件沒有什麼特別重大的原因，事件之所以發生，只是因為非發生不可。幾百萬人喪失人性和理智，由西向東去屠殺同類，就像幾世紀前由東向西去屠殺同類一樣。」[57]因此，對歷史上非理性的現象，托爾斯泰認為我們還是不得不用「宿命論」（фатализм）來解釋。[58]上帝或老天的意旨是我們渺小的人無法用有限的生命去理解與掌握的。

托爾斯泰更認為每個人的生活都有兩個方面：一個是個人的生活，為自己而活的，它是自覺的。人人都為自己而生活，利用自己的自由來達到個人的目的，並且全身心感覺到，他現在可以或不可以做某事。因此，若一個人

---

[57] т.3, ч.1, гл.1, с.9.
[58] Там же.

生活越是無所追求，他的生活就越自由。另一個生活是群體生活，個人在這方面必須遵守既定的法則。但若個人被利用來達成某種歷史的、全人類的目的時，就是不自覺的。經常做了某事，就無法挽回，就屬於歷史事件，它並非偶然發生的，而是預先註定的。若這件事和千百萬人的事相關，就具有歷史意義。而一個人的社會地位越高，他聯繫的人越多，他對別人的權力就越大，他的每一行動就越明顯地表現為註定的，必然的。歷史就是人類不自覺的群體生活，它利用帝王分分秒秒的生活來達到自己的目的。

從個人的生命到社會群體到國家命運，乃至於人類的歷史，我們可以看到托爾斯泰將這些都包容在他的宗教觀之中。除了感覺到他對造物者上帝的崇敬外，也體會到他「宿命」、「無為」、「崇尚自然」的生命觀。

四、結論

當我們問：「人生的意義是什麼？」時，我們想要知道的是人生的終極目的或價值是什麼。毫無疑問地，每個人都會回答是為了追求個人的幸福。所謂幸福可能是物質的，感官的或虛榮心方面的滿足；也可能是心靈的、關懷他人，為他人謀求福利所獲得的滿足。托爾斯泰曾說：「如果一個人不欲求幸福，他甚至不能意識至自己是活著，人不能沒有對幸福的欲求而想像生命。」[59]這個看法顯示他亦認同幸福對於人生有根本的重要性。問題是幸福的實質內容是什麼，對一般多數人而言，多半以社會功利的標準來衡量，名利代表成功，成功意味著幸福。在《戰爭與和平》中，安德烈公爵與皮埃爾伯爵皆為這些問題受盡身心煎熬。他們在物化生活中，在愛情中，在家庭生活中，在歌舞昇平的貴族生活中，在建立功勳的戰場中，在幫助別人的行為中，在自省的內心世界中尋找人生意義，甚至歷練了死亡，最後回歸上帝信仰，回到宗教的世界，靈魂才能以永生。

托爾斯泰認為如果只貪圖人世間有限和物質的東西，而沒有上帝及對個人靈魂不朽的信仰，那麼人生就毫無意義可言。這也就是他安排安德烈公爵死前，皮埃爾伯爵瀕臨死亡邊緣時的頓悟安排了一些宗教的內容。甚至於歷史，在托爾斯眼中，也在造物者上帝的掌控中，充分表現聽天由命的宿命論。

另外，根據托爾斯泰的觀點，相信上帝及靈魂不朽也是克服對死亡恐懼的辦法。他認為肉體的生命不是真正的生命，只有精神與心靈的意識才是真正的生命，而後者是永恆而不會死滅的。對死亡之所以恐懼是由於一般芸芸眾生都過著物化的生活，迷戀於肉體感官的生命與形

59 Jonathan Westphal and Carl Levenson eds., *Life and Death.* Indianapolis: Hackett Pub. Co., 1993, p.152.

式，以為人的生命即肉體生命，心靈只不過是物質的偶然現象，而以肉體死亡即代表一切心靈活動也隨之絕滅，所以產生巨大的恐懼。而托爾斯泰認為對死亡的恐懼是對肉體、虛假生命終結的恐懼。如果我們相信肉體的毀滅不代表靈魂真實生命的結束，我們就不會恐懼死亡，因為死亡並不存在。安德烈在死前處在半昏迷狀態時，領會到上帝在世界上宣揚的愛，那種愛世間萬物，愛一切人，永遠為了愛而自我犧牲的精神，他愈能摒棄有形的塵世生活，而不再恐懼死亡。

在上帝宣揚的愛裡，是沒有差別心，愛你所愛的人，也愛你的敵人。在這種大愛裡，沒有任何的怨恨、報復，也沒有絲毫的驕傲；只有善、謙卑、仁愛。這是托爾斯泰終其一生所追求的真理，也是《戰爭與和平》巨作中想要闡釋的哲學意義。

參考文獻

1. 李明濱。《俄羅斯文學的靈魂托爾斯泰》。台北：牧村圖書，2002。
2. 段德智。《死亡哲學》。台北：洪葉文庫，1994。
3. 劉亞丁。《十九世紀俄國之學史綱》。四川：四川大學出版社，1989.9。
4. 羅曼羅蘭著，傅雷譯。《托爾斯泰傳》。台北：臺灣商務印書館，1966.8。
5. 布寧著，陳馥譯。《托爾斯泰的解脫》。遼寧：遼寧教育出版社，2000.1。
6. Isaiah Berlin著，彭淮棟譯。《俄國思想家》。台北：聯經出版社，1987.6。
7. Nabokov, Vladimir. *Lectures on Russian Literature*, London: Pan Books, 1983.
8. Tolstoy, *Lev. My Confession,* New York: Arms Press, 1968.
9. Westphal, Jonathan and Levenson, Carl eds., *Life and Death*, Indianapolis: Hackett Pub. Co., 1993.
10. Толстой, Л.Н., *Война и мир*, Москва: Художественная литература, 1978.

11. Полтавец, Елена. Нерешённый, висячий вопрос.... Почему погиб Андрей Болконский, http://lit.lseptember.ru/articlef/php?ID=200202904

肆、

論托爾斯泰的倫理思想與中國的古典哲學

本文擬根據兩種文化心態：「求知心態」(wonder)與「關切心態」(concern)為基架，並採取文化比較的研究途徑，深入探討托爾斯泰思想中倫理觀的本質，並分析它與中國儒、道、墨三家思想的同質性與關聯性。論文將以托爾斯泰倫理思想的三大主軸：「勿以暴力抗惡」、「道德的自我完善」、「全人類普遍的愛」與中國道家的老子思想、儒家的孔、孟思想及墨家的兼愛思想作對比研究，進一步歸納出雙方思想的共通性。希望對研究托爾斯泰文學作品及其思想有所助益。

一、前言

作家的專長雖然是文學的創作，但是非文學的因素經常會對一個作家的思想有著重要的影響，這也就是當前逐漸受到重視的「後設分析」(meta-analysis)。[1]同樣地，相對來看，某些作家的作品或思維，甚至於某些文學運動，可能也會對社會產生一種非文學或文學以外的影響。例如：伏爾泰、拜倫或者托爾斯泰等人的思想、作為和行為，都曾在當時或後世的各國社會中產生很大的影響並廣泛地顯現出來。此後，他們對社會的影響又可能有助於形成其他作家的社會意識，並在他的文學作品中表現出這種社會意識。俄國文學家托爾斯泰的成就可以說充分印證了這種現象和發展。他不僅是一位偉大的藝術創作家，更是一位思想家；他不僅創造了不朽的巨著，同時還提出了自己一系列的學說，被後人稱為「托爾斯泰主義（運動）」(Толстоизъм)。他的影響無論在俄國或是在全世界，都已遠遠地超出了文學的範圍。而從另一個角度來看，事實上他自己本身的思想體系也曾受到許多外來非文學因素的影響。

---

[1] Gregor A.J. *Metapolitics: A Brief Inquiry into the Conceptual Language of Political Sciences*. New York: Free Press, 1971, p.1; Parsons Wayne. Public Policy: An Introduction to the Theory and Practice of Policy Analysis. Cheltenham, UK: Edward Elgar Publishing, Inc. 1997, Part I.

如果仔細觀察托爾斯泰的論著，將可以發現，托氏的思想體系有著濃厚的基督教思想，當中又摻雜著許多東方哲學的思想；其中，又以中國古典哲學與佛教最為顯著。托爾斯泰曾在一九〇五年致民初中國學者張慶同的書信中寫道：「很久以來，我就相當熟悉（當然，大概是非常不完全的，這對於一個歐洲人來說是常有的情況）中國的宗教學說和哲學；更不用說孔子、孟子、老子和他們的著作及注疏（被孟子所駁斥了的墨翟的學說，更特別使我驚佩）。」[2]隨後在一九〇六年，他又致函民初中國學者辜鴻銘，在其信中寫道：「中國人的生活常引起我極大的興趣；我曾竭力要理解我所讀到的一切，尤其是中國人的宗教智慧的寶藏：孔子、老子、孟子的著作，以及關於他們的評註。我也曾探就過中國佛教狀況，並且讀過歐洲人寫的關於中國的著作。」[3]究竟托爾斯泰的思想是否與中國古典哲學有所關聯？或者說，究竟中國古典哲學對托爾斯泰產生了怎樣的非文學影響？本文將從比較文化的途徑，來印證兩者之間的同質性與關聯性。

---

[2] 智量等。〈列夫・托爾斯泰與中國〉，《俄國文學與中國》。上海：華東師範大學出版社，1991。

[3] 同註 2。

二、以比較文化的觀點看托爾斯泰的思想：基督教與東方哲學之結合

究竟托爾斯泰的思想是偏向西方或東方？又到底是完全承自基督教還是也受其他宗教的影響呢？想要探討這個問題，就應該從比較文化的途徑來探索，將可以得到進一步的釐清。

基本上，比較文化是以認識論為出發點，大致涵蓋兩種主要的文化心態：「求知心態」（wonder）和「關切心態」（concern）。這兩種心態也存在著本質上的差異；在「求知心態」裡，主體與客體是分立或對立的。也就是說，主體永遠是主體，客體永遠是客體。客體不僅是主體的認知對象，亦是主體的超越對象。換句話說，主體與客體之間存在著一定的距離，客體對主體而言是一種引力，吸引著主體去探索。在主體探索客體的過程中，主體本身會自我認知一定的疆界（boundary），因此，客體對於主體來說是相對絕緣的，而在主體的意識狀態中，客體便構成其認知世界的全部。基於這樣的認知心態，主體所追求的問題只有一個；那就是：客體是什麼？至於說客體是美或醜，是否對主體不利或是否有助於社會的道德良心，這一些問題，在這一個階段中，主體一概不管。簡單的說，只要了解客體是什麼，求知心態就告完成。主體是一個旁觀者，並不參與或捲入客體的種種現象或機能。

從另一方面再來看「關切心態」，主客體之間就不是對立的關係了。也就是說，主體不完全把客體當作客體。在這種心態裡，主體可能把客體當作共同主體（co-subject），或者有時把自己當作共同客體（co-object）。在主體的意識裡，主體把自身與客體相聯在一起，經常設身處地考慮客體的發展。在這種情境下，主體並不關心「客體是什麼」，而是關心「客體將會怎樣」。因此，主體經常會參與或捲入到客體的種種現象或機能，形成共同主體或共同客體的相互認知。

客觀而言，這兩種心態並無好壞或高下之分，而且在人類的現實生活當中它們經常是相互交叉著。另外，也由於這兩種心態在各個民族文化所占的比重不同，進而使得各個文化呈現出不同的趨向。一般而言，西方民族，尤其自十八世紀以來，比較偏向於「求知心態」；而東方民族，則在「關切心態」上表現得特別顯著。因此，前者會比較講求科學精神，也就是傾向以客觀和冷靜的心態去觀察事物；而後者則強調倫理秩序的建立，要求主體設身處地地參與或捲入客體，也就是一般所說的「天人合一」。

如果以上述兩種文化心態來檢視俄羅斯文學的話，將可以得到一個結論，那就是十九世紀以後的俄國文學幾乎已擺脫了摹仿十八世紀西歐文學的景象，而表現出成熟的民族特色與民族精神。只要稍加留意，一般也不難發現，無論是果戈里，屠格涅夫，杜思妥也夫斯基，或是托爾斯泰，在他們的作品中都表現出濃厚的宗教色彩。關於這一點，俄國思想家別爾嘉耶夫（Н.А. Бердяев）就曾提到：「自果戈里開始，俄國文學變為帶有教訓的意味，她在找尋真理與公正，並教示把真理帶進實際生活。俄國文學不是一個幸運的豐富創造的產物，只是人類痛苦命運的、追求拯救全人類的產物。由這一點來說，俄國文學根本探討的問題是宗教的。」[4]就文學發展而言，自十九世紀以來，俄羅斯文化呈現出一種十分典型的宗教文化；其中文化心態上顯然已帶有很大的「關切」成分。無庸置疑地，這種觀點的特質也都會在文學作品中反映出來。

進一步來看，在十九世紀的俄國文學作家當中，又以托爾斯泰的作品最具有宗教精神的傾向；這種內涵不僅表現在他的文學作品裡，同時也充分表現在他的論述與學說當中。然而，托爾斯泰的宗教思想又不是單純地完全承自基督教，而是根本上披著宗教外衣的倫理體系。俄國的東正教會視他的思想為異端，把他逐出教會；這對一個俄羅斯東正教信仰者而言，是一種非常嚴厲的處分。托爾斯泰的法國學生羅曼˙羅蘭在其著作《托爾斯泰傳》中就提到，托爾斯泰並不把基督當成一個神，而是把基督當作是人世中至高的聖賢之一；祂應該只是一個具體的、通俗化的啟示，引導著人如何去追求真正的幸福，因此祂也是

[4] Бердяев Н. «Истоки и смысл русского коммунизма». Париж: YMCA-Press, 1955.

一個人，教導人們如何達到幸福的人。就如同釋迦牟尼、婆羅門、老子、孔子一樣，他們都是引導人們如何追求真正幸福的聖哲。[5]在托爾斯泰的眼裡，神或上帝也是一種普世的律令；其重要的作用是指示世人如何「達到幸福之路」與達到幸福之路在日常行為上所應有的道德規範。這種的思想體系呈現出關心「客體將怎樣」的關切心態；明顯地與西方的基督教是有本質上的差異。因為在基督教中，神與人是保持「距離」的，神是超越人的，並以愛感召人，吸引人去領會神的愛。然後從這一前提作為出發點，形成宗教倫理，對信徒加以道德規範。只有發展到這一層次上，才看到了關切的心態。

別爾嘉耶夫曾經明白指出，就精神的形成而言，俄羅斯人具有東方人的特質；[6]托爾斯泰的思想體系正充分表現出東方的特色與東方的特徵。關於這方面的思想特質，克拉夫欽斯基（С.М. Степняк-Кравчинский）[7]也曾這樣說

---

5 羅曼・羅蘭著，傅雷譯。《托爾斯泰傳》。台北：台灣商務，1996年，頁 189-195。

6 同註 4。

7 С.М. Степняк-Кравчинский（1851-95），民粹主義革命家、作家、《走進人民》運動的參與者，1878 年加入《土地與自由》黨，暗殺了當時憲兵團團長 Н.В. Мезенцов。流亡國外期間成立《俄國自由報刊基金會》，出版作品有：《地下的俄羅斯》（《Подпольная Россия》）、《沙皇權力下的俄羅斯》（《Россия под властью Царей》）、長篇小說《安德列・柯如霍夫》（《Андрей Кожухов》）等。

過：「作為一個真正的東方人，他（托爾斯泰）認為只有像聖經中的先知、耶穌基督、釋迦摩尼、孔子，以及其他那些教人以道德真理者，才能作為人類的導師。」[8]而在東方的哲學思想體系中，托爾斯泰又特別青睞中國的古典哲學。羅曼．羅蘭曾描述說，托爾斯泰「感到在思想上與他最接近的是中國。只不過中國思想這部分最少表白出來而已。早在 1884 年時，托爾斯泰已研究孔子與老子，後者尤為他在中國古代聖賢中所最愛戴的人。」[9]其原因就在於，托爾斯泰的思想比較忽視基督教的本體論，而重視基督教的倫理。在這樣的思維邏輯下，中國古典哲學所強調的倫理與道德規範給托爾斯泰找到了一個著力點，也為他的思想找到了立論的根據。

如果想要瞭解中國的古典哲學究竟是「求知心態」，還是「關切心態」？那麼首先就應瞭解什麼是中國古典哲學的主流。談到這一點，任何人都無法否認，中國古典哲學以儒、墨、道三家為主。關於這三家，錢穆在《現代中國學術論衡》一書中寫道：「繼孔子而起者有墨翟。墨翟言兼愛，與孔子言仁不同。孔子言愛有分別，朱子言仁者愛之理是已。兼愛則是一無分別愛，故曰：「視人之父若其父。」既不主分別，乃亦不言禮。而後起儒家言禮又有

---

8 《俄國作家、評論家論列夫托爾斯泰》。北京：社科出版社，1982 年。

9 同註 5，頁 191。

主張大同者，則在儒家思想中又滲進了墨家義。儒墨之後又有道家，茲據老子為說，老子曰：「道可道，非常道。名可名，非常名。」老子特舉道與名兩詞，其實即據儒墨之所爭而言。不通儒墨，即無以通老子。老子又曰：「失道而後德，失德而後仁，失仁而後義，失義而後禮。禮者，忠信之薄，而亂之使也。」此處老子所用道德仁義禮各詞，皆承儒家言，而意義各不同。又老子此處反禮則同墨，是則儒墨道三家，在當時實同具共通性，一貫性，而亦並有其和合性，與西方哲學之各自成為一專家言者，又大不相同。」[10]在這段話中，錢穆認為儒、墨、道是有其先後性、共通性、一貫性與和合性。有關先後性，在中國哲學史上尚未定論，姑且不去談它。而關於共通性、一貫性、與和合性，錢穆的確非常有見地，只可惜錢穆並沒有將這一個部分進一步詳加闡明。

如果以比較文化的觀點來看，儒、墨、道三家究竟是求知心態較多呢？還是關切心態較多呢？從這三家的共通性、一貫性與和合性來看，應該可以發現他們之間有一個很大的共同點，也就是關切的文化心態占的比重很大。無論是儒家、是墨家、還是道家，基本上都是一個倫理體系，而不是科學體系。它們都強調人的道德行為規範，而不在於觀察人的行為特點。換句話說，雖然他們的標準價

---

10 錢穆。〈略論中國哲學（一）〉，《現代中國學術論衡》。台北：東大圖書，1984 年，頁 21-28。

值各有不同：儒家講求「仁義」，墨家講求「兼愛」，而道家講求「自然」，但都是教導人「該如何做人」，亦即「客體將怎樣」的思想架構。

至於基督教的思想體系，它把「上帝」視為至高無上的律令，這在儒家、墨家與道家都不作概念上的具體說明。孔子談「仁」，定義不一；老子言「道」，提到「道可道，非常道」；至於墨子談「天」，卻從未解釋「天」為何物。這一方面的觀點與基督教的差別是非常明顯的。而托爾斯泰對至高律令的說法，比較偏向中國古典哲學的態度；他對上帝也不多做解釋，甚至認為無法解釋。他曾說道：「我深信，要證明上帝的存在是不可能的。宗教的意義，和具有理智的人類一樣，都發端於神秘之源。這個源就是上帝，是人體和理智之源。」[11]羅曼・羅蘭在《托爾斯泰傳》中指出，托爾斯泰早就相信人類一切的宗教都是建築於同一個人世單位之上。[12]這種想法與西方基督教對上帝奉為至高無上、不可俗世化的律令，在認知上是大不相同的。

從一種不可解釋的、然而又是絕對存在的普遍律令出發，來衡量世間的一切，這即是關切心態的共同表現，

---

[11] 托爾斯泰。《懺悔錄》。轉引自智量等。〈列夫・托爾斯泰與中國〉，《俄國文學與中國》。上海：華東師範大學出版社，1991 年，頁 170。

[12] 同註 5，頁 190。

也是它的必要前提。因為在關切心態裡，主客體之間不存在距離，甚至無法分別主客體。也就是說，主體對客體的思考，即是對自身的思考，而主體對自身的思考，即是對客體的思考。例如，儒家的「仁」與人並沒有距離。孔子曰：「仁者人也」或者「克己復禮為仁」等，即說明了「仁」就在「人」和「己」之中，是一種行為的標準、規範或者理想。並不具有主客體之間的認知關係。因此，必須引入凌駕於主客體兩者之上的第三者。這個第三者就是以絕對者面目出現的一種普遍律令。唯有以這種普遍律令作為對象，關切心態才具有思維功能。否則，倘若主體被拉開，與客體分離，並作為絕對者的普遍律令，並把客體作為與己無關的思維對象，那麼，主體已超越關切心態而進入求知心態了。

由上述比較文化的心態來看，無論是中國的儒家、墨家、道家；亦或是托爾斯泰的思想，他們都把重點放在對人世的關切心態上，而較少涉及普遍律令的本體論。從這個角度來看，托爾斯泰基本上比較不重視基督教的求知成分；顯然地，托爾斯泰的思想體系與中國的古典哲學在出發點上是有較多的類似性。接下來將進一步探討托爾斯泰倫理思想的本質是否與中國的古典哲學也有類似性或關聯性。

三、托爾斯泰的倫理思想與中國儒、墨、道思想

根據以上的論述，托爾斯泰的思想主要是以倫理原則為核心。他捨棄了基督教關於求知心態的部分，強調了基督教的關切部分。於是，在基督教的諸多論著中，他受到《福音書》的影響最大。在《怎麼讀福音書》一文中，托爾斯泰特別引出耶穌在「登山寶訓」中所說的五大戒律：不可動怒、不可姦淫、不可起誓、不可與惡人作對和愛你的仇敵。爾後，蘊釀出他倫理思想的三大核心：「勿以暴力抗惡」、「道德的自我完善」、「全人類普遍的愛」。然而這三大核心理念究竟是根源於基督教呢？還是比較接近於東方哲學呢？或是二者都有呢？關於這個問題，可能並不容易回答，也不太能夠給予清楚的界定。然而，這三大核心理念卻與中國古典哲學的主張有著非常多的近似之處，卻是可以肯定並值得詳加研究的。另外，從比較文化的角度來分析，在某些思維上，俄國與中國比起俄國與西方更為接近，以下就來一窺究竟。

3.1「勿以暴力抗惡」與老子的思想

首先，先來談談托爾斯泰的「勿以暴力抗惡」的思想論述。從過去一般對這個思維的瞭解，許多人都把重點誤放在「抗惡」，或更簡化為「勿抗惡」；其實這樣的認知是值得商榷的。只要對托爾斯泰的思想體系多做整體性的

了解，就會發現他一生在與「惡」抗爭的經驗和主張中，都是把重點擺在「不應以暴力抗惡」的整體概念上；主要是因為，托爾斯泰堅信暴力本身就是惡，是應該極力反對的。在他的著作《生活之路》中，其中有一章專門談論暴力；這一章又分為數個小節來引申他的看法。例如：「某些人以為可以用暴力操縱自己同類人的生活，是一種謬誤」；「以暴力手段與惡鬥爭是行不通的，因為人與人對惡的理解是不同的」，「暴力的無效性」，「國家是建立在暴力上的」，「暴力迷信的災難後果」，「只有不以暴力抗惡，才會引導人類以愛的法則代替暴力的法則」，「教會學說是對基督有關不以暴力抗惡的誡命的歪曲」[13]等等的說法。在這一章中，每個小節都談到了他對「惡」的看法。托爾斯泰並非不抗惡，他只是反對用暴力的方法來作為抗惡的手段。

為了詮釋這一個觀點，托爾斯泰進一步將自己的信念與那些相信「暴力」的革命者加以比較。他說：「當我們遇到革命者時，經常會誤以為我們和他們之間在觀念上有共同之處。他們和我們都要求：不要國家，不要財產，不要邪惡以及其他等等。但是這中間有一個巨大的差別：對於基督徒來說，不存在國家，而革命者則要消滅國家；對於基督徒來說，不存在財產，而他們則要廢除財產；對

---

[13] 托爾斯泰著，王志耕，張福堂譯。〈生活之路〉，《托爾斯泰隨筆》。上海：三聯書局，2001 年，頁 310-348。

於基督徒來說，一切人都是平等的，而他們則要廢除不平等。革命者從外部同政府進行鬥爭，但基督徒卻不進行鬥爭，他從內部去摧毀國家的基礎。」[14]而托爾斯泰主張要「從內部去摧毀」。因此，他認為他的方法比革命者更具深遠的影響力。他摧毀惡的方法是從人的內心去革命，而不是透過暴力或拳頭去革命。

表面上看來，托爾斯泰提出「勿以暴力抗惡」之思想是源自於基督的教誨：「你們聽到過這樣的說法：以眼還眼，以牙還牙。只是我告訴你們：不要與惡人作對。有人打你的右臉，連左臉也轉過來由他打。」[15]但事實上，托爾斯泰並不是主張不抗惡；惡還是要抗，只是不以惡來抗惡而已，這顯然已離開了耶穌的原意。耶穌教誨人「不可與惡人作對」，這是以上帝對人的「最後審判」作為前提的。即「惡」將會在「世界末日」的時候受到上帝的直接懲處，所以處於上帝保護下的「善人」是無需與「惡人」對抗。因為根據耶穌的教義，生活的最終目的不在於現世的得勝，而在於靈魂的最後得救。然而，托爾斯泰基本上並不認為真的會有「最後的審判」，而是應該由人自己去抗惡，只是不以惡來抗惡而已；這跟孔子「以直報怨」和

---

14 托爾斯泰著。《那麼我們該怎麼辦？》。轉引自智量等。〈列夫・托爾斯泰與中國〉，《俄國文學與中國》。上海：華東師範大學出版社，1991 年，頁 174。

15 《馬太福音》，第五章，38-42 節。

老子「以柔克剛」的主張有著相近的意涵。在《論暴力》的著述中，托爾斯泰更把安排別人的生活引申為一種「惡」。因為要去「安排」，便會借用「暴力」或權力；而「人被賦予的權力只是管好自己」。[16]

從這方面來看，與其說托氏的思想與耶穌基督吻合，不如說與中國老子的思想更為接近。首先以「反暴力」為例，老子非常反對強悍暴戾：他認為物極必反，物盛則衰，爭勝逞強，不合於道，不明於道，如飄風驟雨，速趨滅亡。故《道德經》第三十章有云：「勿壯則老，是謂不道，不道早已。」[17]在三十章裡，也談到反對國家或政府以武力征服，與托爾斯泰在反暴力、反戰爭、反政府、反對以強力對付人民等思想內容有異曲同功之處。再看《道德經》的第三十章，上面提到：「以道佐人主者，不以兵強天下。其事好還。師之所處，荊棘生焉；大軍之後，必有凶年。善者果而已，不敢以取強果而勿矜，果而勿伐，果而勿驕。果而不得已，果而勿強。」[18]其大意就是：凡用大道輔佐君主者，不用武力征服天下。蓋以武力服人，必遭報復，冤冤相報，循環不已。尤其是戰亂之處，田園荒蕪，荊棘叢生，哀鴻遍野，生靈塗炭。是故，大戰之後，農事廢地，

---

16 同上註，頁 337。

17 葉程義。《老子道經管窺》。台北：文史哲出版社，1993 年，頁 182。

18 同上註。

五穀不生，必定有荒亂饑饉之年。善於用兵之軍事家，僅求克敵制勝之效果而已，不敢殺戮耀威，黷武逞強。成而不矜能，成而不誇功，成而不驕傲。雖然以武力達成克敵制勝之效果，而是出於不得已也。

毫無疑義地，老子主張放棄暴力，他並以水作比喻，暗示柔能克剛的強大影響力。他說：「上善弱水，水善利萬物而不爭，處眾之所惡，故幾於道。居善地，心善淵，與善仁，言善信，正善治，事善能，動善時。夫唯不爭，故無尤。」[19]其大意為：天下至善之物，莫如水。水性雖然柔弱，但潤澤萬物，且施而不取；居卑處下，受天下之垢，然而其性質卻合乎「道」。由此推論，至善之人，性如柔水，適應環境，隨遇而安。心如止水，深平不偏。為人處世，無所好惡。言真意誠，如水照形。無為而治，惠及萬物。因事制宜，化朽為奇。順時而行，隨機應變。與世無爭，故無怨尤。這裡，「不爭」乃水之性，而唯有「不爭」，才能「利萬物」。水在表面上是「弱」的，而本質上卻是「強」的。老子又說：「天下莫柔於水，而攻堅強者，莫之能勝。」[20]關於這一點，托爾斯泰特別能夠心領神會。他在一八八四年三月的一則日記中寫道「應該像老子說的，人應該像水一樣。水能夠不受阻擋地流動：遇到堤壩，它就停住；沖決堤壩，它又流動。另外，它在方形的容器

---

19 同上註，頁 64。

20 同上註。

裡，它就是方的；在圓形容器裡，它又是圓的。所以，它所發揮的功用是最重要和最有力的。」[21]

或許有很多人會把老子與托爾斯泰的「不爭」認為是消極的想法。事實上，老子所說的「無為」是順應自然之道，無為而無所不為，並非無所作為。因此，老子認為理想的政治，應該是無為而治；聖人之治理天下，教人心思虛靜，少私寡欲，造福人類，豐衣足食，心懷柔弱，以克剛強，勞力營生，強健體魄。另外，老子也經常教人不習譎詐之智，不極非分之慾，使狂妄自大自以為聰明之人不敢妄為，以免使人類沽名釣譽以自衛，嫉賢害能以相爭，實現「無為而無所不為」的政治理想。故第三章曰：「是以聖人之治，虛其心，實其腹，弱其志，強其骨。常使民無知無欲，使夫智者不敢為也。為無為，則無不治。」[22]對此，托爾斯泰曾感慨地寫道：「老子書中的驚人之處就是他稱之為「無為」的美德。老子直接了當把世間的一切罪惡歸結成「為」——這是多麼不可思議啊，但是又不能不贊同這點！」[23]（與前述「將安排別人的生活視為一種惡」的觀念是非常類似的。）接著他又寫道：「人應當學會不為肉體而為精神生活，這就是老子所教導的。他教會人如何從肉體生活過渡到精神生活，他把自己的學說稱

---

21 轉引自智量等。〈列夫・托爾斯泰與中國〉，《俄國文學與中國》。上海：華東師範大學出版社，1991 年，頁 173。

22 同註 17，頁 42。

23 同註 21，頁 174。

之為「道」。」[24]這裡，老子的「無為」在托爾斯泰的思想裡便轉變成一種要求超越肉體生活的「禁慾」思想。這種「禁慾」並非用強制的方法壓抑人性中的基本需求，而是要通過人內心的修養去達成。談到此，就必須引出托爾斯泰另一個重要的倫理思想——「道德的自我完善」。

3.2「道德的自我完善」與孔子的思想

根據北京大學俄國語文學系李明濱教授的說法，1891 年 11 月，在聖彼得堡有一位出版家寫信給托爾斯泰，信上問到：世界上那些作家和思想家對你的影響最大。他的回答是中國的孔子和孟子對其影響「很大」，老子則是「巨大」。1884 年 3 月 27 日，他在日記中提到：「我認為我的道德狀況就是因為讀孔子」[25]1900 年 11 月，托爾斯泰在一則日記中又進一步寫道：「專心研究孔子，感到很好。吸取精神方面的力量。很想寫出我現在所理解的《大學》和《中庸》。」[26]

孔子的學說特別注重人的心性修養、人格的陶冶及博雅高尚的人文精神。爾後，孟子又將孔子的儒家思想更淋漓盡致的發揮。孔、孟以後的儒家後學，或仁君賢相，或學士文人，在人生思想與文化的涵養上，莫不深受孔、

---

24 同上註，頁 175。

25 李明濱。〈崇尚儒道學說〉，《托爾斯泰及其創作》。遼寧：遼寧大學出版社，2001 年，頁 98。

26 轉引自《托爾斯泰與老子》。上海：華東師範大學學報，1981.5。

孟思想的薰陶與影響，而儒家學說幾乎成為中國文化的主流。

儒家學說的精華即：格物、致知、誠意、正心、修身、齊家、治國、平天下。其理想是「仁」，其方法是「中庸」之道。《大學》的第一章就提到：「古之欲明明德于天下者，先治其國。欲治其國者，先齊其家。欲齊其家者，先修其身。欲修其身者，先正其心。欲正其心者，先誠其意。欲誠其意者，先致其知。致知在格物。物格而後知至，知至而後意誠。意誠而後心正。心正而後身修。身修而後家齊。家齊而後國治。國治而後天下平。」[27]由此可見，儒家思想認定個人品德的修養最為重要（壹是皆以修身為本）。因此，從天子直到平民，人人都要以修養品行為根本。一個人，如果他的根本都亂了，而想枝末能被治理，這是不可能的；正如他尊重的人卻對他輕蔑，他輕蔑的人卻對他尊重，這樣的事是從來不會有的。亦即，「自天子以至于庶人，壹是皆以修身為本。其本亂而末治者否矣。其所厚著薄，而其所薄者厚，未之有也！」[28]

托爾斯泰對這段話也有註解，引用李明濱教授在《托爾斯泰及其創作》一書的說法，1904 年布朗熱整理出版托爾斯泰編的《孔子生平及其學說》一書中所附的《列夫·

---

27 朱熹集注，林松、劉俊田、禹克坤譯注。〈大學〉，《四書》。台北：台灣古籍，1996 年，頁 6。

28 同上註。

托爾斯泰闡釋的孔子學說》一文（係據托翁文稿寫成）中所述：「中國學說的核心是這樣的：真正的學說教育人具有崇高的善，這種善改造人，使人臻于至善。」以下列出七點來具體解釋如何達到那種境地：為了具備這種善，就需要（1）全民族盡善。而為了全民族盡善，就需要（2）整個家庭盡善。要使整個家庭盡善，就需要（3）本身盡善。為了本身盡善，就要（4）心靈純潔、返樸歸真。而為了心純、返真，就要（5）有真誠和自覺的思想。要達到這種思想的自覺性，就要（6）有高深的知識。要有高深的知識，就要（7）研究自我。[29]這一段闡述孔子思想的文章，證明了托爾斯泰顯然對孔子這一段思想的描述已達到心領神會的境界，是經過仔細研究和思考的心得。

儒家思想的另一個重點就是講求「中庸」之道。「中庸」又稱「中和」。一個人在沒有表現出喜怒哀樂時,心中是澹然平靜的，叫做「中」。表現出來以後符合常理，稱之為「和」。每個人如果能夠達到「中和」的境地，那麼天地自然會正常運行，萬物生長發育，國家也就太平。所以說，「中庸」是人類行為處世的最高準則；它要求人們要立定「中道」，在好、壞兩個極端間進行折衷，做到不偏不倚，既不過分也不要不及。每個人應安於自己的社會地位，不做越位非分的事。身居上位的人不驕傲，身居下位的人不背叛。重要的是端正自己，不去苛求別人。不怨

---

[29] 同註 25，頁 107-108。

天，不尤人。另外，《中庸》也強調「誠意」的重要性。「誠」被說成是先天的原則，也是人的本性。主觀的「誠」，決定了世界萬物的存在，所謂「不誠無物」。堅守「誠」的人才能充分發揮本性，感化人群，進而與天地並存，成為治理國家的最高典範。因此，唯有「反求諸己」，唯有「修養自己」，才能「感化他人」，才能「安人」。換言之，就是要以身作則，讓自己的行為來感染他人，啟發他人。

另外，儒家的另一位大師孟子更進一步提到自我反省的哲學。他說：「愛人不親，反其仁；治人不治，反其智；禮人不答，反其敬。行有不得者皆反求諸己，其身正而天下歸之。」[30]這一段話給人很大的啟示：我愛別人而別人不夠親近我，就應該反問自己仁愛的程度夠不夠；我管別人沒有管好，就該反問智慧謀略足不足夠；我尊敬別人而沒得到報答，就應反問恭敬之意誠不誠。簡單的說，任何行為如果沒有效果，不應該去怪責別人，而是應該多反問自己，要確保自身做得端正，天下的人才都會歸服他。

托爾斯泰的「道德自我完善」與儒家的「修身」在精神上有其一致性。另外，與孔、孟思想的相似之處就在於托氏也是個「性善論」者。在 1908 年《我不能沉默》一書中，他要人們停止殺戮與作惡時，向人心呼喚道：「人

---

30 朱熹集注，林松、劉俊田、禹克坤譯注。〈孟子・離婁偏上〉，《四書》。台北：台灣古籍，1996 年，頁 508。

類兄弟們，醒悟吧！反省吧！要明白你們在幹什麼，回想回想你們是誰？要知道，你們在成為劊子手、將軍、法官、總理、沙皇之前，你們首先是人停止吧！這不是為自己，不是自己個人，不是為了人們不再責備你們，而是為了自己的靈魂，為不管你們怎樣摧殘都活在你們心中的上帝！」[31]根據基督教的「原罪論」，基督教相信人是具有原罪而被上帝逐出天國的；它顯然接近於「性惡論」，然而托爾斯泰的這段話，在實質精神上，與其說接近基督教，不如說更接近於中國儒家的「性善思想」。上帝的救贖固然已經由耶穌基督的福音而為世人所知曉，但基本上人自身是無法拯救自己的。更何況，救贖的最後確認是必須等到「末日審判」；離開了這一點，就無法談論基督教的救贖。而托爾斯泰本身不相信「原罪論」，也不相信「末日審判」；他相信人的「良知」。這種信念，早在他年輕時就已形成。亦可說當時俄國許多年輕人深受法國思想家盧梭思想的影響；而盧梭對人性的看法，與基督教是不同的，也是接近性善論。雖然盧梭的思想與儒家學說在許多方面有著很大的區別，但性善論使兩者引申出非常近似的教育觀點。盧梭思想重「悟性啟發」；儒家思想重「教化」。而托爾斯泰的「道德的自我完善」學說，可以說是綜合了基督教、盧梭和儒家思想而形成的。具體來說，基

---

[31] 托爾斯泰著。《我不能沉默》。轉引自智量等。〈列夫・托爾斯泰與中國〉，《俄國文學與中國》。上海：華東師範大學出版社，1991年，頁176。

督教給予了它倫理的形式，盧梭給了它人性的內容，而儒家則給了它「精神的力量」。

3.3「全人類普遍的愛」與墨子的思想

事實上「勿以暴力抵抗惡」與「道德的自我完善」是一體之兩面，前者談的是道德戒律，而後者談的是行為典範。這兩個層面所要達到的目的，即實現「全人類普遍的愛」；這同時也是托爾斯泰思想的精華。托爾斯泰就曾說過：「愛，我看以別的名詞溝通人類心靈的渴望，是人生的唯一的最高的法則…，這條法則曾被人間一切聖哲之士宣揚過：印度人、中國人、希伯來人、希臘人、羅馬人。」[32]事實上，這種愛在各個民族都有類似的共同點。

另外在基督教的《聖經》中，耶穌向其門徒說道：「你們聽見有此說，當愛你的鄰人，恨你的仇敵；只是我告訴你們，要愛你們的仇敵這樣，就可以做你們天父的兒子；因為他叫日頭照好人，也照歹人，降雨給義人，也給不義的人。你們若單愛那愛你們的人此人有什麼長處呢?」[33]這一段話，就是托爾斯泰在《怎樣讀福音書》中列出的五大戒律中最重要的一條，即「愛仇敵」的來源。因為「愛你們的仇敵，你們將沒有仇敵」。[34]

---

[32] 同上註。

[33] 《馬太福音》，第五章，43-48 節。

[34] 《仁使徒遺訓》，現存最早的基督教會法規，大約成書於二世紀。

在托爾斯泰的《生活之路》一書中有〈論愛〉的章節，其中更詳細闡明了這一點，他寫道：「如果我們愛那些我們所喜歡的人、那些讚揚我們的人、那些帶給我們好處的人，那麼我們這樣去愛是為了自己、為了我們獲得更多的好處。而真正的愛是這樣的：當我們去愛他人的時候不是為了自己，不是為自己求得好處，我們愛他人，不是因為那些人對我們友好而有益處，而是因為我們在每一個人身上都認出了那存在於我們之中的同一的靈魂。我們只有這樣去愛，才會像基督教導的那樣，不是只去愛那些愛我們的人，還要愛那些憎恨我們的人，和我們的仇人。」[35]這種思想，托氏更引申到不要刻意去依照自己的想法改變別人的面貌。他寫道：「每個人都以善相待，不管他是什麼樣的人，而不去要求他做力所不及的事：即不要求一個人改變其自我面貌。」[36]

在中國的古典哲學中，談到這種「兼愛」思想的，首推墨子。墨子認為天下的大害，在於人們的互爭、互鬥；天下的禍亂，都從「不相愛」產生。因為不相愛則想虧人以自利，人人都想要虧人以自利，那麼各種攻殺篡奪的事樣樣做得出來，天下豈有不大亂之理？墨子主張人人都應該視人如己，互相幫助；這樣一來不但利他，也是利

[35] 托爾斯泰著，王志耕，張福堂譯。〈生活之路：論愛〉，《托爾斯泰隨筆》。上海：三聯書局，2001 年，頁 264-265。

[36] 同上註，頁 265。

己。他同時認為怨恨他人，一定也會被人怨恨；他的兼愛思想就是建立在這種相對的倫理觀念上。墨子更認為行兼愛可祛除私心、避免爭執、消弭戰爭。墨子的看法，只要人人相愛，人人摒除自私自利的心，則社會不會發生動亂，一切問題都可迎刃而解。

有趣的是，墨子在表述「兼愛」的法則所用的根據和耶穌是出如一轍。他說：「然則何以知天之愛天下百姓？以其兼而明之。何以知其兼而明之？以其兼而有之，何以知其兼而有之？以其兼而食焉。若以天為不愛天下百姓，則何故以人與人相殺而天予之不祥？此我所以知天之愛天下之百姓也。」[37]以耶穌的說法即前述：上帝叫日頭照好人，也照歹人；降雨給義人，也給不義的人。

在這方面的思維，托爾斯泰也非常佩服墨子的學說。他寫道：「中國有哲人孔子、老子，還有一個不太出名的哲人墨翟。墨翟教導人們說，應當啟發人們的不是對強力、對財富、對權勢和對蠻勇的敬重，而是對愛的遵奉。他說：一般人所接受到的教育常常是，他們最寶貴的是財富、榮耀；他們關心的也只是怎樣盡可能地去獲得榮耀和財富。但事實上應當教育人們的是，要讓他們把愛視為最高尚的東西，要在生活中關心自己是否習慣於愛他人，要讓他們把全部的精力都用於學會愛。五百年後，基督把墨

---

[37] 國學粹編；李漁叔選注。〈天志（上）〉，《墨子選注》。台北：正中書局，1977 年，頁 140-141。

翟的學說同樣教導給人們，但他的教導比墨翟更有益、有力而簡明。[38]

托爾斯泰基本上也繼承了墨子與耶穌的「大愛」思想，他認為愛自己的妻兒並不是愛，並不是人類之愛，因為動物也會這樣愛，而且更強烈。所謂人類愛，指的是人人相愛，是愛一切人，包括你的仇敵。托氏要達到的「人類之愛」的理想與墨子和耶穌基本是一致的，但是在他的信念中所含有的宗教色彩較少，倫理的成分更多。墨子提倡兼愛的理由是「天愛人」，因為人「莫若法天」。耶穌提出「愛仇敵」的理由是，人無權審判他人，因而不可仇恨他人，一切都要交到上帝的手中。而托爾斯泰並不認為「愛」的法則來自於一個更高的力量或者來自於「天」，而是人心中固有的、潛在的一種資質，只是並沒有完全被激發出來而已。另外在《戰爭與和平》一書中亦有深刻地描寫了這種兼愛仇敵的「大愛」。在該書第三卷第二部三十七章中寫道：當安德烈公爵受傷後，躺在醫院，發現身邊躺著阿納托里，剛被截去腿，而痛哭失聲。「阿納托里悲傷地嗚咽著。「對，就是他；對，這個人和我有過什麼密切而痛苦的關係。」安德烈公爵想，還沒弄清眼前的事。突然，安德烈公爵想起了純潔可愛的童年世界。他想起了娜塔莎，就像 1810 年第一次在舞會上看到她那樣；細細的脖子，小小的手。他對她的眷戀和柔情在他的心理空前

[38] 同註 35，頁 274。

強烈地覺醒了。現在，他終於想起這個眼睛浮腫、淚水盈眶的人，想起了他與他的關係。安德烈公爵想起了一切，感到幸福，心裡充滿了對這個人的憐憫和有愛。安德烈公爵再也忍不住，他為別人、為自己、為別人和自己的迷誤流出了同情的愛的淚水。同情、博愛、戀愛、對恨我們的人的愛、對敵人的愛，對了，這就是上帝在世界上宣揚的愛，就是麗雅教給我的愛，可是我一直不理解；對了，就是因為這個緣故我愛惜生命。要是我還能活下去，這就是心中剩下的唯一的感情。但現在已經晚了。這一點我知道！」（-- Боже мой! Что это? Зачем он здесь? -- сказал себе князь Андрей.В несчастном, рыдающем, обессилевшем человеке, которому только что отняли ногу, он узнал Анатоля Курагина. Анатоля держали на руках и предлагали ему воду в стакане, края которого он не мог поймать дрожащими, распухшими губами. Анатоль тяжело всхлипывал. "Да, это он; да, этот человекчем-то близко и тяжело связан со мною, -- думал князь Андрей, не понимая еще ясно того, что было перед ним. -- В чем состоит связь этого человека с моим детством, с моею жизнью? -- спрашивал он себя, не находя ответа. И вдруг новое, неожиданное воспоминание из мира детского, чистого и любовного, представилось князю Андрею. Он вспомнил Наташу такою, какою он видел ее в первый раз на бале 1810 года, с тонкой шеей и тонкими рукамис готовым на восторг, испуганным, счастливым лицом, и любовь и нежность к ней, еще живее и сильнее, чем когда-либо, проснулись в его душе. Он вспомнил теперь ту связь, которая существовала между им и этим человеком, сквозь слезы, наполнявшие распухшие глаза, мутно смотревшим на него. Князь Андрей вспомнилвсе, и восторженная жалость и любовь к этому человеку наполнили его счастливое сердце. Князь Андрей не мог удерживаться более изаплакал нежными, любовными слезами над людьми, над собой и над их и своими заблуждениями. "Сострадание, любовь к братьям, клюбящим, любовь к ненавидящим нас, любовь к врагам -- да, та любовь, которую проповедовал бог на земле, которой меня учила княжна Марьяи которой я не понимал; вот отчего мне жалко было жизни, вот оно то, что еще оставалось мне, ежели бы я был жив. Но теперь уже поздно. Я знаю это! ”）[39]

這一段精闢的描寫，表達了托爾斯泰思想的精華，也是他一生努力追求的，那就是對「全人類普遍的愛」，與墨子和耶穌在這方面是同出一轍的。

---

[39] Л. Толстой. 37 глава второй части 3 тома // «*Война и мир*». Москва: «Художественная литература», 1978, с.193.

四、結論

仔細研究了托爾斯泰的思想之後，所得出的結論是，它並非如一般所想像的、單純地承自於基督教。從根本上來說，他的學說並非純宗教的，而是一個披著宗教外衣的倫理體系。表面上看來，它雖然是以基督教宣揚福音的方式呈現，但在實質的精神上卻與中國的古典哲學——道家、儒家、墨家的思想更為接近。再以文化心態來看，托爾斯泰與老子、孔子、墨翟一樣，所重視和關心的是「人」的問題。他們都偏重於人的行為規範，徹底表現出「關切」（concern）的心態，關心「客體會怎樣」。他們並不多談基督教或其他宗教所謂的「神」、「上帝」、或「天」等。對他們而言，這些不過是普世律令的代名詞而已，他們更關心的是人在家庭、社會、國家、宇宙間行為舉止的道德規範。托爾斯泰強調這是「達到幸福的必經之路」。就如同儒家達到「仁」、道家達到「自然」、墨家達到「兼愛」所必經之路。

托爾斯泰曾多次表示他的思想深受東方哲學，尤其中國古典哲學的影響。他多方涉獵中國道家老子、儒家孔、孟及墨家墨翟的典籍，從這些論著中汲取精神力量，並為他的學說增加了有力的立論。基於同樣的文化心態，托爾斯泰的思想與中國的古典哲學不僅很容易發生直接的聯繫，而且對世界和人生的表述有基本相近的看法。這與西方近代文明所表現出來的文化心態，亦即過度偏重科學的求知心態是截然不同的。

托爾斯泰倫理思想的三大主軸與中國古典哲學思想（道、儒、墨）的主要基本精神訴求有著異曲同工之處。在「勿以暴力抗惡」與道家思想中「道德的自我完善」和墨家思想中「全人類普遍的愛」，皆可找到共同的立論精神。透過這些思想及精神的比較，將有助於一般對托爾斯泰思想及其作品的進一步了解；同時對俄國文學，乃至俄國文化及中國傳統文化也會有更深入的認識。

參考文獻

1. 托爾斯泰著。《懺悔錄》。轉引自智量等。〈列夫·托爾斯泰與中國〉，《俄國文學與中國》。上海：華東師範大學出版社，1991。

2. 托爾斯泰著。《那麼我們該怎麼辦？》。轉引自智量等。〈列夫·托爾斯泰與中國〉，《俄國文學與中國》。上海：華東師範大學出版社，1991。

3. 托爾斯泰著。《我不能沉默》。轉引自智量等。〈列夫·托爾斯泰與中國〉，《俄國文學與中國》。上海：華東師範大學出版社，1991。

4. 托爾斯泰著，王志耕，張福堂譯。〈生活之路〉，《托爾斯泰隨筆》。上海：三聯書局，2001。

5. 朱熹集注；林松、劉俊田、禹克坤譯注。〈大學〉，《四書》。台北：台灣古籍，1996。

6. 李明濱。〈崇尚儒道學說〉，《托爾斯泰及其創作》。遼寧：遼寧大學出版社，2001。

7. 《俄國作家、評論家論列夫托爾斯泰》。北京：社科出版社，1982。

8. 《馬太福音》，第五章。

9. 國學粹編；李漁叔選注。〈天志（上）〉，《墨子選注》。台北：正中書局，1977。

10. 智量等。〈列夫・托爾斯泰與中國〉，《俄國文學與中國》。上海：華東師範大學出版社，1991。

11. 葉程義。《老子道經管窺》。台北：文史哲出版社，1993。

12. 錢穆。〈略論中國哲學（一）〉，《現代中國學術論衡》。台北：東大圖書，1984。

13. 羅曼・羅蘭著，傅雷譯。《托爾斯泰傳》。台北：台灣商務，1996。

14. Gregor A.J. *Metapolitics: A Brief Inquiry into the Conceptual Language of Political Sciences*. New York: Free Press, 1971.

15. Parsons Wayne. *Public Policy: An Introduction to the Theory and Practice of Policy Analysis*. Cheltenham, UK: Edward Elgar Publishing, Inc. 1997.

16. Бердяев Н. *«Истоки и смысл русского коммунизма»*. Париж: YMCA-Press, 1955.

17. Толстой Л.Н. 37 глава второй части 3 тома // *«Война и мир»*. Москва: «Художественная литература», 1978.

伍、
杜斯妥也夫斯基文學作品中二元對立的論述與超越

自古以來人性的善惡問題，至今爭論了幾千年。人類自有文明以來，各個時代的思想家對此爭論不休。究竟人的本性是善還是惡，探討性善性惡的問題攸關社會的道德與倫理價值，至為重要。

道德又是一種是非善惡、行為好壞的判準；而道德也常以社會情境下的倫理為基準。Ethics（倫理）這個字是來自 ethos；ethos 指的是風俗習慣，在特有的社會環境下對行為的規範。因此，倫理就不能脫離現實社會來判斷，也就是，每天人與人、人與物、人與環境的接觸所發生的關係，便需要依照特定的道德意識來形成倫理的要求。

然而，宇宙是否存在一種超越價值判斷的人性至善準則呢？俄國大文豪杜斯妥也夫斯基在他的著作中多所探討人性的善惡、社會道德與倫理價值的二元對立的問題。在其作品中的人物經常處於善惡二元的矛盾，痛苦而無法超越。

本論文將深入研究杜氏著作中的哲學元素及其思想中的二元論述，並探討超越二元矛盾的智慧。在詮釋上，本研究將設法引用康德「道德形上學」的觀念及宗教學的善惡觀，做相互觀照，並進一步針對當前人類因過度工業化造成的心靈困境，探索一條出路，以紓緩當前人類對科技過度發展所造成的恐慌。

一、前言

自從人類作為這個自然世界的「受造物」，成為一個獨立的物種之後，為了生存與發展，型塑了其「群性」的特質，「社會」於焉成了人類歷史發展的主軸。社會一旦形成，在人性中極大化自我利益的本能及客觀生存資源的制約條件下，人就必須在排擠、衝突和合作的關係網絡中活動，包括個人與個人、個人與群體、群體與群體。在關係網絡中，人為了尋求共同生存與發展的秩序，就試圖建構公平的體制，以規範人類的行為和活動，達致穩定、和諧和幸福的社會。體制中就穿梭著權力的運行，方能發揮資源分配的功能，於是就有著支配者與被支配者、統治者與被統治者、剝削者與被剝削者…等等二元對立的角色，而對於處理「對象物」的相關議題，也在人的權力運行下形成了各種生活領域的二元對立關係，這就造就了複雜的衝突關係和對抗。

然而，隨著生活文明的快速進化，人類物質慾望也隨之快速提升。本來，相對於物質資源的處理，包括生產與分配，人應該具有主動性的，應該是具有上帝「受造物」的本質。但是，根據東西方許多哲學家的探索與研究，人性的特質也是具有雙重性的：一者是天賦的、善的「意志」，另一則是受到物質慾望所影響的「意欲」；如此一來，人類的社會文明就在這種二元對立的關係中演進。隨著物質文明的高度演進，激發人的慾望無休止的高漲，於是人就被物慾牽著走，在制度的建構上由主動性變為被動性，體制就遠離了人的善性本能所規範的秩序；事實已經呈現，幾千年來所建構的各種體制已然陷入失靈的困境。有人就曾具體提出下列「和尚分粥」的寓言故事，說明體制的失靈現象；理論上，一般普遍認為和尚應該是六根清淨，其物慾應該比世俗人低，而「粥」則是隱喻著基本的生存物資。

一個寺廟中有許多和尚一起生活（也是一種獨立的社會型態），每餐都要分食一鍋粥，又沒有標準的度量工具。於是，他們就試圖建立一種制度，希望能夠公平合理地解決齋飯分配的問題。

剛開始，由方丈指定一名僧人專門負責分粥的事宜。大家很快發現，這名僧人碗裡的粥總比別人的又多又稠。換了一名僧人，結果還是同樣。為何？權力一旦形成，就會與「外在物」交互作用以滿足個人的慾望。於是，方丈決定改為所有的僧人輪流主持分粥的工作，每個人負責一天。結果是每個人在一周內只有一天吃得很飽，其它六天都飢餓難忍。這種「輪流執政」的制度，表面上看似公平，卻導致很多僧人一旦掌權，就狠狠「撈一把」。這種體制承認每個人都有給自己多分的權力，既然機會難得，有權不用過期就會作廢，於是變本加厲，將權力發揮到極致。其結果是輪流掌權，輪流腐敗。

眼看專人負責制和輪流執政制均不可取，方丈就讓大家依自由意志推舉一位德高望重的、大家都信得過的老僧來主持分粥。這位德高望重的老僧人，起初還能公平分配，過了一段時間，也逐漸為自己和自己親近的人多分一些。以致造成分裂，相互攻擊。原因是社會關係盤根錯節，有近有遠，權力和利益造就阿諛逢迎、行賄和奴性。

具體來說，利益一旦分配就會分化，進而形成階級，階級產生鬥爭，鬥爭造成破壞，破壞導致文明倒退、體制崩解。

在道德和修行都靠不住的情況下，方丈決定由大家共同討論體制改革的問題。於是，透過選舉，成立「分粥委員會」和「監督委員會」，引進監督和制衡的機制。執行一段時間後，公平是勉強做到了，可是在具體分粥時，「監督委員會」（立法部門）常常對「分粥委員會」（行政部門）的工作提出挑剔，「分粥委員會」當然會據理力爭。如此爭論不休，待達成一致再分粥的時候，粥早已涼了，甚至搞翻了。顯然，利益跟隨著權力多元化也會造成分歧，分歧產生對抗，對抗導致內耗，內耗勢必降低效率。

從以上寫實的故事，人們應該可以了解到，當人心不能回歸上天所賦予的「善的意志」時，在物慾面前，所有的體制規範都會失靈。由此可見，制度並不能改變人的本性，尤其經歷長久以來養成了對物質的慾望。所幸，上帝賦予人的性靈是善的意志，只是上帝運用了現實世界中資源的制約性考驗人類對祂所建立的道德世界是否真心的信仰與尊崇。從更深入的角度來探討，這種形而上的、善的意志，只會被壓抑。並不會被消失，也就是說，良知不會完全被泯滅，它都在，因為它根源於形而上的「理性存有」，而不是自然世界的「存在理性」；這就是德國哲學家康德和俄國思想家杜斯妥也夫斯基分別從形而上與形而下的途徑，探索生命的價值，並為人類的命運找尋共同的出路。

本論文旨在透過對杜斯妥也夫斯基文學著作的研讀，分析杜氏思想中善惡二元辯證的小說情節，並同時引證德國哲學家康德（Immanuel Kant）攸關善惡的理論，探索如何在經驗世界中超越二元對立的道德實踐。

二、杜斯妥也夫斯基背景

杜斯妥也夫斯基生於十九世紀俄羅斯傳統的庶民社會，這個出身背景讓他能夠實地觀察和體驗社會底層的俗世生活。當然，毫無疑問的，也因為他生性具有悲天憫人的胸懷，更能以同理心去體會社會底層百姓及牢獄人犯的生活無奈，進而了解人世間善惡的相對性與共存性；凡此種種思想和關懷，他都能透過其文學天分刻畫出人世間善惡糾結的經驗現象。另一方面，杜斯妥也夫斯基因為政治的問題遭致迫害，甚至一度被判死刑，雖然在最後關頭獲得減刑，隨後也經歷了四年在西伯利亞的嚴酷牢獄，加上六年強迫流亡的兵役（其實是勞改）；這一切悲慘的經歷也讓他親身體驗了那種對「瀕臨」死亡的恐懼，更勝於對死亡的恐懼，同時也讓他重新認識一般人對監獄罪犯的刻版印象，超越善惡相互對立的絕對觀。

在思想方面，杜氏受到德國哲學家康德關於道德哲學與倫理學理論的影響甚深，尤其在關於最終的道德根源上，他們都訴之於宗教，兩人存在著共鳴；康德溯源於形上學，而杜斯妥也夫斯基則從生活哲學與心靈感性的途徑探索。其次，在人格的陰暗面上，杜斯妥也夫斯基因為患有賭博成癮的惡習，讓他在生活和精神上承受非常多的折磨，其作品也傾向沉鬱的風格；但或許也因此讓他更能體會善與惡之間的意志選擇。根據這樣的寫作風格，中國左派作家魯迅更推崇杜斯妥也夫斯基為「人類靈魂的偉大審問者」；他指出：「到後來，他（杜斯妥也夫斯基）竟作為罪孽深重的罪人，同時也是殘酷的拷問官而出現了。他把小說中的男男女女，放在萬難忍受的境遇裡，來試煉它們，不但剝去了表面的潔白，拷問出藏在底下的罪惡，而且還要拷問出藏在那罪惡之下的真正的潔白來。」[1]或許這就是佛家禪宗六祖慧能在《六祖壇經》中所揭示的「煩勞之中證菩提」。[2]

---

1 魯迅。《且介亭雜文二集：陀思妥夫斯基的事》。譯林出版社，2918。

2 吳宏一。《六祖壇經新譯》。遠流出版社，2017。

關於人在自然界的存在，康德認為人是同時具有動物性及理性的雙重存有。他指出：人既是一個理性存有（rational being），同時也有一個感性存有（sensuous being）；換言之，人有雙重性格：既作為理性存有的睿智體（noumenon），具智思性格（intelligible character），同時也作為感性存有的自然法定象。具體來說，人同時生存於兩個世界，即超驗的道德世界和經驗的自然世界。[3]而這個雙重性也衍生出生命活動的辯證法則：一者為自然現象的物理性因果律，也就是自然領域的生活世界；另一個則是以自由為原始因子所形成的道德法則的世界。康德又指出：人作為自然界的一員，與其他動物一樣，必須在自然界中生存，那麼他就必然具有本身之外的外在價值，依賴於「外在物」；顯然這是「他律」。但是，人之所以不同於其他動物，乃在於人能自身建立一個更高的目的，那就是道德價值；康德堅信這應該是人自身的目的，不受外在環境的驅使，屬於「自律」法則。另外，人的這項價值可以在道德的實踐中展現，而且是一個脫離現象界以外的「物自身」；[4]這種道德實踐的理論也許就是王陽明先生的「致良知」。

---

3 謝仲明。〈康德論聖人之不可能〉，東海大學哲學系第三次「哲學與中西文化：反省與創新」學術研討會論文集，2003，頁 180。

4 Kant Immanual. Critique of Practical Reason. Indianapolis：Bobbs-Merrill Press, 1956, pp. 63-65.

人的生命之所以有價值就是人會藉著有限的生命來創造無限的價值。然而，儘管康德非常重視和強調理性存有的道德準則，但在生活現實上，人在雙重性格中的動物本能必然會驅使他在自然世界中滿足自我慾望的幸福追求。康德強調：在人的心中，那些發自自然意欲的驅動，對於人在實踐道德的義務是抗拒的，也就是道德實踐的障礙，有時候這種抗拒道德義務或責任的力量往往十分強大。然而，人即使有墮落的意欲，但內心中總存有一道絕對命令（categorical imperative）隨時發出，迴盪在人們的靈魂中，要求遵守道德法則；[5]這或許就是儒家倡導「人性本善」中自發的善根。康德對人的雙重性以及各自其存有之間的辯證關係——善中有惡、惡中有善的二元並存，杜思妥也夫斯基在他的文學著作中以具體的生活體驗細緻刻劃了這種既矛盾又相容的人性。

回頭再來看當前的世界，種種景象與十八、十九世紀時所面臨的文明轉型有著類似的背景，甚至同樣也被認為瀕臨亂世的景象。那麼，那個時代的經驗知識是否也可以提供當代人類的一種警示或啟發呢？十八世紀工業化社會的科學主義衝擊著自然主義思維的農業文明，而當前的人類社會也正處於從工業文明典範向知識文明典範轉移的混沌與重建的階段，人們普遍感受到社會失序、生

---

[5] 康德著，李秋零譯。《單純理性限度內的宗教》。商周出版社，2005，頁 35。

活不安定及生命迷惘的末世恐慌，尤其是知識文明發展極致所衍生出來的恐懼，譬如AI機器人、大數據、5G通訊網路系統、複製人…等快速推進的科技，對人類生存機能的取代和生命價值的威脅。表面上，世界的治理機能雖然也相對提升了，包括高效能、高效率、行動快速、自動化、空間無限擴張、領域滲透深化、物質消費的滿足極大化…等等，然而，凡此種種卻反而使得精神生活空洞化、生命價值虛無飄渺，似乎十八世紀的虛無主義又重新衝擊著當代人的心靈。在物質生活大幅度提升，物質慾望得以解放和滿足之餘，人們在心靈中卻自我築建了一間杜思妥也夫斯基在其小說中所描述的「地下室」景象；人們儼然生活在一個四面被「慾望牆」所包圍的密室中。

基於人類的歷史經驗，人們一直懼怕政治獨裁；殊不知，這種獨裁只是對個人外在行為的自由限制，而當代人所失去的自由是心靈的自由；這種自由受到物慾的獨裁和本身自然意欲的限制，卻不能自覺。[6]在思維決定行為

---

[6] 根據康德的說法，意欲與意志不同；「意欲」是有外在物作為行動的對象，然後人透過行為或活動以滿足對此外在物（存在於自然世界）的支配，其行為或活動必須根據自然界的因果律，所以是一種「他律」的行為法則。而「意志」則無行動的實踐意涵，不受外在物的支配，也不受自然因果律的規範，是一種「自律」法則；它完全來自於先天的絕對命令（categorical imperative），這個命令的源頭來自於上帝，是形而上的，無法透過經驗知識的理性推論得出。這也符合了儒家主張天在人的心中，天與人是合一的，天不存在於自然界中，是從形而上，再透過人的實踐

的本能效應下，人的行為自由也會被物慾對心靈的禁錮所剝奪。看看當今的宅男和宅女，為了滿足物慾，其自由受到自我的限制，恐怕不比牢獄輕微，豈能不令人感嘆？

面對當代這種末世情境，本論文將回頭檢視上一個文明的典範轉移——從農業文明轉移到工業文明，進一步探索相關的個人心靈狀態及社會景象。上次的典範轉移是由啟蒙時代的科學主義和理性主義所啟動，挑戰傳統基督教的神學權威與教條主義，開啟了現代化和現代性的發展歷程；它主張擺脫神權的拘束，講求實證，從教會控制生活的枷鎖中掙脫，找回自我的生命價值，因而孕育了現代的自由民主觀念。儘管蘇格蘭的休謨（David Hume）認為它就是「人的科學」，[7]但不管如何，關於人的生命與生活的知識可溯源到形而上的存有（being），極其深澳和廣泛，而科學是針對萬物存在（existence）形而下的現象和因果法則，具有其侷限性，無法涵蓋人的一切。[8]

而呈現「天意」，所以，儒家主張：天視自我民視，天聽自我民聽；康德稱之為「道德實踐」。然而，漢朝董仲舒卻在人心之外建立了外在的天，由「天子」作為天的代言人，掌控對天的話語權，違反了真正的儒家思想。

[7] David Hume. An Enquiry Concerning Human Understanding. Mineola, New York: Dover Publications, INC., 2004.

[8] Kant Immanual. Metaphysics of Morals, translated by Gregor Mary. London UK：Cambridge University Press, 1996.

由於科學的侷限性，發展至今來看，人在生存的意義上，一切想以科學來取代「上帝」（所以才有「上帝死亡」之說），或想要以它來探索人的一切，都注定會失敗。當時的科學主要是以探索物質的存在規律為主，講求實證，因此也就偏重於物質主義；這樣的唯物主義思想也衍生了馬克思的社會主義，甚而成為當代共產主義的宗師。但是，人就是一個整體，包含著物質世界及精神世界。啟蒙的思潮雖然啟動了人類物質文明的高度發展，但同時也以同樣力道衝擊了人性，不管是個人心靈或社會的網絡機能都遭遇了物質與精神失衡的問題：在過度依賴於物質享樂之餘，人類陷入了個人心靈的焦慮、人性的多變與矛盾、社會現象的混沌、道德觀以及是非觀的模糊…等等。未來的人類社會真的能夠無限制地往物質理性發展嗎？確實值得人們的深思與反省。

回顧十七、十八世紀的年代，歐洲如火如荼地興起了啟蒙運動，社會隨之浮動，思想界和知識界也激起論辯，就如中國戰國時期的百花齊放、百家爭鳴，其目的都在找尋一條可以符合人的生命價值、滿足人類生活目標的發展道路。接下來，西方的這個思潮不斷向外擴張，逐漸影響了世界，也帶動了世界性的思想革命和社會變革。毫無疑問，從地緣及文化發展的途徑來檢視，首當其衝的國家應該就是俄羅斯。

隨後的十八、十九世紀，俄羅斯在受到西方啟蒙思想的衝擊時，其知識份子是採取怎麼樣的態度來應對西方湧入的思潮呢？毫無疑問，這是值得人們關注的議題。歸結這時期俄羅斯的思想家、哲學家和文學家，一般認為，當以杜斯妥也夫斯基、屠格涅夫和托爾斯泰三大文豪為其代表；三人雖然各有其主張和寫作風格，但都關注到人性的種種問題，以及可能的解決方式。這些議題對個人心靈的撫慰、生命價值的維護、道德神聖性的建立、以及社會秩序的穩定，都產生了重大的影響；在文學與思想上，杜斯妥也夫斯基對世界及後世的影響更為深遠。[9]

因此，本論文將深入探索杜斯妥也夫斯基文學著作中的哲學元素及其思想中的二元論述，並進一步探索超越二元辯證的問題。杜斯妥也夫斯基重視人的心靈探索，尤其從處於罪惡環境或艱困環境的人性表現中做細微的觀察，並認為道德的問題是人之形而上的問題，這一個觀點與康德的立論相吻合；他們二人都以超越現世的精神，力圖透過時空世界，把目光投向彼岸的永恆。杜斯妥也夫斯基雖然一生信奉基督，但無意識中卻和佛家超越生死的概念相似。所以，本研究將在詮釋杜斯妥也夫斯基的文學著作及思想時，設法引用康德「道德形上學」的觀念以及其宗教學的生死觀與善惡觀，做相互的對照與論述。

---

9 Slonim M. The Epic of Russian Literature. London, UK：Oxford University Press, 1950, p.88.

三、杜斯妥也夫斯基對善惡二元的生活體驗及文學創作

就如人體包含著外在形體和內在靈魂一樣，一部文學作品應該也是由兩個主要成分統合而成：外在形式（表達技巧及編碼結構）和思想（這是文學的內在靈魂）。這也就是中國唐朝文學家韓愈所倡議的「文以載道」之說，其根本要旨概都在「探索人性或生命的種種問題」，而不能只偏重於詞藻的華麗。如果進一步把文學著作所要呈現的思想內涵歸納起來，概略可分為四個層次——感官、感情、哲學與神學；這四個層次並不是相互排斥而獨立存在的，它們是根據情節的需要交互融合於文學作品當中，主要是要表達完整的生命內涵、人生意義和生活感情。

觀之於杜斯妥也夫斯基的文學作品，它們之所以最讓世人稱道，並且能夠打動人心，與讀者產生共鳴之處，就在於它所呈現的思想內涵，深入發掘了一般人普遍疏忽的、卻是攸關人性的種種問題，而這些問題對於人心的平安、生活的滿足及社會的和諧又非常的重要。或許有人會進一步問到，杜斯妥也夫斯基的文學作品為何能夠有如此的造詣呢？這就關係到他個人的人生遭遇、不完美的人格特質、身處惡劣情境中的反省能力、堅忍的人生觀與天生的敏銳直覺力，同時也跟他心中存有一份悲天憫人的胸懷有關，如此讓他能夠體會罪惡中所存在的良知，呼應了康德的「道德形上學」。

關於文學作品的評論，中國當代諾貝爾文學獎得主莫言在其獲獎的感言中指出：一部動人心弦的文學著作往往是作者經過苦難錘鍊出來的成果；而這正是杜斯妥也夫斯基一生的寫照，也是其作品的特質。杜斯妥也夫斯基一生所經歷的磨難非一般人所能想像：經歷四年在西伯利亞的嚴酷牢獄、接著是將近六年嚴酷冰雪的勞改生涯、加上貧病的無情打擊。他面臨過執行死刑前的驚恐與求生的飢渴，以及嚴寒和長期病痛的煎熬。顯然，他的文學作品之所以如此打動人心，令人驚異，正印證了一句名言：苦難淬煉不凡的成就。

其次，人終究不可能完美，除了必須忍受時代的轉變與生存環境的無情衝擊之外，杜斯妥也夫斯基的不善理財、癲癇病和好賭性更加深了他的磨難。然而，不管是外在環境所施加的磨難或是內在習性和病痛的障礙，他都能理性的面對它、正視它，進而將它們轉化成正面的能量，而成為其文學作品的內涵，呈現給讀者；這一切的不完美卻隱藏著他在寫作上的完美因子，造就了剖析生命的文學鉅作。

關於癲癇病，杜斯妥也夫斯基並不避諱，也不在意別人對他的看法。取得 1974 年諾貝爾文學獎的法國作家安德烈・紀德（Andre Paul Guillaume Gide）提到：我們發現癲癇病不但沒有妨礙杜斯妥也夫斯基的道德及思考能力，反而使他在形體極度脆弱的狀態下，集中精神去追尋、去體驗另外一個世界，向神秘的境界躍進。[10]另外，法國著名的哲學家和神學家呂巴克（de Lubac）也針對他所寫的「地下室手記」發出了以下的讚嘆：[11]

> 當他透過從地下室發出的聲音，譏諷那些健康的人，說他們頭腦壯壯；對他們來說，牆就是牆，碰到牆壁時，就乖乖地後退，為了能確定這個不可破的發現而沾沾自喜。無疑地，他是在影射他的病，也許在癲癇病發作的時候，他竟能：把頭抬到牆頭上，瞭望人不可能見到的境界。待落下來時，頭昏目眩，對那奇異景象的消失，心中充滿遺憾。但是，他終於看到了，看到了！

杜斯妥也夫斯基自己在《白癡》（Идиот）一書中也這樣描寫著：「…六點鐘的時候，他來到沙斯古，塞羅路的車站，孤獨漸使他不耐了，一種新的熱情和衝動抓住他的心，有一陣陣浸漬他靈魂的黑暗被一種光明照耀起來。…」[12]他竟然能把別人認為恐怖的癲癇發作看作是一種生命的機運，並在向朋友說明這種「類似神魂超拔的體

---

10 Andre Paul Guillaume Gide。《杜斯妥也夫斯基》。志文出版社，1971，頁 29-30。

11 杜斯妥也夫斯基著，斯元哲譯。《被命運撥弄的人》。文壇社，1971 年 4 月；遠景出版社，1979 年，頁 31。

12 Достоевский Фёдор. Идиот. https://ilibrary.ru/text/94/p.1/index.html (2018.12.07)；王行之譯。《白癡》。十月初版社，1968，第二部第五章。

驗」時，提出這樣描述：[13]

> 在發病的剎那中，我體味到幸福，這在正常的狀態之下從未有過，對此幸福不可能有任何觀念。對我而言，整個世界所呈現的是完整的和諧；這感受是那麼甜蜜，那麼強烈，我可以向你們保證，為獲得幾秒鐘這樣的幸福，值得付出十年的生命，甚至全部生命。一個偉大的聖德，一個嚴重的罪過，超越此岸的喜悅，超越此岸的痛苦，這些感受突然間都結合起來了，凝聚成一點。接著是癲癇病患者可怕的呼號，令人相信不是病人在呼號，而是另外一個存在病人身體之內的聲音在呼號，這個存在不是人。

確實，不管怎麼說，癲癇病對人的折磨是嚴酷的，肯定也折磨了杜斯妥也夫斯基。然而，他卻能在極度的痛苦中，體驗到一股極大的衝力自生命中升起，衝向存在的彼岸。這整個過程就只是幾個剎那的時段，他卻能抓住了那個虛幻世界中的和諧和喜悅（可能是他所認知為永恆的彼岸）。當他再度返回人間現實時，內心又難逃愧疚，但不管如何，他總是窺見了一般人沒有資格窺見的景象。杜斯妥也夫斯基對人性及苦難的體會總是從正反兩面的二元思考，從一面到另一面的來回中體會，透過這種心靈的

13 同註 11，頁 126-127。

迴盪，故而能夠跨越二元的矛盾，達致人間圓融的境界，這當中的動能應該是來自於對基督信仰的愛。這種迴盪在康德的宗教哲學也主張：人的自發性與自律性的真正自由應該是流動於先驗的道德世界與實踐性的自然世界，而得以體現。[14]存在主義哲學家威廉·白瑞德（William Barrett）在評論杜斯妥也夫斯基時，很貼切的提到：「杜斯妥也夫斯基是一個太複雜、太猛烈性格的人，實在一言難盡。他的身上除了聖人以外，也帶著點犯人的味道…杜氏的性格確實有令人厭憎的一面。不過，也許正由於這些人性的矛盾表現極為深刻，才使他成為人類存在真理的最偉大見證人。」[15]禪宗六祖慧能的「頓悟」可能也要在這種矛盾世界的辯證融合中體會，要從煩勞的俗世中去證菩提。

從不同的時間、不同的角度及不同的事件來觀察，表面上，杜斯妥也夫斯基的個性確實有著二元矛盾的特質。不過，也就因為深受二元矛盾的折磨，從折磨中去體會和自覺，才得以超越和昇華，這也就是他不同於其他人，而能夠成就其偉大的動能。這種超越二元矛盾的特質是杜斯妥也夫斯基經過長期苦難淬礪出來的——流放十年，

---

14 Kant Immanual. Critique of Practical Reason. Indianapolis: Bobbs-Merrill Press, 1956.

15 Barrett William. Irrational Man: A Study in Existential Philosophy. New York: Doubleday, 1958；杜斯妥也夫斯基著，彭鏡禧譯。《非理性的人》。志文出版社，1969，頁 133-134。

包括西伯利亞死牢四年的煎熬及六年嚴酷的勞改，其思想的深邃及寫作風格的細緻是經過他高貴人格的自覺、對世人的愛及發出信仰的呼號，如此才得以凝聚出超人的能量，指向人性障礙的超越和昇華而形成高尚的情操。

杜斯妥也夫斯基生於 1821 年，而十九世紀的俄國正值一方面進行歐化改革，同時又積極對外擴張的時代，整個國家和社會無可避免地必須面對著內外在的重大衝擊，包括俄國的傳統價值觀與現代化思潮產生衝擊、俄羅斯民族主義與西方自由主義產生碰撞、西方民主與現實極權的對抗…等，這個背景造就了俄羅斯知識份子敏銳的觀察力與深刻的反省意識。然而，這樣的時代背景同時也埋下了造成杜斯妥也夫斯基一生悲慘命運的因子。

接著，再來看杜斯妥也夫斯基的出身背景，他成長於當時社會的小資產階級，他的父母在莫斯科的鄉下擁有一座農場，童年也受到了父母的庇護，得以過著恬靜的農莊生活；平穩渡過了童年，這也是他一生中最值得回憶的日子。關於這一段農莊生活的回憶，杜斯妥也夫斯基在《一個作家的日記》當中，關於這一段農莊生活的回憶，杜斯妥也夫斯基在《一個作家的日記》當中，透過對「農夫馬雷」的情節有著生動的描寫。[16]接下來，隨著快樂童年的結束，坎坷的人生正等著他；1837 年，他六歲時，

---

16 杜斯妥也夫斯基著，邱慧璋譯。《杜斯妥也夫斯基小說集》。志文出版社，1972。

母親過世，接著於 1839 年夏天，他父親又在自己的農莊被農奴刺死。

其實，青年時期的杜斯妥也夫斯基，生活浪漫、奢侈、放蕩，喜歡流連於歌臺舞榭，更糟糕的是陷入了對賭博的迷戀，這使得他甚至到了中年都無法擺脫對輪盤賭博的沉迷。1844 年之後，他才開始全心投入文學的寫作與出版的工作，並且以一個熱情浪漫的理想主義者參與了「彼得拉舍夫斯基」（Петрашевский）讀書會。該集團的成員都屬於那個時代的熱血青年，主張以緩和的方式改造社會，解放農奴，要求更多的「自由、民主及平等」。然而，沙皇為了防止暴力革命，穩住其政權，堅決對那些被歐洲思潮影響的自由主義份子採取嚴厲的高壓政策。1849 年 4 月，「彼得拉舍夫斯基」集團的 34 名成員被沙皇當局逮捕，當中 21 人被判處死刑，而杜斯妥也夫斯基就列名死刑名單中；這個遭遇使他無意中一腳踩入了悲慘命運的泥淖，從此也毫無選擇地邁入了自我淬煉的人生旅程。

被捕之後，杜斯妥也夫斯基在寫給他哥哥的信函中提到了他被判刑前後的心境：「人類具有不可置信的耐力和求生意志；我從來不敢設想我自己有這麼多耐力和求生意志；而今我從經驗得知它們確實存在。」[17]1849 年 12

---

17 小林秀雄著，李永熾譯。《杜斯妥也夫斯基的生活》。水牛出版社，1970，頁 26-27；Andre Paul Guillaume Gide。《杜斯妥也夫斯基》。志文出版社，1971，頁 59。

月22日早上8點，杜斯妥也夫斯基和其他被判死刑的同伴一起被押上刑場，就在執行槍決之前幾分鐘，執行官突然宣布，死刑已由沙皇改判為其他徒刑；他被改判赴西伯利亞的牢獄中監禁四年。當走上刑場的那一刻，他深刻體會到了生命的寶貴，以及人類求生慾望的迫切感。杜斯妥也夫斯基後來在其著作《罪與罰》（Преступление и наказание）中，細膩地描寫了臨刑者那種無奈和驚恐的淒苦：[18]

> 在那邊，我見過被判死刑的人，他在死前的一小時，曾這樣想：即使他必須在高巍的岩頂上渡生，站在那樣狹窄的岩頂，看著深深的海洋，籠罩著黑暗，永遠的孤單，不停的狂風暴雨正侵襲著他；儼然需要一生一世站在一尺見方的空地上，站立一千年。這樣的活著都要比現在立刻死去好得多！只要能活！…人是下賤的，然而說他下賤的那個人倒真是下賤呢！

這也驗證了康德一再強調維護生命的延續是一個人作為人的道德義務。[19]另外，孔子主張人本主義：「天」存

---

[18] Достоевский Фёдор. Преступление и наказание. https://ilibrary.ru/text/69/p.1/index.html (2018.12.07)；杜斯妥也夫斯基著，耿濟之譯。《罪與罰》。學海書局，卷二，第六、七章。

[19] 康德對於道德的確認是根據「義務論」的，道德的價值源於人之所以為人的義務，不是決定於工具功能所得出的結果。很多

在於人的心中，不是外顯的天，也就是天人合一的真諦。當儒家又說「上天有好生之德」時，其哲學思想中就隱喻著：既然天在人的心中，那麼維護生命（好生）乃是人在道德上的基本義務。

爾後，根據這個深刻的體會，杜斯妥也夫斯基也在《白癡》一書中深刻描寫了一個人在臨刑前對死亡所感受到的恐怖。它是這樣描述的：我們可以想像，在被執行死刑前的幾分鐘，他的心靈所受到的震撼有多大。關於「瀕臨死亡」的恐懼，書中進一步提到：[20]

> 行刑前最壞的感受就是在那「一定曉得」上，當你把頭放在刀底下並且聽那刀在頭上滑動，那瞬間是最可怕的。…斬殺凶犯這種的懲罰不是犯罪本

關於康德著作的中文及英文翻譯本都把義務翻譯成責任，近來哈佛大學教授 Michael Sandel 在《Justice: What's the Right Thing to Do》一書中才以「義務」作為表述。責任為外加驅使的鞭策力，由自身承接或接受，是「他律」；而義務則是內在意志的自我約制，為「自律」準則。義務具有必然性和絕對性，是一種本質的強制規範；行為一旦違反義務就否定了本體的本質屬性，在人而言，即失去作為人的本質，更無任何道德價值可言。因而，義務隱含著無條件地遵守，它來自於理性的聲音或覺知，是不含任何誘因的服從，只是一條讓人清楚認知必須服從的法則，這是絕對命令（categorical imperative）。這跟儒家的「良知」是相通的。

[20] Достоевский Фёдор. Идиот. https://ilibrary.ru/text/94/p.1/index.html (2018.12.07)；王行之譯。《白癡》。十月出版社，1968 年，第一部第二章。

> 身所能比得了的。法律判決的斬殺，其恐怖程度不是被強盜殺害這種事所能比得了的。…誰能說出人性是否能夠耐得過這種懲罰而不流於瘋狂的呢?…為什麼有這種既可憎又無用且非必要的滋味呢？關於這種苦難與橫災，基督也曾說過，不成！不能這樣對待一個「人」。

這種對瀕臨死亡的恐懼及刻骨銘心的感受，讓杜斯妥也夫斯基一生厭惡死刑這種違反人道的制度，這或許也是當代「廢除死刑」倡議的立論基礎吧？

然而，從另一個角度來說，這種在受刑前所面對「瀕臨死亡」的驚恐也迫使杜斯妥也夫斯基體會到與基督之間的密切關連，令他對上帝的信服終生不渝。一般而言，人往往都只能看到存在現象的部分面向，甚至只觀察到現象的某一個面向，更會受限於「自我涉入」的主觀偏好，很容易就陷入了「二元對立」的偏執：也因而，普遍會認定善惡分明，善中無惡性，惡中無善性。但是，客觀存在的事實、真相或真理是全面性的、多方位的，也不是那麼涇渭分明得絕對；然而，人卻只能立於一個方位，就算看到「外顯」的事實（表象的善或惡），沒有真正投入事實的內部去觀察和分析，可能也很難得出真相，甚至根本不是真相；以杜斯妥也夫斯基的體驗和經歷，如果人能投入事實進一步去觀察真相，那麼對立的二元是能超越的，也必須超越，才能圓融、和諧；那就是寬容與愛，這是所有宗教所倡導的價值。不了解囚犯內心的真相，又如何對他們救贖呢？

杜斯妥也夫斯基在《白癡》中借由一張畫的啟示又提到對耶穌基督的領會；他聯想到受刑者的面孔與基督十字架之間的情境印驗。一個犯人站在斷頭台上，等待末日來臨的那種面孔，當中充滿了絕望與驚恐，該情景正勾畫出人類最大的淒苦與悲哀；這個時候，人應該最能體會，當年基督所揹負的那個十字架正是古羅馬最為殘酷的刑架，而基督卻能把它當作一副擔子，去承擔全人類的痛苦。[21]歷經苦難的人才能體驗「璞玉蘊於粗石」的真諦，沒有經過磨難而得出的玉石，無法呈現出燦爛的光澤，而經過磨難發揮出來的愛是最偉大的；這也正是杜斯妥也夫斯基能夠養成脫俗的氣度且令人由衷敬佩的人格特質。

當一個人站在死亡的邊緣上，才可能向生命及存在的深處去體驗和反省，進而爆發思想的瞬間昇華；也因此，杜斯妥也夫斯基的文學作品常常點出了人性中這種二元存在的矛盾，並能從思想上以最大的愛表達寬容。他在《罪與罰》一書的結尾中感嘆著說：殊不知，那新生活並不是無緣無故會給他的，是需要以極大的代價、極大的掙扎和極大的痛苦去換來的呀！這種最深刻感人的論述

---

21 同上註，第一部第五章。

大部分呈現在他的死牢煎熬及流放生涯的體驗，也最能激起讀者的共鳴。

在杜斯妥也夫斯基被流放西伯利亞總共十年的生涯中，有四年是被判處牢獄之刑的。在一般人的刻版印象中，對於那些被判刑的犯人總是以負面的眼光來看待，很難以同理心和平常的眼光來理解，更不會試著用愛心和寬容的態度來體會犯人的心境和行為。在這一點上，杜斯妥也夫斯基竟然能夠在牢獄之中基於同理心及憐憫心，以超越「善惡二元對立」的觀點和胸懷來判別。關於這個心境與觀察，他曾在給他兄長的信函中這樣的描述：「在流放地裏，親愛的哥哥，犯人並不是野獸，而是人，恐怕是比我更好的人，也可能比我更有價值。」[22]

接著，在被迫六年流放的嚴寒路途中，杜斯妥也夫斯基的內心難免充滿不安，身心都受到極大的折磨。儘管如此，在他的日記及信件中，讀者仍然可以感覺到其精神還是相當振作的，而且面對即將來到的新奇環境，也令他興起一種特殊的活力。根據與他鎖在一起的一位波蘭人的描述：「把我從絕望中拯救出來的是杜斯妥也夫斯的友善與有益的談話——他的機敏、他那微妙的感想、他那詼諧的俏皮話——這些都給予我一種平靜的影響。」這位波蘭人也推崇他是「男人中最勇敢的，同時在勇敢的時候又具

---

22 Andre Paul Guillaume Gide。《杜斯妥也夫斯基》。志文出版社，1971，頁 60。

備女人的許多特性」。[23]在那種惡劣的環境及悲慘的遭遇，他的內心在不安之餘卻是熱情溫暖且對別人充滿同情，也同時對別人給予他的同情特別敏感。

杜斯妥也夫斯基在1860年寫的《死屋手記》（Записки из мёртвого дома）中，深刻陳述了那四年的牢獄生活以及度日如年的艱苦歲月：他是如何渡過那段恐怖的歲月，承受那不可名狀的痛苦，而且這整整四年監獄的高牆都不時地在他的意識中縈繞著。然而，這種無情的磨難卻讓他能夠透過粗野、罪惡、絕望的情境，去觀察人類心靈深處的矛盾、掙扎與飢渴。而且杜斯妥也夫斯基也同時發現：在那些罪犯的可怕外形之下，竟然也深藏著人性善良的一面。在《死屋手記》中有著這樣一段描述，最能呈現人性的二元並存：[24]

> 你認識這人許多年，心想他是一隻獸，不是人，你看不起他，但是忽然無意間發現他的心靈，由於不由自主的衝動而暴露到外面來。你看到了他身上有許多豐富的情感和良好的心腸，他了解自己和他人的痛苦，你的眼睛好像睜開來了。在最初，你甚至不相信你自己見到和聽到的一切。

---

23 威廉·哈本著，楊耐冬譯。《人類命運四騎士》。水牛出版社，頁46-47。

24 李震。《杜斯妥也夫斯基的精神世界》。輔仁大學出版社，1983，頁28。

關於杜斯妥也夫斯基的這個觀察和論點，康德的《道德形上學》也認為每個人都存有善的意志，這是人的理性存有，它隨時都迴盪於每個人的道德世界中，雖然是形而上的，而且超越經驗意識，但每個人都能覺知得到，並適時地會發出遵守道德義務的絕對命令，這也就是人的「良知」。只不過，人生活在現實的經驗世界中，難免都會受到動物性"意欲"的觸動，行為因而也被牽引，進而做出違反道德的惡。在這種情境下，內心發出的絕對命令就會發揮作用，要求意欲無條件地依據「應然」的道德法則行動；這個「應然」是先驗的綜合命令，在實踐理性中會被意識到。這也就是杜斯妥也夫斯基在那些罪犯身上所看到的善。

這一個深刻的觀察及發現，徹底改變了杜斯妥也夫斯基的人生觀、宇宙觀及道德觀，得以從二元對立的認識中超越，進而也帶動人格的昇華。俄羅斯大文豪托爾斯泰也曾認為這一部分是杜斯妥也夫斯基的作品對人性刻畫最完美的呈現；一般認為經歷的四年苦牢生活，讓他磨煉出一個堅強而偉大的心靈。對杜斯妥也夫斯基的精神世界有著深厚研究的學者李震很感佩地指出：[25]

> 這四年充滿痛苦的生活，使他深深體驗到對同胞及全人類一種迫切而深摯的愛心與同情，好似被一種不可逃避的懲罰追逐著，命定要肩負起罪惡

---

[25] 同上註，頁 29。

> 的重擔，時時刻刻，直到生命的末日。他徹底體驗到存在的限度，以及被痛苦和罪惡撕裂的狀態；人必須突破矛盾，奔向上帝，否則只有跳向虛無的深淵。

從這段評論來看，杜斯妥也夫斯基似乎在隱約中極力想要在道德與宗教的精神世界尋求人的再生，同時也暗示著，道德的深層意涵及對宗教的信仰將是超越二元對立的出路。而這個超越顯然不在於物質性的自然世界，而是存在於先驗的道德世界。這個體會，在威爾遜（Francis E. Wilson）引用康德的《單純理性限度內的宗教》一書中，已有特別的論述：康德希望宗教能夠在形而上的道德世界中建立其獨立的、理性的、道德的地位，也使得人類的信仰得以在道德的實踐上立於適當的地位。[26] 這種形而上的、自發的、普遍性的、自律的道德法則是超越自然世界中他律的因果法則，也得以超越自然世界因果律的二元對立，亦即超越物理世界中二元對立的辯證法則。具體來說，康德建構先驗的、形而上的道德世界，才有可能對自然世界中二元對立的超越性找到答案，而宗教則是自然世界中透過信仰與行動的道德實踐。所以，人們會發現，在杜思妥也夫斯基的著作中攸關生命價值與人性善惡的探索最終都是在對上帝的信仰中找到出路。

---

[26] Wilson Francis E. "Kant's Moral Religion", Journal of Ethics. No.81, 1970, pp.80-81.

1854 年 2 月，33 歲的杜思妥也夫斯基從四年的死牢中出獄，旋即又被迫至西伯利亞第七軍團執行六年的勞改，到 1860 年才真正離開西伯利亞，結束其流放的生活，回到聖彼得堡，然後一直居住到 1871 年。他在此期間也到過西歐旅行四次，真正直接接觸了西方的啟蒙文明。然而，他在接下來十年的生活並不平靜，也是充滿了混亂、辛酸、貧困、掙扎、生離死別的生活現實；他所面對的是另一層的心靈淬煉，必須在人性自利和軟弱的本能中，進行心靈上的內外鬥爭，不斷的在罪惡的泥淖中掙扎。在西伯利亞的艱苦是在於肉體與環境的奮鬥，而在這十年，杜斯妥也夫斯基必須反身與心靈的矛盾作掙扎；這一段在生活現實與思想之間的矛盾，也呈現出人性善惡矛盾並存的精神世界。李震對他在這一段期間所發生的生活現實與心靈上道德良知之間的二元對立和掙扎的情境，做了以下精要的描述：[27]

> 他的靈魂體驗到無數的矛盾和衝突，他的存在承受著撕裂又被撕裂的痛苦。由這十年的經驗，我們發現杜氏的個性極度不安定、任性、猜疑、妒嫉、情感難以控制、傾向墮落到自暴自棄和不顧羞恥的地步。然而，我們也看到他心靈善良的一面：正直、熱愛真理、仁慈、富同情心、誠懇、謙虛、堅忍不拔、為理想和信仰而工作等德行，經歷如此的

[27] 同註 24，頁 42。

> 心靈鬥爭，最終還能守住善的心性，這種反省及道德信念往往使我們對他更為油然起敬。

確實，環境有許多陷阱引誘著人性的軟弱而使人墮落，但假如能夠自覺，必也能使人力爭上游，這種超越環境誘惑的力量型塑了一個人的偉大心靈。平心而論，杜斯妥也夫斯基的性格確實存在太多的矛盾，一方面他必須從現實生活中體驗存在的焦慮、不安與矛盾，另一方面也讓他有機會從各種不同的面向，甚至在衝突的對立當中，去真正探索人生的根本問題，進而尋求存在的意義。為了呈現這種獨特的體驗，他透過其著作中形形色色的人物，反映其磨煉過程，進而刻劃出人性的複雜、多樣、多變、不安與矛盾，並指出超越的路徑，告訴人應如何自虛無的深淵中，追尋永恆的光明及和諧。

四、康德的道德世界與杜斯妥也夫斯基的現實世界：道德理論與實踐

康德（Immanuel Kant）是世界級著名的哲學家，生於十八世紀，正是西方啟蒙思潮興盛的時期，其著作，包括《道德形上學》、《實踐理性批判》、《純粹理性批判》、《判斷力批判》、《道德形上學的基本原理》…等，其思想至今仍深深影響著世人。康德的出生地在德國與俄國邊界的哥尼斯堡，原屬東普魯士，至今是俄國的領土；由於

地緣接近俄國，其思想對俄國知識界的影響既深且遠，從杜斯妥也夫斯基的著作中也可以明顯的發現康德的思想軌跡。

事實上，在杜思妥也夫斯基生存時代的前一個世紀，康德已經探索了攸關人性善惡的問題。康德認為人是感性世界（也就是可感受到的自然世界）中的理性「存有」（上帝所賦予），而這個存有的理性讓人意識到自己是自律的、是自由的，當中蘊含著先驗的（也就是先天的）綜合判斷——應當，也就是從內心中告訴自己，人之所以為人，甚麼是應該做的（應然性行為）。而這個內心的訊息或聲音來自於上帝賦予的理性存有，對人而言，那是無條件的、沒有任何原因為前提的絕對命令，讓內心的絕對命令與道德結合，就成為人在形而下之自然世界中道德實踐的可能。康德同時認為，在形而上的道德理念中有三項非經驗性的精神設想，即上帝、靈魂不朽及理性存有的自由，上帝和靈魂不朽只能透過想像和理論推演，當中只有自由所衍生的道德可以經由自然世界中的實踐而體會和認知，而且具有普遍性，[28]這就是為何自由是人的普世價值。如果人在內心中存在自我立法的能力，建構了道德法則，那麼這個天賦的絕對命令就會時時刻刻清楚地迴盪

[28] Kant Immanual, translated by Smith Norman Kemp. Critique of Pure Reason. N.Y.: Palgrave Macmillan, 1929, p.473; Kant Immanual. Critique of Practical Reason. Indianapolis: Bobbs-Merrill Press, 1956, p.148.

在每個人的靈魂當中，讓每個人在其內心中都存在對道德法則的尊敬。所以，真正的道德律不是源自於經驗世界的因果律，道德行為也不被自然世界的經驗價值（偏好或脅迫）所牽引。

然而，人終究必須生存和生活於自然世界，為了威脅的排除及幸福的追求，難免在行為及其生存活動中會受到感性慾望的牽引，而違反道德的律令。儘管這種對外在自然世界中的意欲，對道德的實踐會產生極大的阻礙或障礙，但迴盪在靈魂中的道德律令猶然會發出「應然性行為法則」的心聲。所以，人除非徹底泯滅人性，就是完全壓抑這種道德的律令，否則隨時都有可能良知被喚起，這就是佛家所說的「人皆具佛性」的意旨，佛者，覺也，也就是被內心的道德律令所喚醒。或許有些人真的是利慾薰心，至死不悔，但到了最後一刻或可覺醒，所以說：人之將死，其言也善。

另外，人所存有的良知，即其內心的道德律令，因為受層層的意欲所矇蔽，不易輕易覺知或覺醒，此時如果透過環境的磨練和自我反省，還是能夠回歸本心的道德律令的，這或許就是康德所說的「神聖意志」，[29]也是宗教家所主張的修心、修行或修練。所以，儒家學聖人之道就非

[29] Kant Immanuel, trans. by Paton H.J. Groundwork of the Metaphysics of Morals. London，U.K.: Oxford University Press, 2009, p.33; 107.

常重視「一日三省吾身」。杜思妥也夫斯基在牢獄的罪犯身上所觀察到的善，就是這些人在外在環境磨難下所顯現的道德律令，恢復人之所以為人的本質；而至於他本身在內心中承受善惡二元對立的掙扎，是他透過自我反省，淬煉出來的人性光輝，也是對這個道德律令的敬服和回歸，那是一種修煉，所以才能激起讀者的欽佩。

其次，康德為了讓讀者易於了解道德律令在人心的存在，就在相關的論述中舉了一個例子：當一個人因某種動機想要加害他人時，此時心中就會發出一股制止的力量。一個有道德理念的人，這種力量不是源自於「違反法律」的警語，而是一股「違背道德」的義務感；這個義務感是人的自我價值，其實踐理性則在維護生命，有了這個基本的義務，人的內心會發出絕對命令要求無條件服從道德格律（maxim），這個道德律是普遍性的，是以「應然」為行動原則；此「應然」是一種先驗的形式，蘊含於「理性存有」，其行動無需藉由經驗來引導。[30]

面對啟蒙時代由科學主義發展出來的物質生活，杜斯妥也夫斯基在《地下室手記》（Записки из подполья）一書中也有深刻的描繪；「地下室」隱喻著人在下意識或潛意識的隱密世界，或許它也是一個神聖難以窺探的洞穴，它就是要從那裏發出隱喻的呼喊。在那本小說中，他

---

[30] 簡端良《聖境與佛境：康德與惠能的對話》。文津出版社，2008年11月，頁30-33。

透過俄國官僚小吏的角色及其表現的行為，道出他本人對政府執行不合理統治的怨氣、憤慨，進而反射出對自由的渴望和執著。同時，在目睹英國舉辦的世界博覽會之後，他以「宏偉的水晶宮」作為一種西方物質化的象徵，描述了啟蒙時代所追求的社會繁榮以及對科學理性的夢想。根據白瑞德（William Barrett）做的研究發現，杜斯妥也夫斯基在發現世人盲目追求「宏偉的水晶宮」的物化現象後，大聲疾呼：[31]

> 在一個理性的烏托邦裏，人可能無聊而死，不然就會為了逃避這種無聊而開始刺傷他的鄰人——沒有其他原因，只想伸張他的自由。如果科學能夠瞭解一切現象，以致最後在一個純然理性的社會理，人類跟機器上的齒輪一樣，成為可以預測的東西。那時候，人類在這種想要知道並伸張他的自由的需要驅策下，會起而把機器（隱喻著人類社會）打個粉碎。…隨著近代社會組織的日益繁複，在他銜接處乃堆起許多像地下室一樣的小人物；這些人雖然毫無表情，骨子裡卻是充滿著沮喪和仇恨的怪物。

回頭看看當前普世官僚受制於權力枷鎖的情況，以及一般人陷身在自我慾望網絡的隱密世界之中，又對科

[31] 同註 15，頁 133。

技極度發展的 AI、5G、區塊鏈、大數據、複製人…等等虛擬世界的不安和恐懼，我們不得不佩服杜斯妥也夫斯基過人的眼光和睿智。

其次，再從一個資本主義社會的弱勢族群來看，我們會發現，隱藏在他們內心的渴望、不平、痛苦、困惑與焦慮，正呈現出那種「地下室人」的幽怨與哀號。放眼望去，我們能看到的景象，如現代化大樓中的辦公室、充滿灰塵和燥熱的城市街道、平民公寓裡孤獨而冷漠的出租宿舍…等等，而這些不就是杜斯妥也夫斯基所描述的有形及無形的「地下室」嗎？人就是這樣一種膚淺的動物，習慣於棋局的玩性上，卻不愛它最終結果的價值；不重價值，只關注程序的賽局，這不就只是一種遊戲嗎？當遊戲結束後，一切又回到原點，在整體價值和個人心靈上將顯現出空虛和虛無，此時再重新疑惑著「我是誰？」、「人的價值是甚麼？」。目前的普世生活規則，不都是掙扎於這種無休止的、被驅趕著的賽局競逐過程中，而不是追尋人真正所需要的價值嗎？用科學或演算理性所追求的確定性，是一種過程，其所呈現出來的生活，其實就是一條邁向死亡過程的開端，[32]這種過程反而是在扼殺真正的生活價值。這種自我存在的衝突，使人陷入心靈空虛、價值虛

[32] 人的一生自出生開始就在走向死亡，這是「有常」，而在奔走的過程中卻面對著無數的「無常」；什麼時候死？怎麼死？都存在無限的可能。

無的慾望追逐中，就有如「地下室人」渴望著自由而不可得。

在啟蒙文明的生活現實中，表面上看，思想似乎得到了解放，人們自知自己不是奴隸，也絕不甘心做奴隸。然而，從形體表面上看似自由的行動中，面對著由科學、物質社會、權力及生態環境所造成的種種障礙時，心靈卻有如陷入了另一個物質化的網絡枷鎖，對人的生活和生存而言就儼如「地下室」的「圍牆」，無法掙脫，終究讓人感受到窒息、苦悶及孤獨無助。雖然陷於物慾的網絡中，人們終究還是會覺醒，嚮往真、善、美的生命價值，偶而也會興起一股衝力，撞向那堵由科技理性所構築的銅牆鐵壁，試圖奮力跳出陰濕黑暗的地下室，衝往自由與光明。

不管科技如何發展，科學肯定不是生命的全部，杜斯妥也夫斯基並不反對科學或理性主義，而是反對把生命看成機器或將之物質化，對於剝奪人類根本性自由的科學是應該矯正或調整的。康德也強調，自由意志充滿著生命整體，生命的本質是自由的，真正的天賦理性本身不應只是一種工具而應存在一個高於幸福追求的目的，這個目的就是一個內在價值，它是一個以自身目的作為目的的本質性價值，是一種根據自由意志而行動的善的意欲。[33]事實上，經過了這幾個世紀物質文明的發展，情勢已經

---

[33] 同註 8，pp.65-67.

顯現，實證主義和科學主義正是這生命創造力的大敵；生命可以推動著科學進化，但科學並不能取代生命。在科學的物質世界裡，人們認為「利益」或「幸福追求」是一切問題的答案，科學就有如一個物理公式把人類的生活牢牢套住，精神的成分大肆被排除，如此也就失去了生命的意志力，因為在科學推演的過程中，受制於他律，就失去了意志自律的本性，也失去了自由。

關於人性的本質，從外顯的行為來觀察，雖然同樣是儒家，孟子與荀子就有不同的主張：一者為「性善」，另一為「性惡」。由此可見，如果從心靈的深度來看，人性應該是同時具有性善與性惡，它會隨著環境的不同或個人的認知，而有不同的顯象。杜斯妥也夫斯基的《死屋手記》不只是在描寫牢獄生活的悲慘，更重要的是要從這個不同於外面世界的生活領域中找尋隱藏在人性中的寶藏——理性存有的善。他從犯人身上不僅看到了獸性及殘暴，也發掘了他們內心中的稚氣和純真；一個看不到惡魔面的理性主義者根本無法了解真正完整的人性，更無法真正了解人類社會所發生的種種現象。這一部分，不管是德國的康德或是俄國的杜斯妥也夫斯基，都有類似的論證，尤其在杜斯妥也夫斯基文學作品中的各種形形色色的主角或相關人物，譬如《少年》（Подросток）中的維爾希羅夫（Андрей Петрович Версилов）、《罪與罰》中的拉斯科爾尼可夫（Родион Романович Раскольников）、《群魔》（Бесы）中的斯塔夫羅金（Николай Всеволодович Ставрогин）、《卡拉馬助夫兄弟們》（Братья Карамазовы）中的伊凡（Иван Карамазов）及阿廖沙（Алёша Карамазов）…等，都展現了這一個事實。紀德（Andre Paul Guillaume Gide），針對這些作品指出：

> 他（杜斯妥也夫斯基）的文學作品中，每一個人物都有深深的陰暗環境…毫不顧及連貫性，動輒屈服於矛盾和否定…無可諱言的，有很多事情他未加解釋；如果我們樂於承認——這正是杜氏期望於我們的—人是衝突感情的居所…這種共存的情形在杜氏作品格外顯得詭譎…。[34]

另外，在反映人的善惡並存的本質上，我們可以引用他在《群魔》一書中關於斯塔夫羅金的一段敘事加以說明：「我仍舊和過去一樣，能夠渴望做點好事，並從中獲得快樂；同時我又渴望邪惡，並且也從中獲得快樂」。這句話更驗證了本文在前面引述康德關於人同時存在於道德世界和自然世界，而具有攸關善惡雙重性格的觀點。

在現實的生活中，當一個人的心靈處於意欲與意志的衝突掙扎中，其內心的道德呼喊，更可能尖銳的表現出來。康德認為，人在自然世界的行為常常受到慾望的牽引而做出惡的選擇，但內心對道德法則的尊敬也不會因此

---

[34] 同註 22，頁 107-110。

而消失，因為那是作為一個理性存有（天賦的）最重要的部分。康德對此進一步解釋，這種自行採納道德法則的主動性就是人之所以為人的「人格」；人處在自然世界的生存法則下，依然能服從於自己的理性存有而產生的道德實踐，人就是藉此建立了自身的人格，讓自己察覺到自己是睿智世界的一份子。[35]

杜斯妥也夫斯基的文學作品常常描寫著人性的這種衝突，生命在自然世界的存在就是漂移在二元對立的不穩定當中：有與無、善與惡、愛與恨、光明與黑暗、真理與虛假、秩序與混亂；主要是因為人生活的現實是自利的，但心靈上卻還是受道德的趨使（這是康德一直強調的，也是人性本善的立論基礎）。於是，人的生活就不斷的在這種二元衝突中掙扎，人性被撕裂了，物慾越滿足心靈卻越空虛。物質的進步如果沒有隨時伴著精神的重建和提升，人常常會自以為掌握了真理（其實所掌握的只是科學規則或理性的演算邏輯），傲慢之心一旦形成，人們就不願、也不會向真正的真理低頭。如此一來，在他律的羈絆中，人類反而為自己製造了更大的奴役及迫害，而且陷入於惡性循環的漩渦中而不能自知自覺；這也是中國古老智慧中所說的「自作孽不可活」。這種情景正活生生的在現代化的生活中展現。杜斯妥也夫斯基透過具有同

---

[35] Kant Immanual, translated by Beck Lewis White. Critique of Practical Reason. Indianapolis：Bobbs-Merrill Press, 1956.

情和愛心的敏銳觀察，從不同的生活情境及社會視角，包括西伯利亞的牢獄生活、流放生活、歐洲繁華社會但心靈虛無的現代化生活，運用細膩的筆法，真誠的為世人呈現這種人性中二元矛盾的論述，冀望能引導世人在這樣的「苦海」之中超越，並探索生命的價值。

五、超越二元對立的道德意志或純粹的自由意志

關於生命的價值，這是杜斯妥也夫斯基最強調的「神聖價值」，這是他在晚年最為關懷，又是最為焦慮的事。他說：「我們愛護我們的神聖價值，因為它們實在是神聖的。如果我們堅持其價值，並非只為用來維持所謂的秩序。我們的神聖價值之所以如此，並非由於有益，而是出自我們的信仰」。[36]接著又說：「我的上帝！一個人成長的時候，如果沒有一點道德基礎，怎麼不變成一個目空一切的自大狂」。[37]為了使神聖價值在混亂的世道中復甦，他主張「歸根」，也就是回歸「本心」（康德所說的「理性存有」，是天賦的、形而上的），要從人心的反省與自覺做起。康德也認為：人在其自身的潛意識中會發現一種有別於所有其他事務的力量，這力量就是上帝賦予的理性，一個

---

[36] 杜斯妥也夫斯基著，張伯權譯。《作家日記》第一輯。書評書目出版社，1978，1876 年 2 月的日記。

[37] 同上註，1877 年 5-6 月的日記。

高於知性的純粹自發的理性，是人自覺於作為一個人的義務，而且在這個自覺中，人可以很清晰的證明到自由的力量。[38]康德把這種可實踐的道德義務稱之為「理性存有」，是形而上的、超越自然世界的科學理性，不在人世間的時間序列之中，因而無法從邏輯性的因果律推衍而出。有關這方面的主張和努力，已經被許多有名的文學家及哲學家推崇為先知和形上學家，法國哲學家呂巴克（H. de Lubac）就說：[39]

> 這是一位先知，是的：不只因為他給人指出了人自己的深淵，而是在某種形式下，他給人發掘了新的深淵，指出人的新向度；因此他預報了人類某種新的境界，同時在實現這種境界的努力中，他自己也變成了先知；因為在他身上集中了現代世界的危機，就如在一座尖鋒上，使我們看到了這危機的特質；又因為在他身上活躍地勾劃出一個答案，是我們在荒原的旅途中看到一片光輝的雲。

杜斯妥也夫斯基到了晚年更重視生命的完整意義，對於超越人性善惡二元的矛盾有更多的關懷，因而更覺得信仰、寬容與愛是人類文明最珍貴的價值；他深信人的靈性與基督的神性都是永恆不朽的，道德問題就離不開

---

38 Beck Lewis White. A Commentary on Kant's Critique of Practical Reason. Chicago, Il.: University of Chicago Press, 1960, p.195.

39 轉引自李震。《杜斯妥也夫斯基的精神世界》。輔仁大學出版社，1983，頁 60。

形而上的問題，所以，人應該不同於其他動物，在靈性上是形而上的動物，生來就應傾向追求形而上的真理；曾經追隨過杜斯妥也夫斯基的俄國宗教哲學家別爾嘉耶夫（Н.А. Бердяев），特別強調杜氏的形上學特質。這種形而上的真理追求與康德所說的，人之所以為人的「義務」相通。

杜斯妥也夫斯基透過人生經驗和文學闡釋了人性的善惡並存，他在《死屋手記》中描述了人性黑暗面的體驗，同時也看到了人性光輝的一面；而康德則是以深邃的思想、從形而上的觀點論述了人性的本質是善惡二元並存。兩位思想家對人性的看法分別在十八世紀與十九世紀間相互輝映；在思想層面上，如果我們說，杜斯妥也夫斯基受到康德的影響，應該也不為過。

康德把啟蒙後的知識分為關於自然律令的自然哲學以及關於自由律令的道德哲學，另外就是超越事實對象的形式哲學——邏輯學。自然哲學講求的是實然性，也就是研究現實生活事物實際出現的定律；道德哲學探索的是應然性，是對宇宙各種實物或現象理應如何出現的準則，超越自然理性的思考邏輯。另外，針對某些現象的悟性瞭解和領會，所得出的「超乎經驗性的原理」就稱之為「形上學」（metaphysics）。因而形上學知識也就有了二大部門，一者為自然形上學，另一為道德形上學。[40]康德特

40 Kant Immanuel 著，唐鉞重譯。《道德形上學探本》。台灣商務印書館，1967，頁 1-3。

別要強調的是道德形上學必須是超乎經驗，必須是純粹理性（不是自然理性）的概念，不能有絲毫人類本身經驗知識的成分，也就是不能從人的存在事實和人所處的世間環境中去探索。

也因此，康德談到的「理性」（reason），是先驗的、是超乎經驗的純粹理性，不同於經驗性的自然理性（rationality）。人類經驗性理性最明顯的機能現象就是物理學的定律以及經濟世界的市場理性，它是人對自利或自愛的價值計算。至於超乎經驗性的理性是人類性靈本質的理性，來自於道德律令，是人作為人的基本義務，乃作為上帝「受造物」存在的基本價值，這跟他在自然世界所衍生的功能、作用或成果都無關。道德純潔性來自於這種理性實踐的意志，也就是好的意志決定良善的道德，而不是由經驗產生的「意欲」（wollen），必須是把自身作為目的的自發性意志才是純粹意志的意志（wille）。康德認為：一個善意之為善，非因其所生的結果，亦非因其能達到預想之目的，只因其為善之意志；一種行為的道德價值決定於行為的意志原則，而非其所達成的目的。所以，康德所說的意志本身都是善的，會有惡的產生是因為人在對自然世界外在物作出選擇時，違反了道德律令；這種對外在物的選擇就叫意欲，合乎道德律令的選擇就是善的意欲，也就是遵循道德法則的意欲，是道德的實踐。康德說：「當一個人以自己的幸福作為意志的根據，這結果是違反道德原則的」，[41]而這種把人自身作為幸福追求（功名利祿的追求及恐懼排除）的工具，不是本身生命存在的價值，把自己當成工具的那種選擇是意欲，而不是意志，更非自由意志。

純粹意志既然超越經驗，就很難從一個人的行為外相中直接看得到，更不能由外顯的行為和價值判定其是否良善。深層來看，真正的良善意志或道德意志在每一個人身上都存在，然而由於它是先驗的、超乎經驗的，所以是無聲、無形、無相，常常令人不自知；佛家就稱之為「本心」或「佛心」。禪宗六祖慧能就提到：「我此法門，從上以來，先立無念為宗，無相為體，無住為本。無相者，於相而離相；無念者，於念而無念；無住者，人之本性。一切眾生皆有佛性」。[42]可見，道德意志的存在除了先驗特質之外，還具有普遍性和必然性。儒家也常說：惻隱之心，人皆有之；王陽明謂之「良知」。關於基督教的教義，在《千福年天書》中特別提到了「宇宙一體之覺知」，是神愛世人，在每個人身上都存有上帝的聖跡顯象，這就是基督。[43]當代神學家坎伯（Joseph Compel）也提到：「聖杯

[41] Kant Immanual, translated by Beck Lewis White. Critique of Practical Reason. Indianapolis：Bobbs-Merrill Press, 1956, p.36.

[42] 聖嚴法師。《牛的印跡：禪修與開悟的見性道路》。台北，商周出版社，2017，頁 41。

[43] Ken Carey 著，周和君譯，《千福年天書》（The Third Millennium: Living in the Posthistoric World）。台北，遠流出版社，1998。

故事要述說的是上帝就在你心中。基督則成了一個隱喻，成了支撐你自我生命的一種超越力量的象徵」。[44]關於康德有關道德意志的思想，杜斯妥也夫斯基就在《死屋手記》的描述中驗證了存在所有人心中的良善本質，甚至被一般人認為罪惡滿貫和邪惡的人，在他們身上都可以發現這種良知的存在；也就是之前所提到的「惡中之善」。康德從形而上的哲學探索了善的本質與源頭，而杜斯妥也夫斯基則從現實世界的道德實踐，從惡的品性中昇華，溯源善的超越性。

道德意志受一種內在律令的引導，康德叫它為「無上律令」或「絕對律令」，是一種純粹理性，沒有一絲自利或自愛的動機或內涵；因而除了這個看不到、摸不著的律令之外，不再受任何牽制或引導，當它存於人的心中形成意志時，也就成了「自律意志」。康德在《道德形上學之基礎》（Fundamental Principles of the Metaphysic of Morals）一書中指出：[45]

> 無論是這個世界哪個地方，不，既使在這個世界以外，能無限制地被視為善的就只有善之意志了。…善的意志，並非依據使之產生或完成的行為，亦即

[44] Compel Joseph 著，梁永安譯。《英雄的旅程》。台北，立緒文化出版社，2001，頁 76。

[45] 轉引自中島義道著，吳鏘煌譯。《關於惡：了解惡的真貌，進化你的思維》。台北：小知文化，2005，頁 21-22。

> 並非已有達成目的之能力才去行善，而只是純然依照意志而行動，換句話說，善的意志本體就是良善的。

相對來說，受到其他因素所牽引時，尤其是自利或自愛的動機，這樣的意志所推動的行為就成了「他律意志」；他律意志已非先天性的意志，已非「善的意志本體」所散發出來的意志，所驅動的行為就遠離了道德良善的意義，應稱之為意欲。這跟佛家講的「功德」有著相同的意涵，當年達摩來到東土，梁武帝向他宣揚自己的功德，達摩回應說：心存功德便無功德。如果行為意志具有追求「功德」的他律，這是世俗所稱頌的功德，非功德本體的本質，那就不是由良善的道德意志所驅動的良善行為。換句話說，如果你是為了得到他人的肯定而為善，那就不是善的意志。康德就認為，實踐道德的律令必須是出自義務心與意志的自律；所謂義務心，就是人之所以為人的價值和責任；人本身就是目的，而不是工具或手段。杜斯妥也夫斯基談到「地下室人」時，發現了生活於繁華工業社會的現代人，汲汲營營衝撞於物慾的網絡之中，猶如生活於地下室，處處受制於「他律」，遠離良善，也遠離本心，個個生存於生命的不確定感和恐懼當中，根本遠離了真正的生命價值。

檢視啟蒙時代之後的繁華社會，康德進一步把人的行為區分為「合乎義務的行為」和「出於義務的行為」。

「合乎義務的行為」指的是遵守外在行為規範的選擇，包括合乎法律的行為及符合社會規範的行為，而這種行為選擇，當中也可能包含了共同核心的道德良善行為，也就是自律意志，即出自善的意志，其所驅動的行為，那就是「出於義務的行為」。顯然，違背道德良善的行為不必然會同時違反法律或社會規範，也就是說，法律或社會規範與道德良善是有差距的，合法、合理的行為並不一定具有道德內涵，不必然是道德良善之行為。

也因為如此，社會就呈現出形形色色的行為現象：有人一旦堅守道德良善，至少會時時反省一心向善；但也有人全心利用符合社會規範的偽善，泯滅良善的義務準則，這些人利用合乎社會規範的假象，卻作違法勾當的行為。當然，也有些人為了私利，不顧一切，就明白做出違反法律及社會規範的行為，但仍然無法免除受到良善意志的譴責，如杜斯妥也夫斯基在《罪與罰》一書中所描述的拉斯科爾尼可夫。根據康德的倫理學，自己的行為是否遵循良善準則比較可辨識，因為它來自人的本心，是與神的連結，發自每個人內心的直覺聲音，不管你的行為如何都無法消滅，這在《罪與罰》中關於拉斯科爾尼可夫的行為描述就非常清楚。但是，那些只在乎外在品行端正，內心卻隱藏著不良善動機的人，很容易就迷惑他人，也迷惑自己，讓惡行得逞；人性的這種雙重特質造就了「壞人易防，偽君子難辨」的現實，康德主張應以嚴峻的眼光和態度來檢視。

其次，杜斯妥也夫斯基最令人敬佩之處就在於能夠勇於面對自己意欲的惡，而不隱藏。在其著作中，他詳述了自己的軟弱、缺陷和心靈矛盾，以及他所做的反省和掙扎；在現實中生活已經呈現了「善中之惡」的現象，杜斯妥也夫斯基卻能正視它，並努力透過磨難探索了「惡中之善」，讓「善因」能夠驅動惡行的昇華，擺脫二元對立的羈絆。其實，這是道德世界與現實世界客觀存在的矛盾，康德認為這是生命存在不可避免的「根本惡」，也就是基督教所說的「原罪」。

另外，杜斯妥也夫斯基在其文學作品中一再闡釋的就是：在善惡的兩股力量之間，生命渴望善，那麼，不斷滋擾它的惡又是甚麼呢？顯然，惡不但存在，而且還具有深遠的威力，使人不得不承認，它的存在不是偶然的、是命定的，應該是屬於人的正常狀態。哲學家裴頓（H.J. Paton）指出：「人作為一個受造物，必然存在著某種主體的限制（subjective limitation）；人的意志難免受到對自然界事物的欲求所影響，不會是全然的善，那就是橫阻在人面前對善意志的障礙。」[46]杜斯妥也夫斯基透過作品的劇情暗示這是舊約創世紀的啟示——「原罪」之說。[47]另外，在康德的論述中，善的意志之基礎首在於對生命的維護，

---

[46] Paton H .J. The Categorical Imperative. Philadelphia: University of Pennsylvania Press,1971, p.46.

[47] 李震著，同註 24，頁 215。

出發點在於對自身的「完全義務」，[48]也是對他人的完全義務；所以，自殺與殺害他者生命都是違反道德良善的行為。既然生命維護是自律意志中的完全義務，那麼生存下來就是最基本的道德良善。然而，上帝創造人類時卻賦予人極大化自我利益的生物本能，包括在社會生活關係中的自愛（功名利祿的追求），同時又創造了一個有別於「伊甸園」的生活世界——資源有限的生存環境。於是，在現實的生存環境中，每個人在一個必須相互依存的網絡中，一旦彼此發生關係，包括合作或競爭，就無法徹底堅守良善的行為，如此為了自我生命的延續，就會陷入惡的選擇，最典型的辯證論述就是「善意說謊」的行為。

然而，不管怎麼說，善的意志告訴我們無論任何情況都必須生存下來，這是「出乎義務的行為」（好生之德）的根本；但是，生存環境不能符合伊甸園的快樂情境也是上帝創造宇宙的意旨，這二種本能性的矛盾作用：自然性的因果律與形而上的「無上律令」產生了矛盾，這就形成了人的「根本惡」。這個辯證結果，人性本能就具有了善惡並存的特質；這不僅在康德的哲學論述中呈現，杜斯妥也夫斯基在許多文學作品中對此也多所描述。

[48] 完全義務，表示該項準則就算被實踐也不會獲得讚美，但如果不實踐就會被良心所苛責，譬如尊重生命（不自殺、不殺他者生命）、以及遵守誠信，就是道德的義務。

最後，人類處於這種善惡二元矛盾的心靈狀態下，如何在行為上超越這種二元矛盾呢？一般人對善惡的觀察及判斷，大多只檢視其外在行為，看它們是否符合人為的規範，包括法律及社會規範，充其量再深入探索其動機，而這個動機也是根據人性自利和自愛的合理、合法的估算。顯然，在自然世界產生的問題無法在同一世界的邏輯運作中找尋解決問題的答案，這也是當代許多科學家已經得出的結論，所以才會有文明典範的轉移；舊典範所發生的問題往往無法在同一典範的知識領域中找到解答。在探索人類生命價值迷失的問題上，康德與杜斯妥也夫斯基顯然不同於一般人的思考和觀察，他們跳脫自然世界的法則以及科學的經驗知識，深入去探索超越人類經驗性的動機；他們也發現，只有超乎經驗性、形而上的義務動機，才能超越人性在「自律意志」與自利的「善惡二元交替」之間對立的循環行為。

六、結論

綜上所述，人性既然是善惡並存，其所表現出來的行為，甚麼狀況是善、甚麼狀況是惡呢？人在受到生存環境的牽引下，最基本的惡是剛剛所提到的，在生活世界中很難逃避的「根本惡」。雖然是因為資源制約的生存環境所致，但人性中存有的善的根源還是有能力執行適當的管理而回歸良善道德，那就是養成節儉的德性，把生活的慾望控制在生存的必要水準，維持道德義務（好生）與意欲之間的平衡；摒除浪費與奢侈，自然就能降低人們彼此之間「根本惡」的交互作用而升高，所謂「諸惡莫作，眾善奉行」。如果不能面對自己的根本惡，而且加以管理，人們在慾望競逐的生活世界中，對著心靈的空虛都會存有一份焦慮；對焦慮的反抗、掙扎和呼求將迫使人慢慢走上絕望，絕望會令人詛咒自己的生命與存在，使人意志消沉、自暴自棄，遠離了人性的道德意志。

寰觀人類歷史，所有那些強大帝國之所以滅亡，幾乎都是導因於一般國人普遍的浪費、奢侈、揮霍、生活糜爛和姿意放縱，一旦這種慾望習性成了普遍現象，將逐漸陷入社會道德的敗壞，價值觀遠離道德法則，再大的帝國也必覆亡，橫跨歐亞非三洲的羅馬帝國以及中國的盛唐就是活生生的例子。未來美國的霸權是否殞落，其關鍵並不在於軍事、政治或經濟實力的衰敗，而在於國民道德的頹廢：普遍對食物的浪費、生活規範淪喪、社會價值觀混亂、人性的道德律令被高漲的物慾矇蔽和壓抑。如此一來，所有生存機能和生活議題處處都會呈現嚴重的二元對立，是非善惡二元對抗和碰撞，社會分裂導致秩序崩解，國家豈有不亡之理？

針對人性「根本惡」的管理，康德非常重視道德教育；他認為，教育的基本功能應該是人格的養成，就是教人認知人之所以為人的價值，如何在競爭的世界中「立己立人」。教育的目的就是道德實踐的基礎，其基本精神是要以良善的準則，激發愛及寬容的自律意志，達成品格的陶冶。關於教育，康德也認為它是道德實踐的義務，主要是讓人把自己從野蠻狀態的動物本性中提升，向真正具善良意志的人性邁進，培育道德氣質，建立起自己作為一個人的人格[49]。這在中國儒者王陽明的治學上就稱之為「致良知」。

超越善惡二元矛盾的根本還是要從形而上的道德世界回歸生命之源，因為它才具有普遍性和絕對性，而在自然世界生存的人性中永遠都必須承受善與惡、安定與不安定、靈性與獸性的矛盾與衝突，並在其中掙扎。人雖然生活在這種有限性的生命和環境中，但其自由意志亦無可逃避的終會渴望生命，也會想不停地塑造自己的新生命，追尋更完美的生命。在整個生命的旅程中，應然性上，人的道德義務和實踐責任就是遵循道德律令追求幸福，康德的倫理學認為這是福（幸福）德（道德）圓滿的至善；[50]這才是人應該追求的生命價值。杜斯妥也夫斯基也深信：完全的幸福、永恆的幸福只能來自於上帝。他說：「我們的生命屬於世間，卻是指向永恆，生命的彼岸即是永生。要了解整個生命，就必須把暫時的生命與永恆的生命

---

[49] Kant Immanual, translated by Gregor Mary. Metaphysics of Morals. London UK: Cambridge University Press, 1996, p.151.

[50] Kant Immanual, translated by Beck Lewis White. Critique of Practical Reason. Indianapolis: Bobbs-Merrill Press, 1956, p.96.

結合起來。…生命的價值與意義不來自於人，而來自一個形而上的、絕對的原因，那就是生命的生命，而生命本身就是上帝的傑作。」[51]這不就是康德探討的「形上學」嗎？

如果要超越善惡的二元性，那就必須跳出善惡同時存在的生命世界或自然世界，這個也是杜斯妥也夫斯基所說的「生命中的生命」，基督教稱之為「上帝」，祂將祂的聖跡賦予祂所創造的生命，也就是「基督」。這在佛家的世界中就是佛，賦予生命至善的本心或佛心，人的善或道德就是對於本心的「覺」或最高層次的「識」；這正是釋迦牟尼所說的，眾生皆具足「如來」。另外，儒家的道德體系認為這是存在於人心的「天」，於人身上的具體實踐就是「仁」，也就是一般人說的「良知」與「致良知」，康德稱之為「超乎經驗的理性」。其實，祂們都只是符號的不同，其本質是相通的，所以康德說：「宇宙只有一個宗教，但可以有多種的信仰。」[52]不管是基督或是佛，還是儒家的「天」，康德把祂賦予生命的自律意志叫作「智的直覺」（intellectual intuition）；他認為缺乏生命靈性的人體並沒有這種直覺，因為它是無限的，而人是有限存在的。張載在《張載集》的〈正蒙・大心篇第七〉中提到：

---

51 Достоевский Фёдор. Подросток. https://rvb.ru/dostoevski/01text/vol8/33.htm (2018.12.12)；耿濟之譯。《少年》。綠園出版社，1976，卷二。第八章。

52 Kant Immanual, trans. by Greene Theodore M. & Hodson Hoyt H. Religion within the Limits of Reason Alone. N.Y.: Harper & Row Press, 1960, p.98.

「…天之不禦莫大於太虛，故心知廓之，莫究其極」，[53]這個「天之不禦」說的是形上學的天，是道德與存在的依據，創生無盡，而人能藉天所創生的「心知」以超越實體；這也是張載說的「德性之知」，可能就是康德的「智的直覺」。根據張載的說法，「德性之知」沒有時空、沒有邏輯、沒有條件限制；這也不正是康德所說的「超乎經驗的理性」嗎？

既然善惡並存是人生存於自然世界中人性的本質，那麼上帝必然也會賦予人有超越此矛盾的生命本能，那就是「愛」，就是「慈悲」。愛不是去尋找和施予一個完美的人，而是學會用完美的眼光去欣賞一個不完美的人；愛與慈悲的本質具有寬容的本質，惡者對善者最終存有寬容（不能泯滅良心或良知，要留有餘地），而善者對惡者也有著同情與寬容，這不就是杜斯妥也夫斯基在其文學作品中所要傳誦的善德和美意嗎？缺乏愛與寬容，這個世界將充滿彼此對立的矛盾與衝突，最終每個人將淪入焦慮和不安的絕境當中。菩薩之所以要再來世間觀「世音」，不就是因為世間有如此多不完美的眾生嗎？祂的慈悲，不也就是要對他人「慈」、給自己「悲」嗎？不管是佛還是菩薩都是為了普渡具有「原罪」的眾生而存在的，耶穌不也是為了世人才背起十字架（原罪）來救贖他們的嗎？

---

53 張載。《張載集》。中華書局，2008。

杜斯妥也夫斯基用一生的悲鳴，昇華成對人民、土地和國家的愛，成就了他悲天憫人的人格，也引導著世人在迷網的世間中尋得一條出路。自啟蒙時代以來，過了幾個世紀，人類的生存意義和價值一直受到的衝擊不都是源自於此嗎？只有科學理性的自然世界才會在時間的程序中不斷演化，形而上的道德意志不會在時間的序列中存在，它是永恆不變的，並具有普遍性，不管善惡如何辨證與矛盾，在道德義務的律令下，都會有如撥雲見日，讓衝突的煙霧隨之消散。

總結來說，杜思妥也夫斯基是從自然世界的道德實踐中，以悲憫的胸懷透視世間的善惡本質，運用其文學的創作去體會人類內心存有的道德意志，而且是在經歷世間磨難及惡的生活領域中激發愛與寬容的神聖道德意志。一個世紀前德國大哲學家康德，則是從形而上的思想途徑，超越實體因果律，從經驗理性中昇華，探索普世的生命價值及人性中善的源頭，建構了道德世界的形上學。兩者分別從思想與實踐的途徑建立道德意志，殊途同歸，相互輝映，有著異曲同工之妙。

本論文試圖透過對二大思想家的著作和思想，做最基本的研究，並針對當前工業 4.0 時代的心靈困境，探索一條出路，以期能夠有助於紓緩當前人類科技過度發展所造成的恐慌，或有微薄貢獻，是所禱也！

參考文獻

1. 小林秀雄著，李永熾譯。《杜斯妥也夫斯基的生活》。水牛出版社，1970。
2. 中島義道著，吳鏘煌譯。《關於惡：了解惡的真貌，進化你的思維》，台北，小知文化，2005。
3. 吳宏一。《六祖壇經新譯》。遠流出版社，2017。
4. 李震。《杜斯妥也夫斯基的精神世界》。輔仁大學出版社，1983。
5. 杜斯妥也夫斯基著，彭鏡禧譯。《非理性的人》。志文出版社，1969。
6. 杜斯妥也夫斯基著，彭鏡禧譯。《非理性的人》。志文出版社，1969。
7. 杜斯妥也夫斯基著，邱慧璋譯。《杜斯妥也夫斯基小說集》。志文出版社。
8. 杜斯妥也夫斯基著，斯元哲譯。《被命運撥弄的人》。文壇社，1971 年 4 月；遠景出版社，1979 年。
9. 杜斯妥也夫斯基著，張伯權譯。《作家日記》第一輯。書評書目出版社，1978。
10. 威廉・哈本著，楊耐冬譯。《人類命運四騎士》。水牛出版社。
11. 康德，李秋零譯。《單純理性限度內的宗教》。商周出版社，2005。

12. 康德著，唐鉞重譯。《道德形上學探本》。台灣商務印書館，1967。

13. 張載。《張載集》。中華書局，2008。

14. 聖嚴法師。《牛的印跡：禪修與開悟的見性道路》。台北，商周出版社，2017。

15. 魯迅。《且介亭雜文二集：陀思妥夫斯基的事》。譯林出版社，2918。

16. 簡端良《聖境與佛境：康德與惠能的對話》。文津出版社，2008 年。

17. 謝仲明。〈康德論聖人之不可能〉，東海大學哲學系第三次「哲學與中西文化：反省與創新」學術研討會論文集，2003。

18. Compel Joseph 著，梁永安譯。《英雄的旅程》。台北，立緒文化出版社，2001。

19. Gide Andre Paul Guillaume。《杜斯妥也夫斯基》。志文出版社，1971。

20. Ken Carey 著，周和君譯，《千福年天書》（The Third Millennium: Living in the Posthistoric World）。台北，遠流出版社，1998。

21. Hume David. An Enquiry Concerning Human Understanding. Mineola; New York: Dover Publications, INC., 2004.

22. Kant Immanual. Critique of Practical Reason. Indianapolis: Bobbs-Merrill Press, 1956.

23. Kant Immanual, translated by Smith Norman Kemp. Critique of Pure Reason. N.Y.: Palgrave Macmillan, 1929.

24. Kant Immanual, translated by Beck Lewis White. Critique of Practical Reason. Indianapolis: Bobbs-Merrill Press, 1956.

25. Kant Immanual, translated by Gregor Mary. Metaphysics of Morals. London UK: Cambridge University Press, 1996.

26. Kant Immanuel, trans. by Paton H.J. Groundwork of the Metaphysics of Morals. London，U.K.: Oxford University Press, 2009.

27. Kant Immanual, trans. by Greene Theodore M. & Hodson Hoyt H. Religion within the Limits of Reason Alone. N.Y.: Harper & Row Press, 1960.

28. Paton H .J. The Categorical Imperative. Philadelphia: University of Pennsylvania Press,1971.

29. Slonim M. The Epic of Russian Literature. London, UK: Oxford University Press, 1950.

30. William Barrett. Irrational Man: A Study in Existential Philosophy. New York: Doubleday, 1958.

31. Wilson Francis E. "Kant's Moral Religion", Journal of Ethics. No.81, 1970.

32. Достоевский Фёдор. Идиот. https://ilibrary.ru/text/94/p.1/index.html (2018.12.07).

33. Достоевский Фёдор. Преступление и наказание. https://ilibrary.ru/text/69/p.1/index.html (2018.12.07).

34. Достоевский Фёдор. Подросток. https://rvb.ru/dostoevski/01text/vol8/33.htm (2018.12.12).

陸、
從契訶夫筆下的女性空間探討十九世紀末的俄國女性議題

空間對於人類具有重要的意義，它不僅是人類生存的背景，更是生存本身。列斐伏爾的《空間生產》強調空間不是空洞的概念；它充斥著人工的痕跡，往往被世俗化、結構化，並被刻意地按照社會人群之間的關係佈署。傅柯更將空間拓展到與個體關係的討論。他認為個人與空間有著相互影響的關係，個人在特殊的空間裡被塑造。

在父權制度下，女性往往被男性的空間所束縛，其中包括家庭空間與社會公共空間。由於長期寄居於男性空間下，女性失去了自我的獨立性，依附在男性主宰的世界，她們找不到屬於自己的空間，於是就產生了空間焦慮。

傳統俄國社會的宗法制度將女性禁錮在「閨閣」中，沒有參與男人事物的權利。她們被劃定在家庭裡，承擔所有的勞務：孩子、家務與生計，但是沒有發言權。儘管祖國土地遼闊，俄國女性在本質上是俄羅斯帝國的「他者」，

一個局外人。俄羅斯的男人可以享受國家無邊無界的廣大「地理空間」與帝國製造的「權力空間」，而婦女對這樣的地理提供的種種狀況卻一無所知，毫不相干。她們看不到廣闊的家鄉，帝俄時代，被圈在「家庭」的空間裡，到了蘇聯時代之後，則大多被圈在城鎮的生活空間裡，一成不變的工作與生活空間，狹窄、寂寞、無助、缺乏互動。她們被家務、被貧窮、被謀求生計的連續失敗與疲憊壓倒。

十九世紀末俄羅斯社會轉型，女性議題浮出檯面，受到許多知識份子的關注與討論。其中亦包括作家契訶夫，他關心俄國女性的內在空間、自我認知與社會身份認同的問題，並在許多作品中反應俄國當時的女性議題討論。本論文擬將空間理論置於契訶夫的小說中加以論證空間與個人的關係，以房間、房屋、內在空間、滯留空間與嚮往城市等面向切入，探究十九世紀末的俄國女性議題。

一、前言：空間與性別

關於空間與存在的關係，直到法國社會學思想家列斐伏爾（Lefebure）提出《空間生產》（*The production of space*）後，人類對空間的概念才有了根本的改變。他特別提到：「哪裡有空間，哪裡就有存在」（Lefebure，1991：22）、「空間從來就不是空洞的：它往往蘊涵著某種意義」（Lefebure，91：154）。根據列斐伏爾的這種看法，以往單單從幾何學的角度探討空間，對後現代性的空間詮釋是不夠的；將空間說成是「空洞的空間」概念，只會導致把空間看作是精神性的東西，並依據個人思想去附會其種種不同的意義。事實上，空間往往會被世俗化、結構化，並被刻意地按照社會人群之間的關係佈署。這樣一個空間，既具有歷史脈絡的色彩，也充滿了人工的痕跡。

空間生產並非指在空間內部的物質生產（Production in space），而是指空間本身的生產（production of space），也就是空間本身的空間產出、社會關係的包容、以及與物質生產的關係。例如，都市建設中的空間規劃與設計，就是最顯著的空間生產現象。

> 空間是人造的，不是自然而然的，不是純粹形式的，不是理性抽象的，不是一個中性的客觀科學對象，更不是一個物質性的器皿。總之，空間不是自然性的，而是政治性的，空間乃是各種利益角逐的產物。它被各種歷史的、自然的元素澆鑄而成。空

> 間從來不能脫離社會生產和社會實踐過程而保有一個自主的地位，事實上，它是社會的產物，它是真正一種充斥著各種意識形態的產物（汪民安，2007：102）。

從經濟的角度來看，空間如同機器一樣，具有使用價值，並能創造剩餘價值；它可以被轉化、交易和消費，例如，公園或河濱，都是被消費的地方。它更是政治工具，「國家利用空間以確保對地方的控制，嚴格的層級、總體的一致性以及各部份的區隔」（包亞明，2003：62）。

中世紀的空間顯像完全呼應著農民需求的地貌，與封建主義的生產模式相關。同樣地，資本主義生產體制的空間顯像是銀行、商業大樓、企業、百貨公司等交織形成的大網絡。社會主義社會的空間不再顯現資本主義宰制與交換特質的空間系統，而是相關理論的挪用。從空間與社會網絡的相關性來看，「空間和空間的政治組織表現了各種社會關係，但反過來又作用於這些關係」（包亞明，2003：55）。另外，傅柯（Foucault）更將空間拓展到與個體關係的討論。他認為：個人與空間有著相互影響的關係，空間對人具備一種單向的生產作用，它能夠創造出一個獨特的個體，個人常在特殊的空間裡被塑造。

顯然地，空間對於人類具有重要的意義，它不僅是人類生存的背景，更是生存本身。由此推演，許多女性主義地理學者很早就發現物質性社會實踐會造成性別不平等的男女關係，主要的原因仍在於父權體制（patriarchy）的因素。父權體制指的是父親的法律，身為父親的男人施加於妻女的社會控制；而這種社會控制得以達成，是受益於生產關係及空間的支配與壟斷。父權體制所指涉的系統將男人群體建構為優於女人群體，從而假定具有支配女人的權威。在父權制度下，女性被男性的空間所束縛。美國女性主義文學批評家 Susan Gilbert 和 Susan Gubar 在《閣樓裡的瘋婦：女性作家與十九世紀文學想像》（*The Madwoman in the Attic: The Woman Writer And the Nineteenth Century Literary Imagination*）一書中指出，十九至二十世紀女性文學中，空間形象占有重要的地位，女性常被禁錮於男性的空間內，「房子」就是「女性受監禁的一個重要象徵」（Gilbert & Gubar，1979：85）。「她們從父親的房子走出去，然後被嫁到丈夫的房子中，終其一生都在父權的房子中忙碌，遵循著傳統價值觀的要求，扮演『房中天使』，即奉獻者和犧牲者的角色。」（楊榆、朱潔，2007.09：121）。由於長期寄居於男性空間下，女性失去了自我的獨立性，依附在男性主宰的世界，她們找不到屬於自己的空間，於是就產生了空間焦慮。實際上，這種焦慮代表著女性對家庭社會束縛的焦慮，更是對其地位與人格喪失的焦慮。

除了家庭，女性也被剝奪了公共空間。Walby 在《理論化父權體制》（*Theorizing Patriarchy*）一書中指出，先進工業社會中的父權關係，男人以六組結構支配並剝削女人。[1]這六組結構相互關聯，在特殊的環境與地方，形成不同的連結與關係。例如：工業社會的兩種主要性別體制：以私人父權關係為特色的家務性別體制與以公共父權關係主導的公共體制。家務性別體制奠基於家戶生產，這是女人主要工作與活動的地方，除了剝削女性勞動外，更將女性排除於公共空間之外。公共性別體制並非排除女性於公共空間之外，而是奠基於受薪工作與國家結構，以及文化、性欲特質和暴力裡的隔離附屬地位。在家庭形式中，受惠者主要是家中女人的丈夫與父親，然而在公共形式裡，有更多集體的佔用。家庭形式裡的父權策略是排他性的，將女人排除於公共場所之外；公共形式的父權策略則是採取隔離主義和從屬關係，特別是運用工作場域，將女性區隔開來（Walby，1990：6）。因此，性別的區分從來不僅僅抽象地包含在一整套觀念和禮儀系統中，也具體地顯現在現實的空間區隔上。傳統社會所謂的男性和女性，某種程度正是外在／內在、社會／家庭、公共領域／私人領域等劃分中被確立和建構起來的。

[1] Linda Mcdowell 在《性別、認同與地方：女性主義地理學概說》（Gender. Identity & Place: Understanding Feminist Geographies, 1999）一書中引用 Walby 論述指出，這六組結構是家戶生產（男人可以將女人不支薪的家務勞動價值據為己有）；受薪工作中的父權關係（女人被隔離特定職業，獲取較差的報酬）；國家的父權關係（男人主導制度，並制定帶有性別偏見的法規）；對付女人男性暴力；性慾特質中的父權關係（男人對女人身體的控制）；以及文化制度裡的父權關係（男性支配了不同媒體的生產與形式）以及媒體中的女人再現。

二、俄國的女性空間

一般人對俄國地理的認知，首先映入腦海的，就是領土的廣闊，無邊無際的空間。俄國文化習慣語「心靈愛廣闊」（Душа простор любит）代表著靈魂徜徉在廣闊的天地間，自由自在，毫無拘束。然而，這片廣大與自由的地理空間是屬於俄國男性的，在許多男性作家作品中取得了不可動搖的神聖地位，與民族的神話緊密地結合在一起。民族群體擁有一種神話象徵情結（mythomoteur），而民族則是具有一種共同民族群體和一種廣泛發展的神話象徵情結的實體（Thompson，2000：10）。在俄羅斯文化中，土地具有女性概念的延伸。「俄羅斯」（Россия）是作為一個女性實體使用的，而非僅代表一個地理的區塊。「俄羅斯母親」（матушка Россия）或「祖國」（родина）已經超越了地理空間的框架，在許多俄國男性作家作品中取得了不可動搖的神聖地位。普希金在其詩作中，不斷地呼喚對俄羅斯祖國的熱愛。在果戈里《死靈魂》第一卷的尾聲裡，乞乞科夫乘著俄式的三頭馬車穿過俄國大平原，這一片平原似乎獲得了神話的地位，馬車突然變形，變成了俄羅斯，並且以瘋狂的速度向前飛奔，奔向一個未知的目的，「大地上所有的一切都在兩邊閃過，其他的民族和國家全都斜視著它，躲到一旁，給它讓開大路。」（果戈里著，田大畏譯，1999：315）。而托爾斯泰《戰爭與和平》的貢獻則在於將俄國風景的描寫轉化成象徵意義，強化了俄國民族神話的意象，其中包括了豐富、神聖或半神聖的地點：戰爭、山崗、麥田、莊園、莫斯科、聖城等，一切都如此莊嚴、神聖。

然而，俄羅斯大地的女性特徵卻不屬於俄國女人。從十五到十七世紀，俄羅斯封建社會不同的階級形成了穩固的宗法制度，女人、小孩和奴僕必須服從家庭中的男主人。女人只能待在「閨閣」（терем）裡，沒有參與男人事物的權利。十六世紀出現了第一部有關宗法生活的規範《治家格言》（Домострой），漸漸成為俄羅斯傳統家庭的生活規範。

長久以來，俄國女人的空間被劃定在家庭裡，承擔所有的勞務：孩子、家務與生計，但是沒有發言權。「不要工作（не работать）成為無法實現的夢想」（Немировская，1997：19）。一般而言，家計的金錢由女人料理。普通家庭的女性，欲望很少，俄國男人是被女人呵護長大的。十九世紀出現了「俄羅斯女人」（русская женщина）的文化成語（культурная идиома），意味著俄羅斯婦女「強大、忍耐」（могучий, терпеливый）的特殊意涵。

儘管祖國土地遼闊，俄國女性在本質上是俄羅斯帝國的「他者」，一個局外人。除了少數例外，婦女被排除在帝國運行的許多資格稱謂之外。保衛國家和代表帝國的工作是男人的特權，隨特權而來的是權力。俄國男人擁有帝國規則的優先權和福利，而婦女必須承擔為國家利益，而不是為個人或家庭的優先權付出代價。（Thompson，2000：200）特別是在俄國，婦女承擔勞務，但是沒有發言權。她們是「失語的強者」。帝國耗盡了俄國男人的精力，而這些精力本來可以用於家庭生活和協助婦女養育子女，料理家務。這種情況造就了俄羅斯性別關係的畸形發展（Thompson，2000：200）。

十九世紀俄國的帝國建造體現在文學文本的敘事中，普希金與萊蒙托夫的作品將婦女侷限在敘事主題的模糊邊緣，她們是以男主角為中心劇情發展的「陪襯物」。

> 貝拉淡化出局，讓培喬林和馬克辛·馬克辛米奇繼續完成征服高加索和觀察本地「野蠻人」的任務。塔琪雅娜則變成一位在帝國侵略戰爭中功績卓著的將軍的戰利品妻子。……甚至《戰爭與和平》中的婦女，雖然與眾不同，很有力量，但是依然是拿破崙戰爭和男人進行改革嘗試的沉默旁觀者。俄國帝國主義的浩大計畫在她們周圍展開，卻不觸及她們。在俄國文學中儘管存在著關於女強人（通常用來對抗所謂多餘人的敘事），在關乎帝國的事物中，婦女卻一向是柔弱的，只為男人的權力欲望效勞（Thompson，2000：200）。

俄羅斯的男人可以享受國家無邊無界的廣大「地理空間」與帝國製造的「權力空間」，而婦女對這樣的地理提供的種種狀況卻一無所知，毫不相干。她們看不到廣闊的家鄉，帝俄時代，被圈在「家庭」的空間裡，到了蘇聯時代之後，則大多被圈在城鎮的生活空間裡，一成不變的工作與生活空間：狹窄、寂寞、無助、缺乏互動。她們被家務、被貧窮、被謀求生計的連續失敗與疲憊壓倒。

三、契訶夫筆下的女性空間——從「阿紐塔」到「娜嘉」的身份尋找

在俄羅斯帝國建構的文本敘事中，鮮少有男性作家關心俄國女性空間的議題。她們是必要的，但對俄羅斯男性而言，她們的存彷彿像空氣一樣理所當然，無以為意。在眾多的俄國男性作家中，十九世紀末的契訶夫可以說是多數中的例外，他關心俄國女性的外在與內在空間。大部分的俄國婦女活在狹隘的世界裡，生活內容極盡貧乏。在 1883 年 4 月 17 到 18 日的一則書信中，他提到在男人與女人的歷史中，女人在各方面都是消極被動的。[2]他的作品中，女性大多數沒有自己的思想和精神追求，只是男性與社會的附庸。她們總是愚蠢、無所事事、重複他人的見解、挖空心思打小算盤、裝模作樣，在無聊與瑣碎的小事裡打轉。

[2] 轉引自 Babara Heldt. *"Woman Is Everywhere Passive: Chekhov and the Century's End", Terrible Perfection: Women And Russian Literature.* Bloomington: Indiana University Press, 1992, p.49.

實際上，身體本身就是一個社會建構的空間，充滿權力的爭奪。在十九世紀末俄國社會轉型中，以包括身體在內的個人生活描寫，尤其是小人物生活的圖像充分表現在契訶夫的小說中，其中亦包含女性議題。以下將從女性與空間（包括地理空間與心理空間）的角度，探討契訶夫作品中的女性議題。

3.1 失落的房間：女性的空間焦慮

英國女作家維琴尼亞・吳爾芙（V. Woolf）在 1929 年的著作《一間自己的房間》（*A Room of One's Own*）中為女性爭取一間自己的「房間」，這間房間不僅代表女性獨立生存的物質基礎與保障，更是她們的自我審視和自我身份認同的精神空間。房屋是屬於父親的、兄長的、丈夫的男性空間，女性則寄居於男性的屋簷下，受他們保護，也受他們禁錮。她們只是男性房子中的點綴，在那裡根本找不到屬於自己的空間。於是她們就產生了空間焦慮症，即對自我空間缺乏的焦慮。這種焦慮實際上是女性對其地位和對社會、家庭束縛的焦慮，更是對獨立人格喪失的焦慮（楊瑜、朱潔，2007.09：121）。房間作為私人空間對女性具有非常重要的意義，它是女性心靈棲息的空間，是情感駐足之地。房間給女性安全感與歸屬感，並可釋放自我，宣洩情感。

然而，尋找房間的議題在契訶夫的小說〈阿紐塔〉（Анюта）中，卻是以極端的方式呈現。故事主角阿紐塔在廉價出租的公寓尋找棲息之所。她先後與六個不同專業的男學生同居了六、七年，扮演著他們的情人、女僕、醫學標本、人體模特兒的角色。她遊走在這些公寓的房間裡，遷來遷去、賺取零頭小錢貼補同居者的生活。她逐漸年老，而每個男人完成學業走向社會後，各各平步青雲，成了上等人。他們之中沒有一個人會娶她，因為「她不夠漂亮，也夠邋遢的。沒個樣子……」（т.4，с.343），「想到了這裡，他（醫學系學生）下定了決心，無論如何也要跟她分手，一刀兩斷，越快越好」（т.4，с.343）。

在這篇小說裡，契訶夫用兩個男性（醫學生與畫家）的觀點來看阿紐塔。她醜陋、邋遢、卑微、不懂打理、應聲蟲，甚至連日常的清掃也做不好，「被子揉成一團，枕頭、書本、女衣丟得到處都是，一只骯髒的大盆裡裝滿肥皂水，水面上漂著煙蒂，地板上有些垃圾，一切東西都像是堆在一個地方，故意弄得凌亂不堪、揉成一團似的」（т.4，с.340）。

阿紐塔在小說中幾乎是失語狀態，總是默默無言，做房間主人要求她做的事情，趕她出去，又被叫回來，她是妓女，也是被馴服的奴隸。她得了空間焦慮症，尋找一個能棲身的地方，甚至只是一個位置。醫學生心軟要她回來後，「她嘆了一口氣，不出聲地往她素常的座位那邊，往窗子旁邊的凳子那兒走去」（т.4，с.343-344），空間的喪失也代表阿紐塔自我意識的喪失。

3.2 空洞的房屋：女性主體的喪失

契訶夫在 1899 所寫的〈寶貝兒〉（Душечка）卻是另一個極端的例子。女主角奧蓮卡（Оленька）擁有房屋，卻不斷地尋找填補房屋的空洞。奧蓮卡總是把與她相戀、結婚的男子的見解當成自己的見解，她全心全意的愛，完全忘了自己。愛上戲劇經理，便認為生活中最重要的是戲劇；愛上木材商人，生活重心變成了木材買賣；愛上了獸醫，生活又充滿了家禽健康。最後，她又將一切移情到獸醫的兒子，發揮女人的母性。命運似乎與她作對，不斷地讓她痛失所愛，成為寡婦。

契訶夫是以幽默、滑稽的手法描寫奧蓮卡。她反覆著同樣模式的愛情，而且每次有新的戀情發展，就把前面的愛人忘得一乾二淨。每件愛情間的空檔雖有短暫的悲哀，卻引不起讀者的同情。

房屋代表的只是空洞的外殼，奧蓮卡完全失去了「自我」，不斷尋找男性「他者」來佔據房屋的空間。她的內心就像房子一樣空洞，連做夢也夢見家裡的「空院子」（т.10，с.109）。

> 頂糟糕的是，她什麼見解都沒有了。她看見周圍的事物，也明白周圍發生了什麼事，可是對那些事物沒法形成自己的看法，不知該說什麼好。沒有任何見解，是多麼可怕啊！比方說，她看見一個瓶子，看見天在下雨，或者看見一個鄉下人坐著大車走

> 過，可是她說不出那瓶子、那雨、那鄉下人為什麼存在，有什麼意義，哪怕拿一千盧布給她，她也什麼都說不出來。當初跟庫金（Кукин）或普斯托瓦洛夫（Пустовалов）在一塊兒，後來跟獸醫在一起的時候，奧蓮卡樣樣事情都解釋，隨便什麼事她都說得出自己的見解，可是現在，她的腦子裡和她的心理，就跟那個院子一樣空空洞洞。生活變得又可怕又苦澀，彷彿嚼苦艾一樣（т.10，c.109-110）。

契訶夫在這篇小說中戲謔地諷刺了女性神聖的愛情，突顯只為愛情而活女性的荒謬和沒有主見的可怕。然而同時代的俄國作家，反對女性解放的托爾斯泰，讀完這篇作品卻非常感動；他認為，

> 看到作者描寫奧蓮卡對庫金和他的事業，對木商、對獸醫所付出的熱愛和全心全意的忠誠，我感動了；看到作者描寫她孤苦伶仃、沒人呵護時的難過，我更加地感動了；看到作者描寫她如何竭盡女性、母性的情感（雖然她一生並沒有做過母親）力量，懷著無比的熱愛，去照顧那未來將成為男子的、帶著大制帽的小學生時，我也一樣感動了（契訶夫著，鄭清文譯，1987：159）。

年齡相差 32 歲的兩位作家，對待女性議題自然有著不同時代背景的觀點，兩者看法之差異凸顯十九世紀末俄國社會轉型下的女性議題。

3.3 貧乏的內在空間：女性的庸俗化

由於空間塑造性格與俄國社會性別的畸型發展等因素，俄國傳統女性內在長期呈現空洞化、庸俗化。契訶夫在許多作品中呈現女性內心貧乏、無知的可怕。在〈愛情〉（Любовь）中，敘述者「我」的未婚妻薩夏（Саша）是個「一切正派男人愛慕的美人」（т.5，с.86），但什麼也不懂，連寫一封信也錯誤百出，沒有標點符號。未婚妻薩夏每天忙於無意義的事，連兩人獨處時刻，也一副心不在焉的樣子，完全聽不進未婚夫的未來計畫。她極關心的問題是未來兩人的房間在哪兒？房間糊什麼紙？或檢查未婚夫桌上的小物件，瞧瞧紙片上寫些什麼？聞聞香水瓶等等。若問她有什麼書，她會說「各式各樣的都有」（т.5，с.89）；若問她有些什麼樣的思想、信念、目標，她想必也會同樣說，「各式各樣的都有」（т.5，с.89）。

敘述者「我」說道，每次到未婚妻家裡老是碰上他們全家上上下下忙於做愚蠢的嫁妝，屋子到處散落著熨斗、硬脂、煤氣味，薩夏探頭探腦，穿梭期間，做不了什麼事，或者又忙著與母親前去商場買東西，講價錢，極力把價錢殺得「低而又低」（minimum）（т.5，с.90）。未婚夫建議薩夏該讀點東西，只見

> 她就拿起一本書，在我的對面坐下，開始蠕動她的嘴唇。我瞧著她小小的額頭和不住蠕動的嘴唇，不

> 由得沉思起來。「她就要滿二十歲了…我想如果把她和一個有知識的同年齡男孩相比，區別是多麼大啊！男孩子就又有學識，又有信念，又有頭腦(т.5，с.91)。

薩夏是典型被禁錮在家中等待出嫁的俄國一般女性。十九世紀俄國著名的文學批評家別林斯基（Белинский В.Г.）曾以人道主義的立場對當時俄國婦女的社會角色進行批判。別林斯基關於女性問題的觀點，見諸於他的論著《亞歷山大・普希金作品》。這部論著由十一篇文章組成，從 1845-1846 年陸續發表於《祖國紀事》上。在《亞歷山大・普希金作品》的第九篇《葉甫蓋尼・奧涅金（續）》（Евгений Онегин (окончание)）中別林斯基深入地討論了俄國當時所面臨的女性問題。他認為相對於男性主導的社會地位，俄國女性連次等角色的地位也沒有。

十九世紀的俄國社會，女性是由兩個部分構成的，一種是待嫁閨女，另外一種是已出嫁的婦人。俄國少女不是歐洲社會意義上所謂的女人，她不是一個人，她不過是一個未婚妻罷了。當她還是個孩子的時候，她把所有在家裡看到的男人都叫做自己的未婚夫。她周圍所有的人都告訴她說，她是新娘子，從幼年起，到青年，甚至一直到老，她的一切思想、一切夢想、一切渴望，甚至於一切祈禱都集中在出嫁上面。從十八歲起，她開始覺得她已不是父母的女兒，不是她們的掌上明珠，而是一個沈重的負擔，一件即將沒有銷路的貨物，一件即將跌價且難以脫手的多餘傢俱。因此，除了學會了勾引未婚夫的一套本領外，什麼都不會，而俄國男人對待女人如同一件物品、商品，是從功利主義出發的。

> 她是生利息的資本，一座村莊，一棟有進帳的房屋；如果不是這樣，那麼，她是你的女廚子，洗衣婦，管家婆，媬姆，要是能升到做你的婢妾，就算是了不起了（Белинский，976：404）。

性別角色的實現常伴隨社會化過程而展開，社會化的實質就是「角色扮演」，也就是學習領會他人的期待，並按照這種期待從事角色行為。其最終目的即是「客我」的完成。具體地來說，社會化是一個人從「生物人」向「社會人」轉變的過程，而且是一個內化社會的價值標準，學習角色技能，適應社會生活的過程（鄭杭生，2003：184）。問題的關鍵存在於俄國少女所內化的「社會價值標準」，所學習的角色技能中，存在著社會的性別歧視與偏見。因此，隨著對性別角色內化的完成，她們便在意識中開始對社會價值的全面認同。她們是待嫁者，是被觀察的物品，長期以來逐漸失去了女性獨立的人格，而成為俄國女性的集體「失語」狀態（傅璇，2004：44）。這種缺乏獨立的人格與失語狀態為沒有愛情的婚姻提供了溫床，等到完成婚姻儀式後，已嫁的婦女獲得了期待已久的「主婦」

的地位，開始當起了少奶奶；指揮家裡上上下下所有的人，包括控制自己的丈夫，表面上成了自己的「主人」。而事實上，在出嫁前什麼也不學，什麼也不管，完全不懂得如何打理家務。因此，婚後的生活充斥著無序、庸俗的品質。她們是她們母親的翻版，也是她們母親的母親的翻版，同樣地，她們又為自己的女兒設立了唯一的目標——成為未婚妻。這種畸形的發展，致使俄國女性庸俗化。

在契訶夫的許多作品中，如《跳來跳去的女人》、《掛在脖子上的安娜》，都代表了這些內心貧乏、膚淺的異化女性。

3.4 滯留在空間的女性——被馴服的奴隸

自別林斯基之後，俄國評論家廣泛地討論女性議題，也就是長久以來女性解放問題，她們在社會中被壓迫的問題。杜布羅波夫（Добролюбов）[3]、彼薩列夫（Писарев）[4]、車尼雪夫斯基（Чернышевский）[5]等人都曾討論過這個議題，並反應在當時的文學作品中。在這個思想轉變的時代，文學作品和俄國的真實生活相互影響。正如同契訶夫

---

[3] Добролюбов, Н.（1836-1861）俄國文學批評家、政論家、革命民主派人士。

[4] Писарев, Д.（1840-1868）俄國文學批評家、政論家、革命民主派人士。

[5] Чернышевский, Н.（1828-1889）俄國烏托邦哲學家、文學批評家、政論家、革命民主派人士、作家。

所言，「新的生活形式隨著新的文學形式改變，它們經常與人的保守精神相違背」(B. Сахаров，1999)。最好的例子就是車尼雪夫斯基的《該怎麼辦？》(*Что делать?*)。這本書對俄國社會影響極大，除了促成了「新女性」形象的誕生，還深刻地剖析了俄國社會的女性問題。

車尼雪夫斯基的小說在當時可說是俄國青年的啟示，尤其受到女性知識份子的歡迎。她們渴望自由，希望像書中女主角薇拉・帕夫洛夫娜（Вера Павловна）一樣逃離家庭，嫁給愛人，甚至同居也好，一起浪跡天涯，共創未來。1890 年代，男人對女人而言已經不只是單純的愛人、未婚夫和丈夫，而是為了同樣目標而努力的戰友，帶著自己心愛的女人向光明目標前進的人。這些進步女性渴望在心愛男人身上看到自己所缺乏的信心與自我，她們準備好與心儀的男人為未來去奮鬥。然而，她們這種要求的愛情對男性來說像是一場嚴厲的考驗，並非每個俄羅斯的男子認同這種認知與期許。

契訶夫在作品中也觸及當時的女性議題，令許多讀者與評論家感到困惑不解的是，在這位藉由幽默諷刺性文章和短篇小說聞名的作家作品中卻看到了新女性，及其從來不直接說明的獨特見解。

在契訶夫的作品中可以發現一些處在時代變動的進步女性，她們等待心儀男人的解放，帶她們離開自己停滯的空間，期待自己徹底的改變，然而，如同彼薩列夫所言，

「在男女關係間，多少滲入令人苦惱的官僚主義，充滿在我們個人與社會生活之中。」（В. Сахаров，1999），這些女性通常只有失望地停留在原地。〈某小姐的故事〉（Рассказ госпожи NN）中的「我」回憶，當荳蔻年華時，是自由健康、門第高貴的富家小姐，被周圍的人圍繞與寵愛，其中包括深愛她的法院代理偵訊官彼得·謝爾蓋依奇（Пётр Сергеич）。但是，兩人貧富與社會地位相距懸殊，彼此之間隔著一道牆，「我們兩人都認為這堵牆很高很厚」（т.6，с.452）。

> 在城裡，他到我們家裡來，總是帶著勉強的笑容批評上層社會，遇到客廳裡有外人在座，他總是拉長了臉，保持沉默。沒有一堵牆是打不破的，然而現代戀愛中的男主角，就我所知道的來說，都太膽怯、怕事、懶散、多疑，很快就安於一種想法：他們都是失意者，他們的生活欺騙了他們；他們鬥爭，只限於批評，說這個世界庸俗，卻忘了他們的批評本身也漸漸變成一種庸俗的現象（т.6，с.452）。

契訶夫作品描寫了許多這類無力的男性，懦弱、好批評卻什麼也做不了。爾後，男女主角都變老了，所有的美好回憶很快地煙消雲散，雙方對生活不再有激情，有生命，變得病懨懨的；女主角已不再想到門第高貴，家庭富裕的距離了。她期望男主角最後有所行動，

> 我大聲哭泣，雙手按著太陽穴，嘴裡叨念著：「我的上帝，我的上帝，我的生活毀掉了……」。可是他坐在那兒，一聲不響，……我從他的眼睛裡看出他憐惜我。我也憐惜他，而且暗自氣惱這個膽怯的失意者，怪他沒有能夠為自己，也沒為我建立美好的生活」（т.6，с.453）。

女主角的盼望終究落空，生命就像壁爐裡的火星餘燼，漸漸熄滅了。

另一篇小說〈帶哈巴狗的女人〉（Дама с собачкой）的情形也是一樣，男女主角同樣地無法擺脫現實的環境，深陷必須躲藏、欺騙、分居兩地，久久不能見面之苦，而未來解決之路還很遙遠。

《凡尼亞舅舅》（*Дядя Ваня*）中的索妮亞（Соня）始終無法離開無趣的莊園；《三姊妹》（*Три сестры*）的姊妹奧利加（Ольга）、瑪莎（Маша）、伊琳娜（Ирина）終生嚮往莫斯科，企圖擺脫鄉下灰暗的生活，卻終究無法成行，實現願望。她們都被困在原地，滯留不前，期待被心愛的男人拯救，帶著她們向光明目標邁進；然而，大部分的男性就像同時代作家岡察洛夫（И.Гончаров）小說中的人物奧柏拉莫夫（Обломов）一樣，只有空談，沒有行動。

3.5 嚮往城市——女性的逃離與重生

契訶夫的旅行隨筆〈來自西伯利亞〉（Из Сибири）中談到西伯利亞的女人，「就像西伯利亞的風景一樣無趣，她們沒有生氣、很冷漠、沒什麼品味、不唱歌、不會笑……。若西伯利亞出現小說家、詩人，在他們的作品中女性將不會是主角，她不會鼓舞、引起崇高的活動，不會拯救，不會走到天涯海角」（Чехов, А. 1890）。作者用一種諷刺的手法描寫鄉村的單調、無趣、貧乏的生活，並強調環境對塑造人的重要性。那麼女性的出路究竟在何處？

契訶夫在 1897 年的小說〈在故鄉〉（В родном углу）與 1903 的小說〈未婚妻〉（Невеста）中的兩位女主角薇拉（Вера）與娜嘉（Надя）都厭倦鄉村莊園生活的單調、粗俗、無所事事、游手好閒、毫無變化，然而，兩人卻選擇了不同的道路。

〈在故鄉〉中的薇拉從城市回到鄉下，她在貴族女子中學畢業，會說三種外語，讀很多書，與父親一塊遊歷過。可是到頭來卻得在一個荒僻的草原莊園定居下來。她從城市回到鄉下後，「成天無所事事，從花園走到田野，再從田野走到花園，然後就在房子裡坐著，聽爺爺喘氣嗎？可是說該怎麼辦？躲到哪裡去呢？」（т.9，с.316）。無邊無際的原野，單調而沒有人煙，使她害怕，好像「這個安靜的綠色怪誤會吞噬她的生命」（т.9，c.316）。而當地的人對所有的事物都是漠不關心，無所用心。「好像他們既沒有祖國，又沒有宗教，對社會也不感興趣。」（т.9，c.319）。薇拉選擇告別幻想，回到真實的生活，她出嫁後，決心準備管理家務，給人治病，教人唸書，過真實的生活，不再期待周遭環境的改變，「不再希望更好的生活」（т.9，c.324）。

對於鄉村莊園文化的衰敗，契訶夫並無任何惋惜與留戀，對待女性議題，他在生平最後一篇小說〈未婚妻〉中給了答案，透露社會轉型中的女性新的生活方向，離開鄉村，前往莫斯科或彼得堡等大城市接受教育。小說中的親戚薩夏（Саша）鼓勵娜嘉，離開鄉下傳統封建的家庭與社會，去外面的世界讀書，做個有自我思想和獨立的女性。他對娜嘉說：「要是您去上學就好了！」，「只有受過教育的、崇高的人才有意思，只有他們才合乎需要。」（т.10，c.208）。

新娘娜嘉逃婚，前往莫斯科求學，終於了解她們全家所過的不勞而獲的生活是不乾淨、不道德的，是在吞食別人的生命。她開始厭惡這種生活，決定徹底與舊生活決裂。契訶夫在生命的最後，提供了俄國婦女一個積極的典範，女性終將擺脫「未婚妻」的傳統寄生蟲角色，尋求獨立自主的身份認同。

從這篇小說可以看到空間的流動，從鄉村到城市，也反應了時間的轉變，一個嶄新時代的來臨。廿世紀初的俄羅斯文化蓬勃發展，文學、繪畫、戲劇、音樂、建築都達到了空前的盛況。社會文化生活紛繁多樣。眾多的藝術思潮、流派和團體組織大放異彩，交相輝映。當時鼎盛的文化主要形成於一些如彼得堡、莫斯科的大型城市。兩地匯集著俄國主要博物館、劇院、美術館與學校；文化界人事與藝術精英都聚集在城市裡居住、求學與工作。城市在契訶夫的筆下代表著進步與知識，嚮往城市的隱喻不斷在作家的作品中顯現。只是當時的契訶夫卻萬萬沒有預料到，革命後的蘇聯政權卻將女性城市生活空間壓縮得更加狹窄，更加灰暗。

四、結論

契訶夫描繪了俄國舊社會奄奄一息的女性，也傳達了新女性在艱難的過度時代所面臨的挑戰與抉擇。繼契訶夫之後，高爾基的《母親》（Мать）也描繪新女性（1900年代）。時代分界的文學都預言了 1860 年代民主理想的勝利會培養出一批真正的新女性——新的蘇聯社會建立者。事實上，之後的歷史發展也證實了這一點，阿爾曼德（Инесса Арманд）[6]、柯隆泰（Александра Коллонтай）

[6] Арманд, И.（1874-1920）俄羅斯社會民主工人黨員、國際工人與共黨運動活動家。

[7]、蕾絲涅爾（Лариса Рейснер）[8]、薩茨（Наталья Сац）[9]及其後的追隨者都在等待自己的契訶夫出現。契訶夫鼓勵有理想的女性應對自己的和他人承擔重大責任。他沒有給予新女性形象、外表、服裝，因為她們不需要服裝，也不需要髮型，更不需要迷人的外表；她們必須學會因另一種方式去感覺、去思考，避免讓自己感到羞愧。

---

[7] Коллонтай, A.（1872-1952）國際暨俄羅斯革命社會主義運動活動家、布爾什維克政府第一代政要、作家。

[8] Рейснер, Л.（1895-1926）女革命家、記者、蘇聯作家。

[9] Сац, Н.（1903-1993）蘇聯導演、世界第一位歌劇女導演、兒童劇院創立者、兒童歌劇創立者。

參考文獻

1. 包亞明主編。《現代性與空間的生產》。上海：上海教育出版社，2003。
2. 汪民安。《身體、空間與後現代性》。南京：江蘇人民出版社，2005。
3. McDowell Linda著，徐苔玲、王志弘合譯。《性別、認同與地方》。台北：群學，2006。
4. 果戈里著，田大畏譯。《果戈里全集》，第四卷。安徽：安徽文藝出版社，1999。
5. 鄭杭生。《社會學概論新修》。北京：中國人民大學出版社，2003。
6. 契訶夫著，鄭清文譯。〈托爾斯泰評《可愛的女人》〉，《可愛的女人》。台北：志文出版社，1987。
7. 楊瑜、朱潔。〈開啟女性的生存空間——伍爾夫小說中的「房間」與「窗戶」意象解讀〉，《域外視野》，2007.09。
8. 傅璇。〈性別角色的被給定和男性主導－維·格·別林斯基女性主義思想解讀〉，《俄羅斯文藝》，第二期，2004.06。
9. Gilbert, S. & Gubar, S. *The Madwoman in the Attic: The Woman Writer And the Nineteenth Century Literary Imagination.* New Haven: Yale University Press, 1979.

10. Heldt, Babara。*Terrible Perfection: Women And Russian Literature*. Bloomington: Indiana University Press, 1992.

11. Lefebvre, Henri. *The Production of Space.* Oxford: Blackwell Publishing, 1991.

12. Thompson, Ewa. *Imperial Knowledge: Russian Literature and Colonialism.* Connecticut: Greenwood Press, 2000.

13. Walby, S. *Theorizing Patriarchy.* Oxford: Blackwell Publishing, 1990.

14. Woof, Virginia. *A Room of One's Own.* New York: Harcourt Brace & Company, 1991.

15. Белинский, В. Статья девятая «Евгений Онегин» (окончание) // *Собрание сочинений, Том шестой.* Москва: «Художественная литература», 1976.

16. Немировская, Ю. *Русские культурные идиомы.* New York: The McGraw-Hill Companies, Inc, 1997.

17. Чернышевский, Н. *Что делать?* Москва: «Художественная литература»，1969.

18. Чехов, А. *Сочинения, Том четвёртый*. Москва: Издательство «Наука», 1984.

19. Чехов, А. *Сочинения, Том пятый*. Москва: Издательство «Наука», 1984.

20. Чехов, А. *Сочинения, Том шестой*. Москва: Издательство «Наука», 1985.

21. Чехов, А. *Сочинения, Том девятый*. Москва: Издательство «Наука», 1985.

22. Чехов, А. *Сочинения, Том, десятый*. Москва: Издательство «Наука», 1986.

23. Чехов, А. *Дама с собачкой и другие рассказы*. Москва: Издательство «Русский язык», 1978

24. Сахаров, В.（1999）Героиня, блудница или покорная раба? Чехов и «женский вопрос».
Available: http://www.ostrovok.de/old/prose/saharov/essay005.htm (2005.05.12)

25. Чехов, А.（1890）Из Сибири.
Available:
http://az.lib.ru/c/chehow_a_p/text_0200.shtml
(2010.04.29)

柒、
亂世下的個人命運：巴斯特納克的《齊瓦哥醫生》

本論文所要探討的主題將圍繞著俄國著名作家巴斯特納克（Пастернак, Борис Леонидович 1890-1960）以及其作品《齊瓦哥醫生》所隱喻的哲學思想（生命觀及宇宙觀）和處於亂世中的生活藝術；如何生活在嚴酷恐懼的時代中表現出對生命的尊重、對自然的熱愛、對創造物的狂喜、對永恆人性的追求。整體來說，在二十世紀初期，處於跨越兩大政權的動盪時代，許多俄羅斯的知識份子都遭遇了同樣悲慘的命運，在那個時代遽變的生活過程中，處於堅持與適應的選擇，他們是如何去追尋生命的價值與意義；也就是，個人在歷史框架下的感受與情感，如何在生活的過程中反映出個人的特質與時代意義。

一、前言

一般而言，知識份子對生命的存在總是有些價值的堅持。然而，這些價值在權力面前卻又顯得非常的脆弱，讓生命的守護者陷入恐懼，尤其處於一個遽變的時代洪流中，面對權力的嚴苛衝擊下，真正能夠守護人性價值的知識份子，實在很少，也因此令人感念與值得推崇。

另一方面，艱苦的挑戰與磨難往往是成就一個人偉大情操的必要條件。1958 年榮獲諾貝爾文學獎的俄國作家巴斯特納克（Пастернак, Борис Леонидович）正是處於那個年代的知識份子，就是處於跨越兩大政權的動盪時代，遭遇了極度悲慘命運的文學作家。巴斯特納克在戰爭與革命的嚴苛挑戰下，發揮個人的品格特質，與環境內外相互輝映，創造了動人心弦的、史詩般的歷史哲學巨著《齊瓦哥醫生》：從歷史的影視中探索個人鮮活個性的生活意義，以及交織而成的時代意義及生命價值。描述人們如何在歷史與革命之外，呈現出人性價值的感人敘事；劇情是描述人們從大自然的隱喻中體會宇宙給與人類的啟示，以及如何顯現生活的意義，包括愛與死、自由與奴役、事件與思想、以及彼此之間相互襯托出來的人性價值。再深一層的表述，《齊瓦哥醫生》提到：「歷史的形成不在於「人民」，而在於個性，只有個性是不朽的，正是個性在不斷地創造著歷史本身：在歷史中生活的人，如果沒有關於個性自由的思想，沒有對於現實中人的愛，就不能生活和創造。」[1]在這裡所提到的「人民」，指的是集體性規範下的人；而個性也就是個體的人格特質，以及個人在歷史中的創新。

一個知識份子在極權統治下的生存狀態，巴斯特納克也在《齊瓦哥醫生》劇情中的札記寫著：「甚麼東西妨礙我任職、行醫和寫作呢？我想並非窮困和流浪，並非生活的動盪和變化無常，而是到處盛行的說空話和大話的風氣，諸如此類的話：未來的黎明，建立新世界，人類的火炬。」[2]歷史既然是「歷史中的人」與「人的歷史觀」交互作用的產物，那麼在人性本能持續性的作用下，歷史常常會重複著運行的軌跡。上述《齊瓦哥醫生》的這一段描述，不僅準確的揭示了那個時代對言論箝制的風氣，也令人感受到當前香港在中共極權統治下的社會氛圍以及香港知識份子的遭遇，甚至也預見當前美國左派主流媒體對於「政治正確性」的言論審查與箝制，着實令人感到憂心。

---

1 汪介之。〈《日瓦戈醫生》的歷史書寫和敘事藝術〉。《當代外國文學》，第 4 期，2010，頁 8。

2 巴斯特納克著，藍英年、張秉衡譯。《日瓦戈醫生》。北京，人民文學出版社，2006，頁 281。

二、時代背景

巴斯特納克是20世紀蘇聯傑出的詩人、小說家和藝術家，其詩歌與散文創作成就卓越，並於1958年榮獲諾貝爾文學獎。《齊瓦哥醫生》是他的成名作之一，動人心弦，讓人感受深刻，其主要原因在於作品本身是一部自傳性的文學巨著；巴斯特納克其實就是現實生活中的齊瓦哥醫生，而齊瓦哥醫生就是作者本人的心境投射與生活感受。[3]另外，《齊瓦哥醫生》是一部隱喻式歷史投影的長篇小說，它從歷史的影視中探索生活在特殊的歷史場景下個人的鮮活個性，以及交織而成的時代意義及生命價值。

從一般人的生活體驗來觀察，人的行為、活動與各層面的感情大都受到外在社會的政治和經濟條件所牽動和影響，甚至塑造成新的性格。從這種實證主義的角度來看，人的人格特質在巨大的時代洪流中，似乎很難保留個人的獨立性，甚至很難堅守人性價值的「本來面目」，尤其是在一個遽變的時代洪流之下，個人所能採取的生存活動總是受到各層面的限制；這就是個人特質在時代洪流的生活中所要呈現的生命價值。小說中提到俄國宗教哲學家、也是歷史哲學家別爾嘉耶夫曾說過：「人的個體

---

[3] 童真。〈論《齊瓦哥醫生》的自傳性〉，《四川師範大學學報（社會科學版）》。第27卷第一期，2000年1月，頁56-59。

人格是潛在的一切，是整個世界的歷史，世界的一切都隨我而生生不息；同時，每個人的個體人格又都擁有自己的世界。」[4]他進一步說明：歷史的過程就是個人在其內部實現的事件、意義和思想，不存在任何高於個性的事務，因為從神學上看，只有個性可以期望復活。[5]這不僅僅指出了當代個人自由與社會民主之間的協調理念，更是全球化與個人行為之間彼此共生的網絡關係。卑微的個人在世界場域中的競逐—競爭與合作—才成就了宏大的歷史；具有永恆價值的個人性格才能創造歷史的永恆事件。

另外，巴斯特納克熱愛自然與生活，他認為：人的思想應與大自然結為一體，生活的觀念也應該由此產生。任何時代的變遷與政治事件僅僅只是一時偶然的現象、是種種的暫時變化，而超越這些暫時變化之上還存在著一個宏觀的、永恆的價值；這種現象就如樹木和樹葉會隨著四季循環而變化，但宏觀的森林卻依然如故，這是大自然隱含的意義。當人能夠回歸於大自然，其本質將被激發，而與大自然所隱藏的真理融為一體；果能如此，儘管處於歷史劇變的時代，人的本質依然得以展現。也因此，巴斯特納克能在一片暴風雨中，始終不失冷靜，堅持走自己的

---

4 巴斯特納克著，藍英年、張秉衡譯。《日瓦戈醫生》。北京，人民文學出版社，2006，頁 23。

5 Степун, Фёдор. Б.Л. Пастернак // Русская идея: В кругу писателей и мыслителей русского зарубежья в 2-х томах. Т.2. Москва: Издательство «Олимп», 1994. сс.556-76.

路，成為少數不被革命迷惑而倖存的知識份子。[6]根據這樣的自然現象，巴斯特納克認為：個人的社會生活以及對生存的掙扎就有如植物的成長過程一樣，「（從個人生活延伸出來的）歷史有如植物王國的生活，人們永遠不能窺視植物的生長，它看上去總是靜止不動的，但就是在這種靜止不動中，我們卻遇到永遠生長、永遠變化而又察覺不到的社會生活，…人類的歷史是一種自然過程，誰也不能創造歷史，它不被看見（但是生命是存在的），就像誰也看不見青草的生長一樣。」[7]

《齊瓦哥醫生》這本巨著就是描述了主角如何在一個時代遽變的歷史座標下——從動盪的俄羅斯社會（經歷戰爭、革命）到極權專制的蘇聯——能夠處於飄泊、磨難、悲慘的生活境遇中還能以自主性的價值，以及獨立的人格抱持著樂觀的人生態度，並以詩歌的藝術書寫，抒發其感情、思想、以及文學的創造力。另外，由於生活的磨難和生存的嚴酷威脅，《齊瓦哥醫生》也隱喻其「攸關生死的哲學觀」；作品中揭示著：對生活在歷史中的人而言，「歷史就是要確定世世代代關於死亡之迷的解釋以及對如何戰勝它的探索。」[8]每個人終究必須在生活的過程中

---

[6] 北京大學俄語系俄羅斯蘇聯文學教研室編譯。《西方論蘇聯當代文學》。北京，北京大學出版社，1982，頁 180。

[7] 巴斯特納克著，藍英年、張秉衡譯。《日瓦戈醫生》。北京，人民文學出版社，2006，頁 436。

[8] 同上註，頁 10。

面對死亡的宿命，而人卻往往要處於生存的威脅和生活的艱困中，才會積極從生死的意義中探索出生命的價值—由死亡而復活的重生價值—進而謳歌他們對死亡的抗拒。對齊瓦哥醫生而言，發生在眼前的戰爭和革命，就好像雷與或疾病等的自然現象，它們都只是歷史的短暫現象，而不是歷史本身，只有透過沉思及發揮獨立個體的創造精神，才有可能從動態的、短暫的事件或現象中發覺歷史的本質和真相。俄國大文豪托爾斯泰在《戰爭與和平》一書中也曾暗示：歷史其實是一種「順乎天意」的過程，而拿破崙失敗的根本原因就在於他試圖強行改變歷史的自然秩序。[9]從大歷史的角度來看，一些激起戰爭、革命和災難的權威者，如希特勒、史達林、毛澤東…等人，都與拿破崙一樣，只不過是「目光短淺的歷史鼓動者」。

齊瓦哥作為一個醫生，生與死對他有著知識性的意義；死亡對他而言，並不是可怕的事，醫學與革命隱含著生與死的雙重意義，死亡是重生的必經過程，但就如醫生一樣，革命必須以善的觀念引導重生，因為只有善念才能衍生善行，然而現實的革命卻不是如此，其起心動念大都是為了奪取控制人的權力。其次，在嚴苛的生活處境中，巴斯特納克創造了齊瓦哥醫生與女主角拉拉之間的愛情烏托邦，並有意地在劇情中呈現出一種罕見的愛情力量；在俄羅斯嚴酷的暴風雪及狼嚎聲中，這也隱喻著蘇聯政

[9] 同註 1，頁 10。

權的嚴苛暴政，兩人承擔著激情與悲慘的命運。個人在歷史的洪流中，生活本身就是一種承擔命運的過程，它承擔著生命的價值和生活的意義，包括愛與死亡、理想與現實、戰爭與人性。這種承載著命運的生活使得個人與社會存在著微妙的交互關係，巴斯特納克在一份手稿《人與事》中，這樣寫到「這裡所寫的東西，足以使人理解，生活——在我的個別事件中如何轉化為藝術現實，而這個現實又如何從命運與經歷之中誕生出來。」[10]

接下來，為了深刻瞭解《齊瓦哥醫生》這本歷史詩歌小說的敘事藝術，我們還是需要進一步探索其作者一巴斯特納克一的生命旅程。巴斯特納克出身於藝術氣氛濃郁的家庭，對於歐洲文學與藝術的涉獵頗深，曾在莫斯科大學攻讀歷史哲學，後又負笈德國馬爾堡大學，精研新康德主義，精通英、德、法三種外語。他的性格孤立，不善妥協，也因此與十月革命後出身工農兵的蘇聯作家格格不入；這些作家後來組成俄羅斯無產階級作家協會（Российская ассоциация пролетарских писателей, РАПП，或簡稱「拉普」）將其視為異己。雖然巴斯特納克曾經一度受到布爾什維克黨領袖之一的布哈林（Бухарин, Николай Иванович）所青睞，而且也在蘇聯作家的第一次代表大會上被豎立為詩人的榜樣。但是好景不長，到了1938 年布哈林被處決後，巴斯特納克在蘇聯作家的圈子

---

[10] 巴斯特納克，《人與事》，烏蘭汗譯。世界文學。1985，頁 5。

裡就完全被孤立了。巴斯特納克作為極權體制下的文人，缺乏政治正確性的處境是極為孤零的，其生活的周遭環境完全孤立無援：當權派的無產階級作家不屑與他交往，素有交往的女詩人阿赫瑪托娃因丈夫與兒子被捕而自身難保，另外一些與他一樣同屬異己的作家，為了自保，也不敢和他來往，眾多蘇聯公民也都在沒有閱讀過該小說的情況下，聽信了當局的宣傳，而加入攻擊的行列。另一方面，巴斯特納克的家庭生活也沒有給他帶來慰藉：他的第二任妻子涅格烏絲（Нейгауз, Зинаида Николаевна）雖然義無反顧地離開了前夫，嫁給巴斯特納克，但是兩人在文化理念和修養上的差異使得該婚姻在精神上也無法產生共鳴。

不久，第二次世界大戰爆發，巴斯特納克投身戰場，並獲得一枚獎章，在那段時間，他曾經暫時忘卻了內心的孤寂。戰後，他渴望過去那種讓人民心驚膽顫的整肅、鎮壓能夠不再重演，懇切期待蘇聯能有一個嶄新的開始。本來，巴斯特納克對傳統俄羅斯政權的失望，曾經寄望於革命的勝利；他也受到知識份子浪漫理想主義的影響，認為對舊時代的革新總是人類社會進步的象徵。殊不知，革命的成功與果實很難缺乏血腥的暴力來維持；巴斯特納克在面對這方面的現實時，很難妥協與適應。

巴斯特納克在年輕時就受到基督教思想的影響，人道主義深植心中，他也深信生活中存在著真正的人性與基督教的美德；他認為：人類社會是應該不斷的往前進化，但是其進化的過程與手段不應該靠著暴力，而是應該靠著真理的力量，這個真理就是人道主義。何雲波從宗教學的角度分析，認為《齊瓦哥醫生》所堅持的生命價值與《聖經・啟示錄》的精神具有某種內在的契合。[11]關於人道主義，他也完全認同雨果的主張：「在絕對正確的革命之上，還有一個絕對正確的人道主義。」[12]

經歷了戰爭與革命的嚴峻衝擊，面對種種殘酷的殺戮，巴斯特納克徹底失望了。面對戰爭的殘酷事實，《齊瓦哥醫生》是這樣描述著：「人類文明的法則失靈了，獸性發作，人又夢見了史前的穴居時代。」[13]同時，他也把這種時代所發生的種種違反人性的政治現象及社會現象統稱為「世紀病，時代的革命癲狂」。[14]然而，儘管厭惡和反對，巴斯特納克作為一個文人，又不擅於對現實社會做反抗，只好採取與社會保持距離的態度，以孤獨的藝術創作，表達對生命價值的堅持，採取以永恆的正義性、美德

---

11 何雲波。《二十世紀的啟示錄：〈齊瓦哥醫生〉的文化闡釋》，《國外文學》。第一期，1995。

12 雨果著，鄭永惠譯。《九三年》。北京：人民文化出版社，1957，頁 397。

13 巴斯特納克著，藍英年、張秉衡譯。《日瓦戈醫生》。北京，人民文學出版社，2006，頁 367。

14 同上註，頁 438。

和人性的善來觀照世界與歷史，同時也藉此讚頌俄國美好而敏感的一面，讓傳統的價值觀為人性和人道而復活。

三、史詩歷史哲學巨著《齊瓦哥醫生》

基於此情懷，巴斯特納克於 1946 年開始動筆撰寫了長篇小說《齊瓦哥醫生》（Доктор Живаго）。也就在同一年，巴斯特納克認識了人生中最重要的女人——伊文斯卡婭（Ивинская, Ольга Всеволодовна），其實，她也就是《齊瓦哥醫生》小說中女主角拉拉（Лара）的原型。

許多人認為《齊瓦哥醫生》小說劇情中的男女主角—齊瓦哥醫生與拉拉—的愛情就是現實中巴斯特納克與伊文斯卡婭兩人詩意化愛情的隱喻。文本中的齊瓦哥醫生和拉拉，在動盪的年代裡擁有相知相惜的愛情，但不僅兩人無法時時相聚相守，而且始終是無奈的悲劇；齊瓦哥醫生最後在莫斯科的街頭死去，拉拉也被關進了勞改營，一生受盡摧殘；而在現實生活中，巴斯特納克和伊文斯卡婭的愛情故事也是如此，以相似的悲劇結尾。巴斯特納克的劇情敘事是以詩歌式的書寫韻味，一方面反應了俄國革命的歷史，同時也以自然質樸的敘事藝術譜出了一個生與死交織的愛情史詩。《齊瓦哥醫生》的劇情中細膩運用了大自然的意象呈現出愛情的浪漫與高潔：小說中多次出現「窗邊桌上燃燒著的蠟燭」以及「窗前的蠟燭和被烤化了的霜花」[15]，以此隱喻著「自我犧牲的愛」以及兩人「心心相映的心靈之光」。另外，書中又以「荒漠中的花楸樹」[16]，傳喻著這一段淒美而激盪人心的愛情——孤獨、美麗、韌性，經得起風雪肆虐。當人們觀看《齊瓦哥醫生》的電影時，其景象完全展現著俄羅斯大地寒冬憂鬱的景色，是那麼濃厚的風雪、遼闊的冰霜、漫漫的長夜，搭配著孤星與冷月，象徵孤獨、分離、淒美，但在另一層面又輝映著詩人般的聖潔。《齊瓦哥醫生》的寫作風格充分表達了生活在那個暗黑時代的生命過程；人們的希望隱約地附著在淒美的淡淡霞光下，幽怨中帶著甜美，儼然造物者正喃喃地告訴人們：珍惜著活在當下的幸福吧！

由於《齊瓦哥醫生》所敘述的劇情與變遷時代的社會格格不入，被當時的蘇聯體制和社會認為是反社會主義革命的反動小說，在蘇聯國內形成了一場曠日持久的政治風波。最後，受迫於被判驅逐出境的威脅，以及伊文斯卡婭將受到迫害的威嚇，巴斯特納克只得無奈地拒絕領取諾貝爾文學獎。這當中還存在著一份對俄羅斯的愛，以及基於知識份子的冷傲，巴斯特納克堅決不願離開俄羅斯，但同時又無法與伊文斯卡婭取得聯繫，不久在莫斯科的郊外鬱鬱而死。巴斯特納克死了以後，伊文斯卡婭再度入獄，直到赫魯雪夫下台後才被釋放。從世俗的眼光來

---

15 同註 13，頁 477。

16 同註 13，頁 364。

看，巴斯特納克一直被認為是晚年情緒低落，最終鬱鬱而死。但根據中國學者劉文飛和陳方的研究，以巴斯特納克的樂觀性格，他的「晚年並不悲觀，而是欣悅地生活在對自然的陶醉與自然的交融之中。」[17]

《齊瓦哥醫生》敘述著一個歷史座標中時代變遷的軌跡；它的時間跨距幾乎跨過半個世紀，是從 1902 年前革命時期的俄國社會寫起，這段結局寫到 1929 年，最後的尾聲寫到第二次世界大戰結束的歲月。作品的主角齊瓦哥醫生在生命過程中見證了俄羅斯歷史上最黑暗的年代：日俄戰爭（Русско-японская война）、1905 年的動亂（волнения 1905 года）、第一次世界大戰（Первая мировая война）、1917 年革命（революция 1917 года）、內戰（Гражданская война）、紅色恐怖（красный террор）、第一個五年計畫（первые пятилетки）、衛國戰爭（Великая Отечественная война）。作者運用隱喻的書寫方式透析每個人生活在此歷史變動年代的想法、命運與複雜的感受。這種宏觀歷史框架下微觀投射的敘事書寫，反映了俄羅斯在上世紀初歷經 45 年歷史的社會發展景象，包括社會形象和發展軌跡、個人對歷史及寄情自然的感受、以及當時代知識份子對生命價值的認知。如同托爾斯泰在《戰爭與和平》一書中所描述的歷史事件，其書中人物大都是在經歷戰爭的洗禮後得到淨化、更新和重生，巴斯特納克小

17 劉文飛、陳方著。《俄國文學大花園》。湖北教育出版社，頁 224。

說中的人物在面對時代的劇變下也都以獨特的性格以及各自的生活方式，參與了這場暴風雨似的衝擊，並追尋著自己所認知的生存意義。每個人在嚴苛的時代背景下：戰爭、革命、飢餓、遷徙、流放等，各自所抱持的生命價值也決定了自己的命運。整部作品描述了巴斯特納克在戰後的歲月裡，從一個獨特的視角，對 20 世紀前期俄羅斯歷史所做的一種回顧與反思，也反映不同政治體系下個人對生命價值的追求和命運的選擇。

俄羅斯文學一直對生活、人類命運、大自然與整個世界的文明有很深的關注。二十世紀的歷史，對人類文明而言，爆發了各種災難：二次世界大戰、社會體制的大變革、內亂、軍事獨裁和專制政權…等等，使人類的文明生活受到重大的挫敗，不僅耗盡一切生存資源，而且可能導致流血成河，毀壞了生活，陷人類命運於悲慘甚或滅絕的危難。這就是為什麼俄國一些經典作品的作家，如普拉東諾夫（Платонов, Андрей Платонович）、薩米爾欽（Замятин, Евгений）、格羅斯曼（Гроссман, Василий Семёнович）、巴斯特納克等人都是結合了他們自己最敏銳的生活經驗，將作品坦誠地揭露給世界。《齊瓦哥醫生》的特別之處，就是作品中涉及了許多至關個人生存與歷史各個面向的討論主題，例如：家庭、愛情、死亡、革命、大自然、歷史、俄羅斯、詩歌、創作、基督。巴斯特納克在其作品中不僅展現了對生命的理念，更透過藝術的詩學敘事與生活的意義相連結，把愛、大自然隱喻的詩意、社會的嚴厲壓迫、生活意義、家庭與生命價值…等，連結成一個反映生命價值的生活網絡，呈現出作者的價值觀、生命觀及宇宙觀。譬如，巴斯特納克不僅藉著《齊瓦哥醫生》的劇情從事詩歌的創作，同時也在其晚年的詩集《天放晴時》（1956-1959）中，[18]以藝術的書寫歌頌著大自然的詩境，面對遼闊的大自然，他的感受是如此的細膩：對氣候轉移的美、陽光的變化、落雪、雨水對大地的滋潤及旋律、森林與氣候之間的和諧景象…在在表述了詩人面對大自然和生活情境所展現的感激之情。

關於宇宙觀，巴斯特納克也在詩集中，表達了「天人合一」的平等觀，萬物皆有生命，上天皆以「好生之德」待之。詩中表現出「民胞物與、仁民愛物」的胸懷和視野，不管山、水、植物、動物，皆與人具有同等存在的權利，也同時具有話語權。換言之，創作中的詩詞不僅是詩人對自然現象的觀察與感受，同時也是自然景象對詩人的共鳴，自然萬物皆發出具有某種意義的話語；詩歌就是在人與自然的相互對話中描繪出真正的自然情感，也就是，人們應該通過靈魂來傾聽世界。根據這樣的宇宙觀，大自然與詩人之間是對等的，所得出的感受是和諧的，所創作出來的詩歌是同時兼具人與自然的話語或聲音，不僅僅是

---

[18] Пастернак, Борис. «Когда разгуляется 1956-1959». http://www.ruthenia.ru/60s/pasternak/kogda/index.htm (2020.12.15).

詩人在講述或描繪自然景象，同時也是自然景象對詩人放出的話語。人必須投入自然的和諧關係中，才能真正的體會出這種天人合一的感受，並以藝術的手法表述這種天人之間的諧和之音，這種和諧的關係景象也展現了「世間美學」。難怪許多俄國的詩人和文學家都推崇巴斯特納克是一位哲理性的抒情詩人，其創作繼承了俄國和德國的優良傳統，是哲學與美學的結合。[19]其實，當代後現代的「新物質主義」也有著類似的主張，認為物質會發出話語，只有當人們能與之情境融合和對話，才能深入瞭解該物質的時代意義及其在人類生活中所扮演的功能，譬如陳列在博物館中的歷史文物正在說出它那個時代的生活意義與社會狀態。巴斯特納克對大自然的態度與情操，讓其詩意柔和地棲息在俄羅斯的大地上，如此也造就了他能夠在現實磨難的時代環境中堅守對生命的價值—對整個宇宙生命的愛。

巴斯特納克對於革命的描述運用了微觀的側寫方式，勾勒出那個風雲變幻的時代氛圍。十月革命爆發之前，齊瓦哥醫生從整個社會的氛圍中可以預感到史無前例的事件即將發生，同時也有一種不祥的預感，但是自己將無能為力，這可能也是當時許多人共同的一種感覺。相

---

[19] 馬克．斯洛寧著。《蘇維埃俄羅斯文學》。上海，上海譯文出版社，1983；薛君智。《回歸－蘇聯開禁作家五論》。北京，社會科學文獻出版社，1985。

對於傳統俄羅斯的專制政權和社會，對於革命，巴斯特納克在開始時，還對它抱有某種期待；他從醫生的直覺來看，認為革命有如一種高超的外科手術，能夠在一下子之間就割掉發臭多年的潰瘍。但是，整個社會形勢隨著時間往後發展下去，並沒有如他所期待的，潰瘍不但沒有改善，反而惡化。於是，他為了躲避戰亂不得不舉家遷往烏拉爾山區，也在其札記中精確地描述了當時的時代風氣和社會氛圍。當齊瓦哥被游擊隊抓去當隨軍醫生時，他親眼目睹了許多人們彼此殺戮的場面，人際之間形成了殘酷的競技場。針對這種景況，齊瓦哥醫生發出感嘆之語：「這不是生活，而是一場前所未有且荒誕不經的怪夢」。對於一位傳統俄羅斯文化培養出來的知識份子，在穿越兩個劇變時代的生活現實，這種印象與感受對於生命價值的衝擊也是一種革命性的震盪。

再從另一個生活的側面來看，齊瓦哥醫生描述了一位童年友人杜多羅夫（Дудоров）的生活經歷，他承受了流放、入獄、也上過前線戰場且九死一生，在存活下來之後，曾不諱言地說：

> 集體化是一個錯誤，一種不成功的措施，但是在決策者立場，又不能承認錯誤。於是，政府為了掩蓋失敗，就得採用一切恐怖的手段讓人們失去思考與議論的能力，強迫他們看到不存在的東西，甚至極力證明與事實相反的東西。為了達成此目的，葉

> 若夫（Ежов）因而執行前所未聞的大清洗政策，殘酷至極。另外，為了欺騙人民，也由此公佈了根本不打算實施的憲法，同時進行違背選舉原則的選舉。[20]

正因為有戰前這段恐怖的歷史，戰爭爆發後，人們反而感覺自由，舒暢地鬆了口氣，以某種輕鬆的心理投入戰爭這一「殊死的、得救的洪爐」。

當俄羅斯人民在參與二次大戰而不計犧牲地做衛國戰爭時，世人很難了解他們在這一個深層的社會心理情結，這是無法從大歷史的書寫中得到的真實描述。巴斯特納克透過《齊瓦哥醫生》的劇情敘事，以隱喻的側寫方式，讓世人得以窺其端倪；這或許也是巴斯特納克獲得諾貝爾文學獎的原因之一。

除了歷史觀察的側寫，整部小說要表達的是生活。有生命就有生活，生活的意義就在於體現生命的價值，而生活又活動於時代的機能網絡中；所以，生活必須適應於時代的變遷。顯然，生活在時代的座標時，它是一種動態的演化過程；在這個過程中，個人可以主觀地堅守自我的價值，尋求美好的生活情境（包括社會關係網絡及自然景象），相對而言，也可以為了生活而因應時代環境，調整

---

20 巴斯特納克著，藍英年、張秉衡譯。《日瓦戈醫生》。北京，人民文學出版社，2006，頁 484。

甚或扭曲自我的生命價值。檢視這個動態現象，當中就衍生出兩個問題：一者是，在這個過程中個人的生活是否還能保存著不變的價值？二者是，個人如何在動態的生活中體現不變的生命價值？這整個議題，包括生命的價值、時代變遷的歷史座標、時代洪流下的個人生活、個人在特定時代的生活態度以及所衍生的意義…等就成了許多研究者不斷探索的問題。

巴斯特納克以小說主角的名字命名——「齊瓦哥－生命－生活」。這個命名本身就意指以生命的價值指引出生活的美好情境；即使在童年失去雙親的歲月，小說的主角也會以各種感官和愉悅的心情來感受生活。從書中的片段敘事，人們可以感受到作者保持著樂觀、寬容、正向的生活態度：「生活很美味」，「周圍的一切都是賞心悅目，美味」；「哦，那時生活在這個世界上有多美味，到處都是多麼美好的景象和美味的東西」(“Жить вкусно”, “всё вокруг загляденье, объеденье”. “Ах, как вкусно было тогда жить на свете, какое всё кругом было загляденье и объеденье”)(ч.7, гл.15, с.238; ч.1, гл.3, с.21)。[21]作品中的劇情所堅守的生命價值，主要是以「愛」的生活方式（情愛、親情、友情、同胞愛、人道主義…），運用詩歌的抒情藝術，生動地表現出來，尤其是主角以生活的自我犧

---

[21] Пастернак, Борис. «Доктор Живаго». Москва: Издательство 《ОЛМА-ПРЕСС》, 2005.

牲，對生命中最重要的兩個女人——妻子托尼亞（Тоня）和情人拉拉（Лара）——的愛表現出來。

一般人可能不容易了解，一個男人如何能同時愛著兩個女人，似乎不符合當代倫理觀「一夫一妻」的原則，以及一般人所認知的：愛情本身應該具有獨佔性。然而，小說中的齊瓦哥醫生卻同時愛著這兩個女人，以生活的態度同時體現情慾的愛與親人的愛、現實生活與精神生活的相容共生。妻子托尼亞代表了家庭的壁爐（семейный очаг），一個家庭（семья），一個人所愛的生活圈子（родной для человека круг жизни）。另一方面，對齊瓦哥醫生而言，重視個性價值和自由並非主張僅僅關心自己，而是意味著尊重每一個人的個性，從內心去愛別人，特別是那些不幸的人。他深信：一個人的靈魂應該就是存在於別人心中的那個人，這也才是您的本身、您的不朽和存在，也就是在他人身上和心中的您；簡言之，愛是一種捨己的、服務他人的、以及帶有自我犧牲性質的愛。[22]隨著拉拉的出現，這種個人對愛的生活圈隨著也不斷地擴大，從親情到情愛，進而擴大至對廣大他者的愛，其中包括對俄羅斯命運，對革命和自然的反思。也因此，齊瓦哥醫生才能處於情愛與親情之間在精神上得到平衡。這方面可以從巴斯

---

22 巴斯特納克著，藍英年、張秉衡譯。《日瓦戈醫生》。北京，人民文學出版社，2006，頁 66。

特納克寫給德國女作家雷納特・史威哲（Renate Schweitzer）的一封信中表現出來。他寫道：

> 第二次世界大戰後，我遇到了一位年輕女子奧利嘉・伊文斯卡婭，很快地，由於無法忍受我生活中的分裂、悲傷，羞辱，我犧牲了剛開始的親密關係，與她分手…她很快地被逮捕，並被判入獄集中營五年。她是因為我而被捕的，在秘密臥底的偵探眼中，她與我最親近；顯然，他們企圖藉由殘酷的訊問和威脅，其實憑藉她在法庭上提出的充分證據就能毀掉我。我真的要感謝她的英勇和毅力，所以我當時才能夠沒有受到牽連。我就是在那個時候開始寫小說的，她就是我那篇小說中的拉拉…她是我的生活喜悅和奉獻精神的化身。[23]

另外，俄國文化學家李哈喬夫（Лихачёв, Дми́трий Серге́евич）院士也在其著作《思索巴斯特納克的〈齊瓦哥醫生〉》（Размышления над романом Б.Л.Пастернака «Доктор Живаго»）中寫到，「拉拉（Лара）究竟是什麼」？在古典俄羅斯小說傳統中這個字代表了一些形象，是「俄

[23] Пастернак, Борис. Из писем к Ренате Швейцер. http://www.nasledie-rus.ru/podshivka/11312.php (2020.12.12).

羅斯」人格化的體現。[24]該意象也隱喻著齊瓦哥醫生如何把他的生命觀擴大，從男女的情愛延伸到對俄羅斯的愛。

數十年前，當《齊瓦哥醫生》的電影上映時，正值政治兩極化的世局，大部分人只是直覺的感受到電影場景中的肅穆氣氛——荒涼、冷漠、孤獨、淒美、悲慘。然而，這些感受都是針對當時共產政權統治下自然環境的認知、社會事件的敘述與生活的感受，無法真正體會出一位知識份子所欲表達的史詩般的歷史情感、生命的掙扎、以及生活的艱困。人們更難以同理心從時代變遷的歷史座標中去體會處於生活艱困中與大自然共鳴所隱喻的生命價值；從這方面來說，《齊瓦哥醫生》的文學寫作超越了電影藝術的影像傳輸，讓人可以從內心的深刻感受，去探索史詩般的敘事之美、大自然的隱喻、以及知識份子高潔的情操。巴斯特納克藉著《齊瓦哥醫生》的書寫，除了以詩歌藝術的手法，呈現了大自然與人文的精神輝映，並以歷史哲學觀探索俄羅斯知識份子在時代洪流的歷史座標中，透過生活的體驗，堅守其生命價值的精神道路，包括家庭、愛情、死亡、革命、大自然、歷史、俄羅斯、詩歌、創作、基督…等，同時隱約中也從文化和宗教哲學的途徑指出了俄羅斯的命運。總結來說，齊瓦哥醫生與現實生活

---

[24] Лихачёв, Д.С. Размышления над романом Б.Л. Пастернака «Доктор Живаго» // *Пастернак Б.* Доктор Живаго // Избранные произведения: В 2 т. СПб., 1998. Т. 2.

中的巴斯特納克都是在生活環境的嚴苛挑戰下，堅持著生命的價質追尋，通過其人生的淒美過程完成了生活的意義—生命觀、宇宙觀和生死觀。

四、結論

本論文主旨並不只是對諾貝爾文學獎得主俄國作家巴斯特納克所寫的鉅著《齊瓦哥醫生》做文學評論或對作者的評價，而更專注於從歷史哲學的途徑探討一個嚴肅和普世的議題：「當時代遽變時，一個人如何在歷史的座標中追尋生活的意義和生命的價值」。就如馬克·史朗林（Слоним, Марк）的評論：《齊瓦哥醫生》所講述的內容，並不是談論政治，所論述的內容並不是關於政治制度或社會體制，而是以歷史性的座標凸顯關於生命、關於人的使命、關於理想、關於大自然的生活意義與價值。[25]顯然地，歷史作為事件發生的平台，它只是一個客觀性的座標，必須透過人的主觀性認知與感性覺之，才能呈現歷史所觀照出來的個人的特質、生活意義及人性價值。從這個角度來看，歷史的表述不是歷史的真實本身，而是應該涵蓋隱藏在歷史事件背後相關人物的感受、情感、聯想、評論與預感，還要能夠閃爍著人性的精神折光。

---

[25] Слоним, Марк. Роман Пастернака // Критика русского зарубежья: В 2 ч. Москва: Издательство «Олимп», 2002. с.128.

從各種知識領域的研究，人們已經可以認知到，社會的發展是一個宏觀的、具有生命的有機體，它會不斷的在「成、住、壞、空」的循環中輪迴。換句話說，時代的變遷是人類歷史無法迴避的必然，而人在其本能上，不管是思想上或生活習性上都具有相當大的「慣性」，那麼一個人生活在時代變遷的歷史座標中，他應如何適應這種大時代或大環境的劇變呢？務實的隨波逐流或堅守不變的精神價值呢？或者人們應該做怎麼樣的比例調適呢？理想上，儒家說「威武不能屈、貧賤不能移、富貴不能淫」，但在現實上，甚至人類歷史上，真正能夠完全做到的人，實在很少。那麼到底應該如何選擇，才能夠在現實中基於生命的價值—人性的愛—去追求在時代變遷中的生活意義呢？

俄國作家巴斯特納克透過他自傳體的名著《齊瓦哥醫生》，以隱喻的方式及詩歌的藝術手法，表達了他如何生活在一個大時代的變遷：二十世紀初，從俄羅斯的社會動盪時代與戰爭，到蘇聯的革命與建政。根據余英時在《歷史與思想》中的歷史哲學理論，歷史事件是各種人在歷史座標中的思想、行為和彼此活動的總合表現。巴斯特納克正是針對那個時代的歷史從事一種藝術性的書寫，在歷史的座標中，以藝術的表達方式呈現感情、思想和生命價值的生活過程；歷史經由思想者的引喻和情感的表述，將成就歷史的哲學性及哲學的歷史性事件。巴斯特納克在創作《齊瓦哥醫生》時曾經表述：「我想在其中提出最近 45 年間俄羅斯的歷史映像，…作品將表達對於藝術、對於福音書、對於在歷史之中人的生活以及許多其他問題的看法。」

其實，在這種歷史事件中發揮人性價值的作品，不僅僅只發生在俄羅斯，在美國和中國也都曾經有過這樣的情境描述及文學著作，如瑪格麗特・米契爾（Margaret Mitchell）寫的《飄》（Gone with the Wind）以及龍應台寫的《大江大海一九四九》，只不過她們的寫作風格有所不同，所處的時代以及體制也不同，巴斯特納克不僅生活於極權體制的「鐵幕」內，完全缺乏言論及出版自由，同時所處的自然環境，其嚴苛條件也不一樣；相對來看，《飄》（主要以郝思嘉的生活為主軸）與《齊瓦哥醫生》的寫作模式比較接近，雖然情境描述或因文化的差異有所不同，但似乎都是接近自傳體的模式，而龍應台的《大江大海一九四九》偏向於對當事人的訪談整理，比較像口述歷史的文體。

因此，本論文嘗試用歷史哲學的角度，深入探討《齊瓦哥醫生》文字書寫的背後所要表達的哲學內涵，並探索作者與作品所欲表達的個人生命觀和宇宙觀。希望藉此拋磚引玉，以期未來有更多的相關研究相互切磋。

參考文獻

1. 北京大學俄語系俄羅斯蘇聯文學教研室編譯。《西方論蘇聯當代文學》。北京，北京大學出版社，1982。
2. 巴斯特納克著，藍英年、張秉衡譯。《日瓦戈醫生》。北京，人民文學出版社，2006。
3. 巴斯特納克著，烏蘭汗譯。《人與事》，世界文學。1985。
4. 汪介之。〈《日瓦戈醫生》的歷史書寫和敘事藝術〉。《當代外國文學》，第 4 期，2010。
5. 何雲波。《二十世紀的啟示錄：〈齊瓦哥醫生〉的文化闡釋》，《國外文學》。第一期，1995。
6. 雨果著，鄭永惠譯。《九三年》。北京：人民文化出版社，1957。
7. 馬克・斯洛寧著。《蘇維埃俄羅斯文學》。上海，上海譯文出版社，1983。
8. 薛君智。《回歸—蘇聯開禁作家五論》。北京，社會科學文獻出版社，1985。
9. 童真。〈論《齊瓦哥醫生》的自傳性〉，《四川師範大學學報（社會科學版）》。第 27 卷第一期，2000 年 1 月。
10. 劉文飛、陳方著。《俄國文學大花園》。湖北教育出版社，2007。

11. Лихачёв, Д.С. Размышления над романом Б.Л.Пастернака «Доктор Живаго» // *Пастернак Б.* Доктор Живаго // Избранные произведения: В 2 т. СПб., 1998.

12. Пастернак, Борис. «Доктор Живаго». Москва: Издательство《ОЛМА-ПРЕСС》, 2005.

13. Пастернак, Борис. «Когда разгуляется 1956-1959». http://www.ruthenia.ru/60s/pasternak/kogda/index.htm (2020.12.15).

14. Пастернак, Борис. Из писем к Ренате Швейцер. http://www.nasledierus.ru/podshivka/11312.php (2020.12.12).

15. Слоним, Марк. Роман Пастернака // Критика русского зарубежья: В 2 ч. Москва: Издательство «Олимп», 2002.

16. Степун, Фёдор. Б.Л. Пастернак // Русская идея: В кругу писателей и мыслителей русского зарубежья в 2-х томах. Т.2. Москва: Издательство «Олимп», 1994.

捌、
布寧文學作品中的佛學元素

伊凡‧布寧是俄國第一位獲得諾貝爾文學獎的作家，晚年流亡法國；年輕時就受到托爾斯泰的影響，崇尚佛教思想，隨後親身到印度和錫蘭探索佛家的哲學思想，因此他的作品不僅具以文學的藝術性，而且也以嚴謹的哲學思想著稱。一般認為，布寧的散文和詩歌，繼承了俄羅斯的古典傳統，反映著自然與人文的豐富情懷，其文詞之美，曾被公認為語言中最豐富的創作，並被譽為「布寧錦緞」。

布寧作品的題材內容非常豐富，包括人生中無可避免的「死亡」與「受苦」；他透過小說的劇情鋪陳，以隱喻的方式探索超越無盡生命的「輪迴」、「無常」、「無我」與「涅槃」…等等議題。

本論文將從《來自舊金山的紳士》、《幽暗的林陰道》、《葉拉金案》、《旱谷莊園》、《鄉村》、《托爾斯泰的解脫》六部作品做思想性的探討，挖掘其作品中所隱藏的佛教元素。另外，本文也將探索布寧在其作品中所反映出來的關於「存在」的概念。經過研究，本文發現布寧的宇宙觀與佛教的哲學思想有著契合之處。

一、前言：情愛美學還是佛學隱喻

從讀者的角度來看，關於布寧的作品，呈現了兩種完全不同，甚至可以說互為矛盾的評論。有些學者，如美國西北大學教授 Thomas Gaiton Marullo、韓國學者 Ким Кён Тэ.、俄國學者 Сливицкая О.В.、Солоухина О.В.、Бернюкевич Т.В.、Тагавердиева З.Р.等，[1]認為佛學思想最能闡釋布寧作品的動態研究和敘情，甚至認為布寧的世

[1] 研究布寧作品中蘊含佛教哲學思想的相關研究有：美國西北大學教授 Marullo Thomas Gaiton 的專書《如果你看到佛陀：伊凡．布寧小說研究》（If You See the Buddha: Studies in the Fiction of Ivan Bunin, 1998）；韓國學者 Ким Кён Тэ.著作的專書「布寧小說《兄弟》中的東方世界」（Мир востока в рассказе Бунина «Братья» // Русская литература. 2002. №3）；俄國學者 Сливицкая О.В.的著作「佛教觀點的布寧」（Бунин с точки зрения буддизма // Русская литература. 1999. №4）以及「布寧世界的死」（Чувство смерти в мире Бунина // Русская литература. 2002. №1）；Солоухина О.В.所著「論布寧的道德哲學觀」（О нравственно-илософских взглядах И.А. Бунина // Русская литература. 1984. №4；Бернюкевич Т.В.所著「布寧創作中的佛教主題」（Буддийские мотивы в творчестве И. Бунина // Личность. Культура. Общество. 2009. Т.11 №2）；Тагавердиева З.Р.所著「布寧作品中的佛教」（Буддизм в творчестве И.А. Бунина // Международный научный журнал «Инновационная наука». 2015. №6）等論著。這些論著主要是闡明布寧小說中的佛教思想與相關主題。Thomas Gaiton Marullo, If You See the Buddha: Studies in the Fiction of Ivan Bunin （Evanston, Illinois: Northwestern University Press, 1998）.

界觀已經融合了哲學、美學和攸關性靈的神學；他們認為布寧的文學作品所描述的生活情懷，正表現出生命觀點與生存環境的調和性。布寧自己也談到他的寫作不只在於對自然環境的敘述，而總是從自己的內心出發。[2]另一方面，也有許多學者並不傾向認同布寧的作品蘊含著哲學思想和所欲呈現的世界觀，而只是一種描述愛情的美學。他們的感受是覺得布寧的作品主要表現在愛情的書寫與溫柔的慰籍，抒敘著生命的頂峰就在愛情發生的那一刻，而人生就是對愛情的追憶和眷念。台灣學者熊宗慧在《幽暗的林蔭道》一書的導讀文章中指出布寧思想受托爾斯泰影響，並引用了托爾斯泰的話說：「生活中沒有幸福，只有幸福的閃光——珍視這些閃光，活在其中吧。」[3]凡此種種，就連布寧本人也了解到讀者的多元性評論，在 1915 年的自傳中，也提到關於批評家的不同論點使他產生了困擾：

> 批評者太急於給我貼上標籤，卻又是一勞永逸地確定我天賦的參數…在他們有些人看來，從來沒有一個作家比我更寧靜，比真正的我還固守觀念…「我是秋天、憂傷與貴族之家的歌頌者」。後

---

2 布寧著，陳馥譯。《布寧文集一：短篇小說》。北京，人民文學出版社，2009。頁 8。

3 伊凡．布寧著，鄢定嘉譯。熊宗慧導讀，《幽暗的林陰道：愛情，幸福的閃光》。遠流出版社，2006。

> 來，又有些人給我貼上了截然相反的標籤，起先是「腐朽的人」，然後是「高蹈派」(Парнасцы)[4]、「冷酷的主人」。…
>
> 說我是一個神秘主義者，一個現實主義者，一個新現實主義者，一個尋求神的人，一個自然主義者，只有上帝知道，我還有什麼。評論家們給我貼上了這麼多的標籤，讓我覺得自己就像是一個走遍世界的手提箱…
>
> 然而，事實是，我的觀點遠非如此，我的生活比我曾經發表過的任何東西都要複雜得多。[5]

平心而論，「作者已死」的論點總是有幾分道理，不管怎麼說，讀者都很難真正體會出作者的完全感情、想像和思想，表象的感情語言或對照性的自然景色，常常蘊含著作者極其複雜的人生體會和生活經驗；這是超出讀者通過文字閱讀所能完全體會的。

---

[4] 高蹈派是 19 世紀實證主義時代、浪漫主義和象徵主義之間的法國詩的一種文學樣式，或譯為高蹈派。名稱來自高蹈派詩人的雜誌「現代高蹈詩集」，源自希臘神話繆斯的住處帕那索斯山。此雜誌在 1866 年-1876 年發行，代表人物有里爾、普魯東、馬拉美、法蘭索瓦·科佩等。

[5] Бунин, Иван Алексеевич. Автобиографические заметки / «Собрание соченений в десяти томах». М.: Худолженственая литература. 1965. Т.9, сс. 264-65.

從現實的狀況來看，讀者有時是「瞎子摸象」，只體會其部分表象；他們從自然景象映照出剎那間的感傷或愉悅，不容易窺其深一層思想的堂奧，但也有時他們又會過度延伸，體悟出作者未及研悉的思想情境。一般讀者終究還是看他想看的情節，以投射自己的情感，譬如，以具浪漫情懷的學者對布寧作品的認知與感受來看，這些作品是否就只是布寧本身的情慾感傷而已呢？或許相關評論也同時隱含著讀者個人的情慾對作品的延伸詮釋。另外，再從更深的層面來探索，根據布寧的生活經歷，他所描述的自然和情慾的表象，深層中可能也正隱喻著作者的愛情美學、宇宙觀和哲學觀，如《幽暗的林陰道》（Тёмные аллеи）一書中所羅列的一系列小說，雖然都是描述愛情的幽暗、時代的殘酷及悲劇性的死亡結局，[6]但它們透過自然景象所反映出來的情慾喜樂，似乎也暗示著世間最難放下的是人與人之間的情緣，它也是人生際遇的重中之重。在〈幽暗的林蔭道〉的故事中，內容表達了女主角對於三十年青春時光的空間轉換，其心境是如何的幽暗和鬱悶；林蔭道代表了三十年的時空，歲月如剎那，卻又似流水不斷，情緣流長，這一段歲月長流蘊藏著無常，卻又存在著永恆，但這個永恆卻又不是實相。

然而，儘管以愛情之重，世間萬物皆無常，如不能看透、看開、放下，必然很難解脫（見 1937 年的作品《托

---

6 同註 3。

爾斯泰的解脫》（Освобождение Толстого））。人們一旦受情愛拖住在「此岸」，將無法渡航到「彼岸」（此概念在《來自舊金山的紳士》（Господин из Сан-Франциско, 1915）的作品中再度具體呈現）。這不就是佛學中「摩訶般若波羅蜜」登生死彼岸的概念嗎？那麼，布寧的作品到底有沒有蘊含著哲學及佛學的元素和啟發呢？為了探索這一個問題，我們就必須回頭探討布寧的出身、成長背景和生活體驗，才能對其作品做比較客觀的評論。

在 1933 年獲得諾貝爾文學獎的伊凡・布寧（Бунин, Иван Алексеевич, 1870-1953），是俄羅斯第一位獲得該殊榮的文學家；他出身於俄國一個沒落的貴族家庭，1870 年生於俄國中部的城市—沃隆涅什市（Воронеж）。後來，因為時代的變遷，經歷社會動亂，蘇聯政權的建立，被迫流亡法國至終其一生。布寧的創作生涯始於詩歌；他在 1887 年開始創作詩歌，1891 年出版第一本詩集。

然而，布寧的真正成就主要是中篇小說。布寧一生創作豐富，其中《鄉村，1909-1910》（«Деревня»）、《旱谷莊園，1911》（«Суходол»）、《來自舊金山的紳士，1915》（«Господин из Сан-Франциско»）、《米佳的愛情，1924》（«Митина любовь»）、《葉拉金案，1925》（«Дело корнета Елагина»）、《阿爾謝尼耶夫的一生，1927-1953》（«Жизнь Арсеньева»）等六部小說，被歸類為俄羅斯古典文學的作

品。也因為這些作品，在 1933 年布寧獲得了諾貝爾文學獎。

布寧的作品在情節的敘說與故事結構的鋪陳上，更專注於人物性格和形象特質的細緻刻畫，結合其生活環境的相互關照，呈現出彼此之間的相互輝映。譬如，布寧在《葉落時節》（Листопад, 1900）中描述俄羅斯秋天的森林，由絢麗多彩的森林之美在自然界的時空轉換下，歸於寧靜；它是華麗中含有悽涼，接著面臨死亡，顯示出一切美景都是短暫的。布寧用它的小說隱喻著宇宙所有的生命都是在「無常」的輪迴中，既是淒冷凋謝又是生生不息，既是短暫又隱含著永恆。概括來看，布寧的作品語意生動、精緻，而且深富節奏感，正如俄國文學家高爾基（М. Горький）的評論，推崇他為「現代俄羅斯最傑出的語言藝術家」。客觀來看，根據文學成就的評價，布寧的重大貢獻應該是他的創作繼承了俄國古典文學的寫實傳統，而又能超越此傳統，使得傳統既能有文化傳承的精神，又能隨著時代而進化；傳統或許過於保守，而創意卻多偏向激進，如何調和兩端，穩定接軌，既可承繼傳統的價值，保留先人的血汗成果，又能促進社會往前進化，這也是當代學者所應該堅持和追求的價值。

關於布寧文學作品的歸類，有些學者，如美國西北大學教授 Thomas G. Marull，從思想內容的表現方式來劃分，以 1915 年為界，[7]而大部分學者將布寧的創作以流亡法國巴黎的時間點為界，分為前、後兩個階段。前期作品偏重對俄國鄉村與農民悲苦生活的描寫，夾雜著他對昔日俄羅斯貴族莊園生活的緬懷和沒落貴族對權慾的不捨；作品當中表現出對大自然無限美妙的依戀，同時也承繼著對固有俄羅斯大地的思念情結，尤其對秋景的深沉凝思，似乎也難免帶著紅塵倦客的感傷。

另外，在前期的作品中由於受到佛教思想的影響，其小說情節也蘊含著對生命意識的感觸和自覺。布寧在 1907 年前往印度和錫蘭；1911 年又再度前往錫蘭。根據他自己的描述：在印度，他完全被佛教的信仰系統所吸引，推崇佛教的「自覺」、「戒」、「定」、「慧」、「慈悲」、「輪迴」…等觀念，甚至自覺地渴望成為佛教徒。根據其描述，令人印象深刻的是，他對於錫蘭的佛教古聖城——阿努拉德普勒（Anuradhapura）的沉醉；其自然及人文的一切景象，包括象徵死亡的陰間地獄、康提（Kandy）的佛學圖書館和熱心的服務態度、穿著藏紅色僧袍的和尚和尼姑、當地的風俗民情、以及相關的宗教儀式，凡此種種，布寧喜歡得如癡如醉。1911 年，布寧在寫給高爾基的信中說道：「我一直想從錫蘭寄信給你。主要是我希望能夠告訴你一百個我們在這裡看到和感受到的所有迷人

---

7 Thomas Gaiton Marullo. If You See the Buddha: Studies in the Fiction of Ivan Bunin. Evanston, Illinois: Northwestern University Press, 1998. p. 3.

和非凡的事物。」[8]除了這些，布寧後來也寫了許多與錫蘭行旅相關的故事。

這幾趟的知性之旅提供了布寧對佛教知識的啟發，也與其心靈產生了共鳴。在此同時，他也非常好奇和喜歡當地的一項傳說；該傳說認為西方的亞當與夏娃被上帝逐出伊甸園之後，就搬遷到該地，使其成為人類的另一個「極樂世界」。根據布寧夫人（Вера Муромцева Бунина）在 1911 年 3 月 7 日的日記描述：那天他們抵達了錫蘭當地的山城——康提，一切都如想像和預期的美麗景色，正如傳說中的樂園，更令人難以忘懷的是佛教信徒們的慈悲和服務。[9]

然而，好景不常，布爾什維克十月革命爆發後，布寧被視為異議者，1920 年被迫流亡海外，僑居巴黎，開始數十年的流亡生活；這種人生體驗也印證了佛家所言的「世事無常」，這種感觸後來在布寧的晚期作品中處處可見，尤其在愛情與死亡的際遇上。布寧在遠離祖國之後，精神受到重創；他曾經沉默了一段很長的時間，之後才又重新提筆寫作，此後的作品也因而充滿了悲觀的色彩，描述著無奈的苦惱和空虛，以及令人嘆息的悲劇：〈舊金山

---

[8] 見布寧 1911 年 4 月 11 日寫給高爾基的信。Под ред. Б. Михайловский. «Горьковские соченения, 1958-59». М.: Издательство академий наук, 1961. cc.59-60.

[9] 同註 7。pp. 5-6。

來的紳士〉的主角猝死於「彼岸」的「舊世界」、〈葉拉金案〉描述著中尉軍官葉拉金殺害女友索斯諾夫斯卡婭的悲劇情愛、〈高加索〉的男主角舉槍自盡、〈娜塔莉〉裡女主角死於生產時的早產、〈寒冷的秋天〉劇中男主角死於戰爭、〈塔妮婭〉裡男女主角因革命而永遠分離、〈在巴黎〉劇中的男主角也是猝死。

這種無常的生活背景和佛學的認識使得布寧的作品增加了作家對於生命存在意識、生活價值和俗世情慾的複雜認知，也型塑其對宇宙和世界的解讀與體認。所以，布寧的作品已超越了純粹實際生活的書寫，而是從宗教、歷史、傳說、童話中吸取素材，借助象徵和比喻表達自身的感受。相較於俄羅斯寫實主義的其他作家，布寧透過特殊的生活體驗，培育了驚人的藝術天賦，寫實之餘具有更多的複雜層面、濃濃的詩意以及更深層的意涵。而他將濃厚的詩意建立在近乎自然主義的客觀描寫、高雅的幻想氣質和一絲不苟的嚴謹刻畫；這些特質使得他的作品呈現出一種特殊的散文風格，也令讀者感受到一種冷漠與詩意的美感。

毫無疑義，布寧的作品在文字美學上確實有著很高的造詣，而其作品所想要表達的世界觀與哲學思想反而沒有受到適當的關注。如上所述，在人生的際遇上，包括中東、印度及錫蘭的訪問，布寧的思想深受佛教的影響，並深受啟發，型塑了他的宇宙觀和世界觀，尤其又受到托爾斯泰的牽引，許多佛學元素在他所寫的《托爾斯泰的解脫》中具體呈現出來。有了佛學方面的體會，布寧進一步投射到對俄羅斯的村莊風情和生命意義的探索，譬如在〈托爾斯泰的解脫〉的第三節中，托爾斯泰告訴他的長子謝廖沙說：

> 謝廖沙，我還想勸告你考慮考慮你的生命問題，想一想：你是誰？你是甚麼？人生的意義何在？一個有頭腦的人應該如何度過一生？你接受的那些達爾文主義的，進化論的，生存競爭的觀點，並不能給你說明你的生命的意義，也不能指導你的行為。而不明意義何在、也不能從中得出不可改變的生命指南，如此只是可憐的生存。你考慮考慮吧。我愛你，因此才在這個可能是臨死的時刻對你說這些。[10]

布寧會引用托爾斯泰的這段話，正表示他體會到生命價值的探索遠比其他生活層面更為重要，而這樣的認知正是佛家思想的核心精神。

基於個人的特殊際遇，或許也是早期受到托爾斯泰的啟蒙，布寧在多元的世界體系和觀點中尋找哲學的依歸，樂於將自己的身分定位為「一個尋求覺悟的佛弟子」。

---

10 Бунин, Иван Алексеевич. «Освобождение Толстого». http://az.lib.ru/b/bunin_i_a/text_1850-1.shtml (2017.12.17).

的確，經過布寧對佛教哲學的持久探索和對其精神的獨鍾，使他對佛教的信仰在某種程度上可以說是啟發他寫作靈感的重要關鍵。我們發現佛教思想中的「無我」、「離相」、「覺悟」、「回歸」和「輪迴」等概念，可以具體闡明布寧的思想和藝術的軌跡，這些概念也常常促成其作品的主題和內容，進而產生開創性的思維。[11]

由於思想本身並非實證主義的範疇，所以對於一些研究布寧與佛教淵源的學者而言，他們就很難追溯布寧何時開始接觸佛教，或許早在少年時期對托爾斯泰的心儀，就已經埋下了種子，這也是佛家所說的「因緣」吧！根據布寧自己的陳述：「我很早就嚮往能夠有幸見到托爾斯泰。雖然還是個孩子，我對他已經有了一些認識，…我還很年輕的時候就一心一意仰慕著他，愛上了我自己為他塑造的那個偶像，朝朝暮暮幻想看到托爾斯泰本人。」[12]如果再進一步探索當時的時空背景，人們不難發現，十九世紀末，佛教曾受到西方世界的歡迎，其影響也遍及俄

---

11 在布寧的一生中，許多作家和評論家曾指出或暗示他對東方的迷戀，尤其是他對佛教的吸引。例如，1908 年，Ю. Александрович 在他的《契訶夫之後》（«После Чехова»）一書中提到，布寧一生尋求佛教的「涅槃」和「無我」。詩人布洛克與作家高爾基亦指出布寧喜愛東方哲學與文化。見 А. Блок. “О лирике”. Золотое руно. No.6 (1907): 41-46，以及 М. Горький. “Письмо И. Жиге”(15.08.1929) / «Собрание соченений в 30 томах». М.: Худолженственая литература, 1956. Т.30, сс. 146-147.

12 同註 10。

國某些地區。布寧就在 1910 年的一次印度訪問中提到，「我喜愛東方和它的宗教」，「印度因人性與宗教讓我感到興趣」、「我住在我的靈魂喜歡的地方…有時是印度」。[13]

事實上，當時並非單單只有布寧持有此種看法，許多同時代的俄羅斯知識分子也對佛教抱持熱烈的態度；這些人當中包括了思想家索羅維約夫（В. Соловьёв）（特別推崇佛教關於「業力」與「輪迴」的思想）；詩人巴里蒙特（К. Бальмонт）（曾經翻譯印度哲學家與詩人馬鳴菩薩的著作—《佛陀的一生》）；詩人葉賽寧（С. Есенин）（相信「除了佛陀和基督外，人類是陷入放蕩罪惡中的罪人」）。此外，與布寧同時代為著名的俄羅斯佛教徒還有：Ф. Щербацкой；С. Ольденбург；О. Розенберг。根據文獻紀錄，1887 年至 1911 年期間俄國出現了許多佛教的翻譯經典，而且也成為大眾閱讀的出版品，有的印成簡單的小冊子，甚至印到第二版、第三版。[14]

從許多資料顯示，目前可以確定的，布寧至少對兩部佛教經典特別的熟悉：一部是《中國和尚法顯在印度和錫蘭之旅（A.D.399-414）尋求佛教戒律書籍紀事》；另外一部是巴利語佛典《經集》（The Sutta Nipana）。一般認為這

---

13 見 1910 年 3 月 2 日 Одесский листок 訪問布寧稿，Под ред. В. Щербина. « Литературное наследство. Иван Бунин. Книга первая». М.: Наука, 1973. с. 362.

14 Рубакин, Н. « Среди книг». М.: Наука, 1913. сс.265-266.

二部書是最接近原始佛教的早期經文彙編，當中記載了佛陀與弟子的對話，完成時間大約在基督誕生前三世紀。在布爾什維克革命前，《經集》這本書在俄羅斯特別受到歡迎，經常被包括布寧在內的知識份子所引用和討論。[15]

剛剛提到布寧熱衷於佛教思想的另一個原因，可能要歸功於和托爾斯泰的交往；在托爾斯泰的生活和作品中，人們常可看到佛教思想的印跡。托爾斯泰曾於 1905 年寫了一本定名為《佛陀》的小冊子，此書於 1908 年再版印刷，深受歡迎。[16]或許也因為這本書促動了布寧在那段時期前往印度和錫蘭做深度探索佛教思想的動機；所以，在布寧的諸多作品中，應該是以《托爾斯泰的解脫》與佛教的思想最具關連性，其次是他剛從印度和錫蘭探訪之後所完成的作品，其情節會比較具有佛學思想的隱喻或關聯性，如《鄉村，1909-1910》、《旱谷莊園，1911》、《來自舊金山的紳士，1915》、《葉拉金案，1925》等，尤其是《來自舊金山的紳士，1915》的劇情隱喻著「無常」、「佛界彼岸」、「輪迴」、「涅槃」等意涵。關於托爾斯泰對他的影響，布寧曾於 1938 年向一位好友表示：「托爾斯泰不僅是以一位藝術家和我親近，…他更是一位宗教靈魂

---

15 《經集》從 1898-1905 年間至少有四種版本。儘管大約在 1900 年間佛教廣泛流行，但是並非許多人能同意經典教法。例如，高爾基就對「佛陀提供了拯救的道路」的說法不置可否。

16 Рубакин, Н. « Среди книг». М.: Наука, 1913. с.266.

人物」。[17]此外，布寧更將托爾斯泰對「涅槃」的詮釋，多所推崇且謹記在心，並常常呈現在他的作品當中。

二、生死解脫還是死前掙扎

布寧在《托爾斯泰的解脫》（«Освобождение Толстого»）的著作中，在一開始，就引用了佛教經典，「眾比丘，如來不貪著。眾比丘，如來即佛。解脫生死法已得，汝今諦聽。」（"Совершенный, монахи, не живёт в довольстве. Совершенный, о монахи, есть святой Высочайший Будда. Отверзите уши ваши: освобождение от смерти найдено"）書中同時又談到托爾斯泰對解脫的認知和詮釋：「空間、時間、原因都是思維的形式，生命的實質應該超乎這些形式；不僅如此，我們的整個生命不應該是越來越屈從這些形式，然後再從這些形式中解脫」。[18]另外，在回應批評者的說明中也提到：「…我們不是不斷地向未來努力，認為生命是意識的擴張嗎？人們逐漸會認識到，沒有單單是物質的或精神的東西，而只有一個穿越該無止境邊界的永恆通道；它是一個「色」（物

---

[17] 見布寧於 1938 年 7 月 20 日寫給好友 М.Б.Карамзина 的信。Под ред. В. Щербина. « Литературное наследство. Иван Бунин. Книга первая». М.: Наука, 1973. с. 670.

[18] 同註 10。

質）和「空」融合的地方——涅槃。」[19]這個永恆的通道就是靈魂或精神的輪迴。

所以，生命應該是意識的永恆，形式會在物質性與精神性的時空覺知中產生不同的組合，這種組合遵循著「成、住、壞、空」動態的立體輪迴過程；其存在，相對於動態的時間、空間，都是屬於短暫的事件或現象，此之謂「無常」，科學上稱之為「混沌」。任何我（個人的自我）在宇宙環境中所認識或意識的萬物或他者，以及彼此之間所連結的關係網絡（也就是特定時空下的機緣以及互動所產生的業力），都會阻礙個人對生命的真實了解；這個「識」如果發自本心，自然可以超越自我的慾望網絡與外相的束縛，六祖慧能說：「識自本心，是見本性，…若識本心，即是解脫」。關於本心，托爾斯泰也提到：「上帝是無限的一切，人只是上帝的有限的相。…我們只能通過意識，到上帝在我們身上的表象，去認知上帝。」[20]這個「上帝在我們身上的表象」就是人的自性、就是「如來」，而追尋自性本心的過程即為自覺；托爾斯泰說：「如今我嚮往上帝，追求我體內那屬於上帝本質的純淨，追求在其中得到淨化的生命，…」。[21]所以，要了解生命的真實意義，就必須超越人際暨社會網絡的糾葛和塵勞，回歸本心自性，此即佛家所說的「觀自在」，以「於相而離相，於

---

[19] 同註 10。

[20] 同註 10。

[21] 同註 10。

念而不念」的修為，回歸佛性，邁入「自覺」、「覺他」、「覺性圓滿」的三境界。[22]

另外，因為人的生命成分包含著物質元素，生存網絡及生活關係也就會有科學性的因果律存在；因果既然有規律，不管是經驗性準則還是先驗性的自然規律，生命的存在自然就沒有純粹的自由可言，尤其在精神的覺知層面會更敏感。帶著物慾載體的肉身，永遠無法達到真正的自由，從自覺的昇華，「離相、離念」的了悟才能回歸自由的本性，那時才有真正的自由。《六祖壇經》第 36 章中說：「於六塵中不離不染，來去自由，即是般若三昧，自在解脫，名『無念行』。」也就是《金剛經》中意旨：「見一切法，不著一切法；遍一切處，不著一切處。」經文中說：「一切有為法，如夢幻泡影，如露亦如電，應作如是觀。」簡言之，佛教思想主張「無相自覺」，透過「戒、定、慧」三昧心法，以達到解脫生死煩惱的境界；[23]只不過，這個過程有如《西遊記》中唐僧西天取經的艱難過程，聖嚴法師更以《牛的印跡》一書加以闡明。[24]

根據布寧的描述，托爾斯泰在晚年用盡一切辦法，想徹底根除生命的物性，[25]包括以苦行僧的生活方式磨練肉

---

22 吳宏一。《六祖壇經新繹》。遠流出版社，2017。頁 47。

23 同上註。頁 179-184。

24 聖嚴法師，Dan Stevenson 著，梁永安譯。《牛的印跡》。商周出版社，2002。

25 同註 10。

身、拋棄身分、放棄家園、逃離家人和朋友…等方式。他說：「我的做法與我這種年紀的老人通常的做法一樣，即拋棄俗世生活，以便獨處在一處僻靜的地方度過一生最後的時日…。」[26]然而，托爾斯泰最後還是得不到真正的解脫，[27]依然是浮沉於世間俗相（他原本想遠離家庭和俗務出走，追求解脫，但最終還是處於「欲離相卻又於相」的困境），陷於永恆通道中的生死輪迴，主要原因是「覺」在於自性，不在外求；肉身俗務可棄可離，精神之欲（包括身後名，甚至追求解脫本身也是相）若不能去，着相而執，「覺」之障也，何以解脫？

事實上，托爾斯泰也曾經在他自己的日記中提到：「把人的肉身當成一種真實的東西是流傳最廣的迷信。…物質和空間，時間和運動把我，把一切活物與整體的上帝分開。我越來越不理解物質世界，可是越來越意識到，那是不能去理解而只能去意識的東西。…要站到能看得見自己的觀察點上。全部問題就在這裡。…個體是妨礙我的靈魂與上帝融合的東西。」[28]而這個「能看得見自己的觀察點上」就是「觀照自性」的覺；果如法師說：「…生命所有的現象自己最清楚，也只有自己能解決，身心的

---

[26] 同註 10。

[27] 解脫，用佛家的語言來說就是寂滅，用基督教《福音書》的話來說就是永生之路。

[28] 同註 10。

問題只有自己觀照得最清楚。」[29]在這個概念上，托爾斯泰是意識到了，但卻缺乏證覺的方法——「戒、定、慧」。所以，布寧寫的主題雖然是〈托爾斯泰的解脫〉，但真正的隱喻卻是「托爾斯泰的死前掙扎」。布寧同時也引用了托爾斯泰在死前的話說：「看來死亡是可怕的，然而一想到生命才發現，可怕的是正在逐漸死亡的生命。…使我自己膩煩、厭惡、痛苦的是哪一個我？就是那個活著而『逐漸死亡』的我，而非永遠活著的、超時空的生命。」[30]接著他又絕望地說：「我擺脫不了自己！…擺脫不了那個暫時的、肉身的自己。必須擺脫他，得到『解脫』，否則『那恐怖仍然在』。」[31]其實，肉體以及死亡本身也都是「相」，這是人都必須要面對的存在事實，但人如果「於相」不能「離相」，執著必成障礙，「覺」不能識，豈能「解脫」？生命的真實意義就在於探索自性的覺，回歸永恆的、圓滿的性靈（托爾斯泰稱其為「上帝」）。托爾斯泰也感受到印度智者的諍言：「解脫生死法已得，汝今諦聽！解脫在於剝去靈魂的物質外衣，使暫時的我與永恆的我合一。」[32]問題在於，如果想達到暫時的我與永恆的我合一，根據佛家的思想，首先要找回永恆的我，那就必須放下所有一切攀緣，不能落在「有一個東西要得」或「有一個心念之欲」；

---

[29] 釋果如。《禪的知見》。大喜文化公司，2019。頁 23。

[30] 同註 10。

[31] 同註 10。

[32] 同註 10。

托爾斯泰陷入了生死解脫之念，注定無法得到覺性觀照，只會造成「識心流轉」，於生死之間掙扎。

關於佛教中自覺、覺他、覺性圓滿的觀點，這是佛教從小乘轉為大乘的精神昇華和發揮慈悲心的濟世使命，托爾斯泰也曾體會並引用古印度智者的話說：

> 人生有兩條路要走，一是入世，一是回歸。在入世的路上，人一開始只覺得自己是自己的「相」，一個暫時的肉身的存在，有別於自在的我，處在包含著一部分同一生命的自己個人的範圍內，過著純粹是個人的利己生活。
>
> 接著，人的私利逐漸擴大，他不僅過著個人的生活，還過著家庭的、部落的、民族的生活。人的良知也逐漸增長，也就是說，他羞於只顧自己，雖然他仍舊貪婪地「攫取」著、貪婪地「占有」著（為自己、為自己的家庭、為自己的部落、為自己的民族）。
>
> 在回歸的路上呢，個人的我與社會的我的種種界線逐漸消失，占有的貪慾逐漸終止，「付出」（從大自然、人們、世界手中奪去的東西）的渴望越來越強，於是人的覺悟，人的生命就與同一生命、與同一性的我，逐漸融合，人的靈魂的生存便開始了。[33]

[33] 同註 10。

這是大乘佛教宣揚慈悲濟世的精神，倡導佛法在人間，滅分別心，超越人我之分，從自覺而覺他，以達覺性圓滿、普渡眾生為意旨。

最後，托爾斯泰一直耿耿於懷的是死亡的解脫，也就是佛家的「涅槃」以及其相對觀念──「活在當下」；這個概念呈現在他所寫的二本書中：《懺悔錄》和《我的信仰是甚麼》。托爾斯泰一向不認同教會主張的「生命永生」之說，他曾提到：「來生毫無意義，因為生命本身就是超時間的。只有現在，我們才真實地活著，既非過去，亦非未來，因為空間和時間不過是虛設罷了。」[34]這也是佛教思想和修為中的「活在當下」。空間與時間毫無疑義是人的「有為法」，既然是有為法，就會如電亦如露，那當然就沒有所謂的「永生」了。雖然永生給保有生命者希望，並珍惜之，如此就會讓信教者寄望於教會的引導；但是，托爾斯泰主張「對生命的感覺程度與對死亡的感覺程度成正比」與孔子所提「不知生，焉知死」的觀念有點相似，這也是一種「活在當下」的自覺。他進一步說：

> 死亡是那表現於我這個人的實體之中的意識形式的停頓、改變。停頓的是意識，而能夠去意識的那個東西是不變的，因為它是超時空的…如果存在不死，那也只存在於非個體中…上帝的本源又將

[34] 同註 10。

> 出現在一個個體之中，但不會是原來那個個體了。
> 那麼是怎樣的一個呢？在哪裡？又怎樣出現？
> 這是上帝的事。…死亡是今世，現在就將自己從世俗生命（即暫時生命）轉入永恆生命，我（已經）體驗到了。[35]

顯然，托爾斯泰所說的死亡是指從有時空限制的塵世境界回歸非塵世的、無限的、永恆的境界，回歸上帝；這個「永恆的境界」就是佛家的「如來」（如你來之源），與「涅槃」的觀念相通。

關於涅槃和解脫至彼岸，布寧以《來自舊金山的紳士》隱喻著世人普遍著相而執念，偶而也會突然從俗世繁華的生活中覺醒，力圖遠離「新世界」登上彼岸「舊世界」，並且也知道遠渡「大海」。然而，真正的此岸和彼岸並非物質性的實相，而是心海的此岸和彼岸。佛經上常常看到的「摩訶般若波羅蜜」，意思是以無比的大智慧，到達彼岸；亦即度脫苦海，到達涅槃彼岸。這當中有幾處關鍵的概念：

一者是無比的大智慧，這在佛教中必須經歷心靈或思想「戒、定、慧」的艱辛修練，從「自覺」中發出的大體會，方足以啟動慈航，從心海的此岸出航邁向彼岸；這與當代美國神學家坎伯（Joseph Campell）所提「英雄旅

[35] 同註 10。

程」[36]有著類似的說法——呼應內心的呼喚、透過自覺和覺他的促動而啟程、進入試煉、回頭入世拯救生民——不管是摩西、默罕默德、耶穌或釋迦牟尼，甚至是當代許多改變歷史的英雄，都曾經歷過同樣的旅程。

其次的關鍵點是脫離苦海，如若不識苦海，何以脫離苦海；不知彼岸，又如何離苦到彼岸。這個苦海指的是心靈的苦海，並非肉體的苦海，心靈有苦，那就會無窮無邊，因為人的心靈本來就無邊際，超越肉體所能在的時空，何況苦的來源也是無邊無際，它是人所生存和生活的「一切相」，而這個相的形成是萬千元素的萬千組合方式。既然苦海是一片無邊無際的相所形成的混沌網絡，自然是「苦海無邊」。《六祖壇經》說：

> 著境生滅起，如水有波浪，即是「於此岸」；離境無生滅，如水水長流，故即名「到彼岸」，故名「波羅蜜」…無住無去無來，三世諸佛從中出，將大智慧到彼岸，打破五陰煩惱塵勞。…無住無去無來，是定慧等，不染一切法；三世諸佛從中變三毒為戒定慧。[37]

---

[36] Phil Cousineau 著，梁永安譯。《英雄旅程：坎伯的生活與工作》（The Hero’s Journey: Joseph Campell on His Life and Work）。立緒出版社，2005。

[37] 同註 22。頁 179。

其意思就是說，執著於塵俗外境的相，心海起波浪，執著於凡塵之相的物慾之念，生死起滅的輪迴之苦將沒完沒了，其苦就如同水面的波浪，那就是處於塵勞迷妄的「此岸」；如果能夠回歸如來或真我，於相而離相，這就能邁入「自覺」的過程。脫離塵俗外境，就能脫離生死起滅的輪迴之苦，就能如水依自然水性流動不停，度航到彼岸；從此岸到彼岸需要有「於相而離相，於念而不念」的大智慧來渡航。所以，佛家說：佛法無邊，旨在渡化眾生離苦得樂。一般人常說「苦海」，到底有哪些苦呢？

關於人世間的苦，佛家提出了四聖諦的教義。佛教認為：「苦」是指世間的苦果；「集」是苦升起的原因；「滅」是苦熄滅的果；「道」則是滅苦的方法，也是通往涅槃的道路。在佛教經典中有這樣的比喻：眾生的身心有種種的生死業以及煩惱，也就是有各種的心病；佛陀針對眾生的這些病情，點出了病情的所在處，並告知眾生解脫病苦的方法。具體實證上，祂也指出那些沒有病苦而得到的愉悅的佛子，是如何解脫煩惱的。

以「苦」為例，佛家認為人生有八苦，即生、老、病、死、愛別離、怨憎、求不得、五陰熾盛。[38]另外，佛教中有時又把苦分為「苦苦」、「壞苦」、「行苦」三類：

---

[38] 「佛教講的人生八苦」。http://big5.xuefo.net/nr/article9/88312.html. (2018.05.24)

「苦苦」是我們生活中感受到的痛苦，其中包含了生理上引起的出生的痛苦、衰老的痛苦、病變的痛苦、死亡的痛苦；另外還有由社會環境所引起的愛別離苦，即親愛的人不能厮守在一起的苦；怨憎會苦，是怨家路窄，低頭不見抬頭見的苦；求不得苦，是所求不能如願的苦；以及五蘊熾盛苦，即五蘊身心不平衡的痛苦。

「壞苦」是指我們的快樂感受通常只是暫時的、無法恆久的，這也是苦。以佛法來看，我們所謂的「快樂受」並非真正的快樂，其實質也是為保有快樂而換來的痛苦。例如我們饑餓時想吃，吃飽了就覺得快樂，但如果繼續吃下去，還會覺得快樂嗎？由此可見我們的所謂快樂，是因為我們有了某種欲望之後，通過外境的刺激得到的暫時滿足，於是我們覺得快樂，然而，你會發現此時已由原來的快樂轉變為痛苦了。世間一切通過欲望得到的快樂莫不如此，因為這種「快樂受」終究會變壞，因而稱為壞苦。

「行苦」則是遷流變化的意思。世間一切都是無常變化，這乃是宇宙之規律。但一般世人常常欺騙自己想逃避、不願認清這種規律，都試圖不斷追求永恆：希望身體永恆、家庭永恆、婚姻永恆、事業永恆、人際關係永恆、愛情永恆。事實上，世間沒有一樣是永恆的東西，所謂世事無常，美好的事物往往只是曇花一現，轉瞬即逝。因而就有了行苦。

總之，人生活於娑婆世界中，一切莫非是苦；而其苦其實都是惟心所造。所謂「苦海無邊」，佛教思想博大精深，難以道盡；布寧除了在《托爾斯泰的解脫》中描述著托爾斯泰對生死解脫之苦，也在《舊金山來的紳士》的作品中刻畫了資本主義社會繁華生活所衍生的「苦」和「無常」。

三、世間相的虛妄與無常

「生與死、生命的意義何在，是布寧始終關注的一個大問題。」[39]布寧在《舊金山來的紳士》作品的劇情中，一開始就提到這位紳士「不是在生活，而只是活著，雖然現實生活還活得挺不錯的，但還是想把一切希望寄託於未來」，這表示繁華世界的一切令他感悟到事業成功的生活情境缺乏生命的價值意涵；用通俗的話說，就是受夠了塵俗煩惱。因而，決心搭乘郵輪遠離「新世界」（此岸；資本主義的美國）乘風破浪渡航到「舊世界」（他認為的「彼岸」——西方文明源頭的古歐洲）。雖然是一趟生活的旅程，其實也是他一生的縮影。儘管他有那麼一點感悟，覺得事業的成就並不能有減塵世之煩勞，想遠離此岸，可是卻在一開始就著相甚多，注定無法「水水長流到

---

[39] 布寧著，陳馥譯。〈序言〉，《布寧文集一：短篇小說》。北京：人民文學出版社，2009。頁 9。

彼岸」:首先,這位紳士的歐洲旅遊是基於從眾的虛榮心,着相於社會身分的虛榮,文中描述說「他那一階層的人,打算享受一下人生的樂趣,往往從旅行歐洲、印度、埃及開始。他決定也這麼辦。」[40];其次,他的思想又不能脫離現實世界的繁華,完全執相於物質和情慾,除了滿足妻子的愛好以及預期女兒的良緣,更寄望自己在旅程中的可能豔遇。該紳士如此的着相,不僅不能離苦得樂而登彼岸,冥冥中「無常」悄然跟隨、危機醞釀;當人沉淫於世間繁華之相時,往往無法感覺「無常」的侵襲,本來是一場感悟,卻成了一趟「無常」的旅程和悲慘的遭遇。《楞嚴經》中記載著釋迦牟尼的一句話:「凡夫無智慧,藏識如巨海;業相猶波浪,依彼譬類通。」[41]這一句偈語正警示著世人迷於世間相的慾念難止。

世間相的迷妄在因果律的業力循環下,「無常」一步一步的接近和降臨。這位紳士從新世界的此岸,背負著塵世煩勞的心相,試圖渡航到期待可以「離苦得樂」的舊世界(彼岸),沒想到,最後又回到了新世界的此岸卻是死亡的肉身;這一趟來回的旅程,卻已在生死輪迴中繞了一圈,歸程又是如此的淒涼。在小說的劇情中,布寧帶著感

---

40 Бунин, И.А. «Господин из Сан-Франциско•Рассказы и повести». Москва: «ПРЕССА», 1996. с. 308.

41 《大佛頂如來密因修證了義諸菩薩萬行首楞嚴經》CBETA 電子版。http://buddhism.lib.ntu.edu.tw/BDLM/sutra/chi_pdf/sutra10/T19n0945.pdf. (2018.05.24)

慨的語氣描述著：「那位來自舊金山的老頭子的屍體正在歸途中，他要回到新世界（原來的此岸），進入自己的墓穴中去。經過了一星期的漂泊，從一個海港倉庫到另一個海港倉庫，受盡屈辱和怠慢，…這回他被裝進塗滿焦油的棺材哩，深藏在黑暗的底艙，不得與活人見面了。」[42]那樣一來，所有世間相皆歸於虛妄。

事實上，世間迷妄、煩惱與覺性菩提本為一體之兩面，煩惱固因貪念而起，然而菩提亦由煩惱而覺悟，只不過，必須經過一番寒徹骨，才得梅花撲鼻香，覺悟的過程是關鍵。《諸法無行經》上說：「貪欲之實性，即是佛法性；佛法之實性，亦是貪欲性」，這也是哲學的辯證理論。再深一層想，求菩提之覺性何嘗不是貪慾？何嘗不是「相」？欲求菩提必須透視貪慾，想要離貪慾也必修菩提，這種過程是一種寒徹骨的磨煉。所以，不能透視此岸，何以離此岸？不知彼岸何以登彼岸？這位舊金山的紳士一心抱持著貪慾，儘管脫離了現實的此岸，卻在苦海中掙扎，不僅登不了現實的彼岸，反而更遠離了心靈的彼岸，讓無常無聲無息的無情侵襲，猝死他鄉，身後淒涼。

在舊金山紳士渡航的過程中，布寧運用了精巧的文筆，隱喻著外相的無情和無常的因子：「四壁之外的海洋是可怖的，但是人們不去想它，堅定地相信船長能夠駕馭

---

[42] 同註 40，c. 326。

它」，[43]佛家本來就主張「佛在心頭」，不外求，渡航想依賴心外之佛終是無法順利達成的；所以，布寧也特意描述這個船長的形象是「真像一尊大佛像」，又說船長「很少走出他那神秘的寢室，在人前露面」。[44]布寧就是要向世人暗示：外在的任何依賴都不可靠，只有自性自覺才能超越無常的生死輪迴。

基於此，布寧進一步描述世人的著相是如何無視於人世間的「無常」：「從上層的甲板上時時傳來警笛的吼聲，帶著地獄的陰森氣氛和惡狠狠的聲勢。不過，船內的晚宴席上很少有人聽見，因為在一間兩邊窗戶對開的大廳裡，燈火輝煌有如節日，這警笛聲被一支弦樂隊不停地、精心地演奏著美妙的弦樂淹沒了。…警笛被霧氣阻塞，發出垂死的呻吟。…輪船在海水下面的部分如同既黑暗又悶熱的地獄深處，也就是地獄的最後一層，第九層。」[45]布寧所引用的最後一句話「如同既黑暗又悶熱的地獄深處，也就是地獄的最後一層，第九層」，正隱喻著死神的降臨，也注定舊金山來的紳士未能到彼岸的猝死命運。另外，不僅是紳士本人，連她的女兒差一點也陷入死神召喚的命運：「…就是在這裡，舊金山紳士的女兒有一天險些暈了過去——她彷彿看見王儲（她在輪船上所欽慕的良

43 同註 40，c. 310。

44 同上註。

45 同註 40，c. 311。

緣）在大廳中坐著，而事實上她已經得知王儲此刻不在現場，而是遠在羅馬。」[46]關於「彼岸」的想像，布寧在該文的最後也做了描述和交代：「他（舊金山來的紳士）原本打算跟大家一起上山的，結果只是讓大家想到死亡而受了一次驚嚇。…原來，路旁索利亞羅山的石壁上一個崖洞裡有一尊聖母像，身穿雪白的石膏衣服，頭戴經過風吹雨打、生了鏽的鍍金冠冕，溫柔慈祥地站在那裡，沐浴著和煦的陽光，舉目望天，向著她的榮耀的兒子永恆而幸福的居處。」[47]從這一段的敘述來看，布寧的寫作還是免不了讀者途徑的思維，終究對於「彼岸」的境界描述還是不脫基督教文明的思維。

四、情慾的悲鳴

人活在世間，心海波濤最為彭湃洶湧者莫過於情慾，關於情慾的迷戀、苦惱和虛妄，布寧在《葉拉金案》的作品中運用細膩的手法描述得淋漓盡致。一件情慾殺人案的殺人者——葉拉金中尉——到底是被要求協助自殺，還是蓄意謀殺？關於這個問題，法官甚至都難清楚判斷，世人更是感到迷惑；有人認定葉拉金殺人時是冷靜的，也有許多人認定其女友瑪尼婭的性生活不檢點、一向情緒

[46] 同註 40，c. 314。

[47] 同註 40，c. 326。

不穩，早有強烈的自殺傾向，葉拉金應該是被要求「因愛而協助自殺」。

布寧在一開始就暗示著情慾難斷的案情，而且虛妄本身就缺乏實體的證據可以明確論斷；他說：「這是一個極其糟糕的案件——離奇、費解、無法解決。它一方面看起來很簡單，另一方面牽扯感情糾葛又顯得很複雜。它像是一部低級趣味的小說（我們全城的人都這麼說），可是又能就此寫出一部內容深刻的文學作品…」。[48]宇宙萬象（世間一切相）本來就是正反二相之諍，且二相生諸塵勞，再加上「無常」的動態因子，尤其人的情與慾又都屬於「非理性」層面的相，固然就不是人類理性可以完全瞭然的。布寧在劇情中說：「然而，生活往往是這樣，在一般的情況下發生不一般的事情。…那件事情尤其可怕、離奇、有點不像是真事。」[49]

當葉拉金向他的長官報告槍殺了女友時，科希茨伯爵哈哈大笑，認為葉拉金是在開玩笑，因為認識葉拉金的人都知道他與女友相互愛戀，怎麼可能殺她？殊不知，人之情慾苦惱無盡，是屬於非理性的虛妄，超乎理性的情境當然會有「不像是真事」的驚奇，這無異就是風險社會的「無常」。根據同僚利哈大尉的聽證詞：「那天早晨他只是

---

48 Бунин, И.А. 〈Дело корнета Елагина〉, «Господин из Сан-Франциско•Рассказы и повести». Москва: «ПРЕССА», 1996. c. 539.

49 同註 47，c. 540。

一上來沒有注意到葉拉金的臉色蒼白得「極不自然」，眼神有點「不像正常人的眼神」…。」[50]不過，無常之相亦會有徵兆可尋，接下來的情節就是布寧對「無常中之有常」所做的描述。

布寧的寫作習慣於從外在自然環境的景象描述去反映人的心境和人際氛圍。他對凶殺案現場的描述呈現出悲慘、陰暗和虛幻的迷戀情境：「大門在這棟樓房的中間，可以看見大門裡面有一個不大的院子，院子內有一棵小樹，那棵樹的綠色，鮮亮得有點不自然，或許是深灰色磚牆給人造成這種現象。…原來，走廊右邊牆上有一個不大的入口，通向隔壁房間，也是黑洞洞的，只有天花板上吊著一盞蛋白色的燈，罩著黑綢大燈罩，燈光陰暗得有如在墓穴中。四壁從上到下都矇著黑黑的東西，沒有一扇窗戶。…進來的人，停住腳步，既恐懼又吃驚，一時呆若木雞。」[51]這樣的景象，要是根據中國的風水論，大部分人都能預測到住在裡面的人必遭難逃的死劫。姑且不論風水，一對沉迷於愛慾的戀人，在這種生活環境的氛圍下陷入生死苦戀，應該也是預料中的事；這豈不是「無常中之有常」嗎？

人生不僅是那麼的無常，更是如此的虛妄，再美好的世間實相，一朝幻滅，都將歸於塵勞虛空，徒留業力果報。

---

50 同註 47，c. 541。

51 同註 47，cc. 542-543。

布寧進一步透過情境的描繪，隱喻著世人所追求的美，是如何在這個相散去之後，如露亦如電，迅即幻滅。其情節是這樣描繪的：「說死者是罕見的美女，原因是她難得地符合時尚畫家手中理想美女的要求：極好的身材、極好的線條、小巧而無瑕疵的腳、像孩子一樣天真可愛的嘴唇、端正而不大的面孔、一頭美髮…可是這一切現在已經僵死不動了，黯然失色了，而這美貌使得死者看上去更加可怕。…這一切景象從那一盞吊在天花板上的蛋白石顏色的燈和黑色的燈罩，罩在死者的頭上，彷彿張開有膜翅膀的猛禽，從底部怪異地照著，令人不寒而慄。」[52]那一只大黑燈和燈罩，彷彿張開有膜翅膀的猛禽，所籠罩著的正是這一對戀人的悲苦情慾和生離死別的業力果報。

根據葉拉金的證詞，他與女友是處在「悲劇性的情況下」，除了一死，他們找不到別的出路，他打死女友只是執行她的請求。瑪尼婭在死亡現場所遺留的紙片上，是這樣寫的：「這個人要求我和他都死，…我不可能活著出去……深淵、深淵！這個人是我的劫數…上帝呀，救救我，幫幫我…」。[53]也因此，法院檢察官認為葉拉金是個有惡意預謀的老練刑事犯，更關鍵的判定標準是葉拉金游手好閒、放蕩不羈的生活，這種習性促使他獸性發作，犯下如此滔天大罪。

---

[52] 同註 47，c. 543。

[53] 同註 47，c. 545。

不管如何，這一些推測也好，判決也好，恐怕都忽略了人類情欲的非理性，世間事應該是「正反二相（理性和感性）生諸塵勞」。這當中有個關鍵情節令人合理懷疑，檢察官說：葉拉金在殺人那一刻是在完全健康的狀態，問題是，如果殺人這一實相是二相交合的塵勞，他就不可能是完全健康。檢察官一直認為，如果葉拉金能夠採取措施促成兩人的婚姻，就可以避免悲劇的發生。布寧在這部小說中對此說法傾向質疑，這樣不尋常的情慾，有可能在盡力迴避婚姻，因此婚姻並不是出路、也不是答案；簡言之，理性的想法並不見得能夠完全解決感性的困擾和苦惱。

確實，葉拉金的女友瑪尼婭在攸關婚姻的看法上曾經如此記載著：「不，我永遠不嫁人，…我以上帝和死亡起誓，我永遠不嫁人…無論天上地下，沒有甚麼比愛情更可怕、更誘人、更神秘的了…愛情是那麼一個非人間的詞彙，其中蘊藏著多少苦難和魅力，…如果不是為了母親，我肯定會自殺，這是我一直以來的願望…」。這是理性嗎？當然不是。既然不是理性，那麼葉拉金的行為判定可能需要結合感性的因素做綜合性考量。但不管如何，這個悲劇的不可挽回根本原因在於對情慾外相的過度執念。平心而論，葉拉金殺女友案基本上是在特殊機緣下的動心起念，包括雙方的內在性格和外相情境交互作用而爆發；這當中有著葉拉金及瑪尼婭二人的成長背景及人格特質，在特定的際遇時空中交叉、碰撞而爆出激烈的火花。其實，雙方都是苦惱和恐懼的，最後在無常的召喚下，想以悲劇結局終止生命的折磨。瑪尼婭在她的筆記中這樣呼號著：

> 有一天晚上，我到墓地去了，那兒多美啊！我覺得…不行，我不會描述那種感覺。我很想在那兒待一整夜，對著墳墓朗誦，累死在那兒。…
>
> 昨天晚上十點鐘我在墓地。那景象多沉重啊！月光瀉在一個個墓碑和十字架上。我好像被千萬具死屍包圍著。我卻覺得那麼幸福、快樂！我感覺很好…。
>
> 月光下的小教堂和死者的形象使她感到「震人心魄的狂喜」。[54]

瑪尼婭除了這種對死的憧憬之外，在死前最後一夜葉拉金也揣測她的意思表達說：我們不幸的相識是劫數，是上帝的旨意，她死不是按自己的意思，而是按上帝的意思。[55]人總是從此岸看著彼岸，如果缺乏「大智慧」（大智慧才能超渡生死苦海，到達彼岸），執念於各種外相，包括死亡和情慾，最後都將陷入迷妄。人生如戲，戲如人生，許多演藝人員因為扮演著許多不同的戲劇角色，最終演變成自我的過度流動，陷入身分認同的虛無狀態，此時都會想以情慾來麻醉，但因為缺乏自性自我，還是無法逃脫

---

54 同註 47，c. 557。

55 同註 47，c. 571。

虛空和孤寂；瑪尼婭對死的執念，可能認為死可以添補活的孤寂和空虛，其實，執著於塵俗外境的人，根本無法免於生死起滅的輪迴之苦。

另一方面，葉拉金面對與瑪尼婭相戀的境相，其心念迷惘，執相苦纏，最終無法自拔，不僅殺了所愛的人，也毀了一生的幸福。法庭的檢察官更是不肯放過對他嚴厲懲罰的證詞：「葉拉金為了追求獸性的肉慾享受，讓一個給了他一切的女人受到社會公審，不僅奪去了她的生命，還奪去了她的最後一點尊嚴；使她無法取得按基督教禮儀下葬的儀式。」[56]事實真的如檢察官所說的嗎？葉拉金也是恐懼和苦惱的，更可能是在「無常」的侵襲下，處於無奈的情感和情緒狀態，做出了連自己都很後悔的事。葉拉金自白說：

> 有的時候我感到內心有那麼一種力量，一種說不出的苦，一種對一切美好、崇高，鬼知道是甚麼東西的追求，使得我的胸膛都要爆裂開來…我想抓住一個似乎在哪兒聽到過的捉摸不定地的旋律，可是總抓不住…。然而，醉酒、音樂、愛情，這些畢竟都是虛幻的，只會加強對人世間和生命的強烈得無法言說、充盈得外溢的感觸，其結果又會如何呢？[57]

---

[56] 同註 47，c. 553。

[57] 同註 47，c. 565。

從雙方的情感承受和言語表達來看，我們可以了解布寧對這一件情殺案件的感嘆，進一步印證：執著於塵俗外境的人，根本無法免於生死起滅的輪迴之苦。

世間情慾令人最難消受，於相也最難「離相」，一旦執著，苦惱和恐懼將如影隨形，命運坎坷不斷，往往也難逃無常的侵襲。布寧因為出身於沒落的貴族，對情慾的觀察非常敏銳；另一篇小說《旱谷莊園》也是描述著幽怨的情慾，其劇情完全就是女主角納塔利婭的情慾抒敘，布寧只是借用莊園的傳說和人文的世事網絡來呈現女主角感情的悲歡離合。

布寧在劇情啟幕時就已經清楚表達了故事的整個核心——納塔利婭對「旱谷莊園」的依戀總是使我們驚異：「在納塔利婭身上，可以看到她那農民的樸實性格，在由旱谷莊園產生關於她的整個美麗而又可憐的心靈裡，有一種魅力。衰敗的旱谷莊園也有一種魅力。」[58]她在該莊園的記憶創傷竟然讓她遠離八年，進行療傷；「旱谷莊園的愛非同一般，旱谷莊園的恨也非同一般。」[59]可是，心靈的創傷，尤其是情慾，是無法通過時間、空間來療癒的；到了最後，納塔利婭終究還是再度回到曾經憧憬幻滅的旱谷莊園去拾回她苦悶和悲鳴的回憶，引用她自己的一

---

58 Бунин, И.А. <Суходол>, «Господин из Сан-Франциско Рассказы и повести». Москва: «ПРЕССА», 1996. с. 11.

59 同上註，c.27。

句話說：「心裡的苦還是在心裡消好了。」佛家言：自覺自性，將能遠離世間塵勞，跨過生死輪迴；世人果真能如此，劇情就沒有發展下去的空間了。

旱谷莊園是一個傳統的俄羅斯農村莊園，其生活型態是通過生活機能促成一個大家庭，包括莊園主人、家族、家奴和村裡的其他人，由於大部分屬於性情中人，個性直爽衝動，爭吵但真情，古風純樸、生活穩定。確實，把組成旱谷莊園的主要家族和周邊成員的種種回憶融匯在一起，加上草原和生活範圍內的地區，以及俄羅斯古老的家族觀念，對於旱谷人的心形成了無比強大的威力，這也是布寧鋪陳這篇小說的劇情基礎。對莊園中的許多人來說，因為生活單純，人際範圍又不大，情愛的發生是如此的自然。然而，情愛永遠都是慾望，情慾世界超越現實，又受現實牽扯和糾葛，令人難忘。以納塔利婭來說，難忘的是情慾，尤其愛不可得、也說不得的單戀情懷，可以說是苦不堪言，卻只能移情於空間景象；這正是「著相不離」的執念，表面上愛情也有歡愉，但卻也是苦惱、恐懼的來源。看看布寧如何描述著納塔利婭的情慾——既歡愉又痛苦：

> 小納塔利婭覺得自己的肉身似乎不存在了，只剩下一個靈魂，而這靈魂是「那麼暢快，就像在天堂裡一樣」⋯小納塔利婭的愛情是開放在童話花園裡的阿廖娜的小花。然而，她把自己的愛情帶到草

> 原上，帶到比旱谷莊園的那個隱密之處更加隱密的地方，為了在寂靜與孤獨中克制她那初次勃發的、灼心的相思，把這種痛苦埋在她的旱谷靈魂的深處，直到永遠，直到入土。[60]

其次，布寧習慣於引用外相的空間景觀以及人的形象，透過細膩的描述，暗示著發生於該空間的相關人事景象和人文事件。住在旱谷莊園中的一些家族成員，生命和生活常常受到「無常」所侵襲，有的猝死，如老爺爺、女主人（爺爺的媳婦）、家奴，有的發瘋，如大姑（爺爺的女兒）、納塔利婭本人。布寧是這樣描述的：「旱谷莊園那老房子黑洞洞、陰沉沉的，我們的瘋爺爺就是在那兒被他的私生子格爾瓦西卡殺害了…大姑因為戀愛失意早就得了神經病…聽說納塔利婭也曾經神經失常，…。」[61]

布寧是在 1911 年發表這篇小說，當時或許已經完成第一次的印度知性之旅，其思想多少有了佛教的因子。納塔利婭終究是一位善良樸實的女人，她對他（大伯）的愛雖然也是情慾的執相，布寧大概也想給她一個「內含悲劇情結」的喜劇收場，於是他就引用了佛家「於念而不念」的思想，讓納塔利婭求得了最後的解脫，了卻塵勞悲苦的輪迴。布寧是這樣鋪陳納塔利婭的結局：

---

60 同上註。

61 同註 58，c.4。

納塔利婭在孤寂中慢慢地嚥下了單戀的第一劑既苦又甜的毒藥。咀嚼了蒙羞、嫉妒、夜裡常做的噩夢和美夢，以及在寂靜的草原上，折磨了她好多日子的那些無法實現的幻想和期盼的般般滋味。灼人的委屈在她心中常常變為一股柔情，而狂熱和絕望變為聽天由命；只願簡簡單單、無聲無息地存在於「他」的身旁，至死不相人透露、也不望回報的愛情。

從旱谷莊園傳來的消息、新鮮事兒，漸漸使納塔利婭清醒過來。不過，難得有消息從那邊傳來，那邊的生活她又接觸不到，於是旱谷莊園就越更顯得美麗，使她嚮往，叫她耐不住遠離它的寂寞和痛苦…格爾瓦西卡突然出現。…最後他毫不猶豫地對納塔利婭說：…別再胡思亂想了！他馬上就要結婚了，你連當他的情婦也不配…別犯傻了！

納塔利婭終於明白過來了。格爾瓦西卡帶來的可怕消息，使得納塔利婭痛苦了一陣子，他終於清醒了，明白了。

後來日子過得既有規律又枯燥乏味，就像那些朝聖女人，她們教她學會忍耐，相信主恩，尤其教她養成「不想」的習慣。想也好，不想也好，事情都不會像咱們希望的那樣。（隨後納塔利婭做了二個惡夢）…納塔利婭從他那出在穿堂裡的床上蹦了起來，心怦怦直跳，四周是那麼黑暗，而她又意識

> 到無處求救，這些在她心中產生了極大的恐懼，差點要了她的命。
>
> 等到她回過頭來細細琢磨這兩個夢，她才明白，她的童女時代已經結束，愛上少東家這件事不同尋常，絕非偶然，這是他命中注定的！將來還會有種種考驗等著她去經受，應該…克制自己，學朝聖女人那樣質樸謙卑。…
>
> 在回旱谷莊園的路上，納塔利婭度過了漫長而驚心動魄的一天，（開始懂得）用心的眼光看舊的、熟悉的景物…。[62]

納塔利婭終於體會到：念念皆陷於情慾，何等的空虛、恐懼和苦惱。她只有認清實相之後，終能離相，轉換心境，念而不念，方能從俗世塵勞中解脫。心境轉換後，所謂「一切惟心造」，納塔利婭再回到的旱谷莊園就完全不一樣了，連窗台上被太陽曬乾的花朵，都覺得很香；在這花香的味道中，納塔利婭拾回了自己留置在旱谷莊園的心靈、童年、少年和初戀的一切回憶，周圍的一切事務突然都變得年輕了，當然也有很多的感慨——老的凋零了、同齡者老去、年輕者正快速成長。突然間，也感受到人生的「無常」；一些老頭子老婆子已永遠離開了人世，老奶娘達里婭死了，老爺爺也沒了。老爺爺生性天真，像孩子一樣怕死，總認為死神會讓他慢慢準備，以適應那個

---

62 同註 58，cc.39-41。。

可怕的時刻，才來抓他；他就是不能體認「人生本來無常」，死神竟然讓人在一瞬間用鐮刀結束了他的生命。更讓人驚異的是納塔利婭戀情的東家，竟然在往盧涅沃小鎮去探望情婦的回程中，被一匹棗紅色的轅馬給踢死了，人生之無常竟也至此，豈不令人感歎！

世間相都是短暫的，旱谷莊園也經不起時代洪流的沖刷，戰爭和革命帶走了人事和景色，那時候的旱谷莊園真正徹底成空了，在其中生活過的所有家族和相關人員也多已亡故或外流。佛家所說的「成、住、壞、空」，這是世間因緣和生死的輪迴。從這部小說的劇情來看，布寧可能也是在抒發其思鄉的情感；人們也可以藉此體會到，在舊時代的俄羅斯，人跡稀少的廣袤土地上，貧困的鄉村所包含的地主和農民，其生活的網絡是如何交匯在一起的。隨後想起來，有時真的會懷疑這部家史中所提到的那些人真的在這個時空中生活過嗎？人的生命是那麼的無常；任何一個時代的世間相，都會讓人感到時而顯得無限遙遠，時而又顯得那麼近。

五、如影隨身的因果業報

《鄉村》這一部小說可能是布寧最早期的作品，它出版於 1909 年至 1910 年之間；這一篇小說被認為是十九世紀後期「民粹派作品」的風格。寫這篇小說的時期，布寧的佛學思想可能受托爾斯泰的影響較多，隨後 1911 年才有更為深入的印度與錫蘭探索之旅，所以當中比較會偏重於俄羅斯鄉村景色和風俗文化的描繪。除此之外，《鄉村》的劇情鋪陳主要是圍繞著克拉索夫兄弟二人——吉洪和庫茲馬——互為矛盾的人生。布寧通過描述日俄戰爭之後和布爾什維克革命期間俄羅斯鄉村的傳統生活景象，進一步刻劃兄弟二人的性格交錯和命運糾葛。

首先，布寧道出該兄弟二人的先人因果、生活背景和生活狀況。兄弟二人的曾祖是綽號叫「茨罔」[63]的家奴，因為搶走了地主東家的情婦，被主人放獵狗活活咬死。到了他們的祖父，才從農奴的身分解放，後來當了盜匪，主要是搶劫教堂。到了他們父親的時代，開始在杜爾諾沃村開了小店，流動於縣城，跑單幫做生意，生意失敗後酗酒致死。隨後兄弟二人當過夥計，最後還是回到父親的行業——從事跑單幫的生意。幾年之後，兄弟二人因故吵架動了刀子而散夥。吉洪就在進村的公路旁租了店開起小酒館和小雜貨舖，賣一些百貨、茶葉、白糖、菸絲、雪茄等；弟弟庫茲馬就跑去給牲口販子當雇工，後來自修，期待成為詩人，卻成了革命黨人，倡導無神論並反對教會，主張解放農民，沒收地主的農地，真正成了對自己家族的革命。

吉洪的成長背景也可以算是艱難，做事機靈，常常利用深秋時節，跟隨著當地警察利用收稅的機會到處做生

---

63 吉普賽人的名稱，有歧視意涵。

意；他貪得無厭地向地主放青苗債、低價租用地主們的土地…等方式圖利。在這段期間，他和一個啞巴廚娘同居，也生過一個孩子，但是廚娘在睡覺時竟把那個孩子壓死了，這件事成了他一生的痛；後來，吉洪在一個墳場看到一座小孩子的新墳和一個十字架，上面寫著二行詩：「葉兒呀，葉兒，莫做聲，莫把我的科斯佳驚醒」，吉洪悲從中來，淚水充滿眼眶。[64]

隨後，吉洪娶了一位老公爵女兒的中年侍女——納斯塔西婭，他不僅把嫁妝拿到手，還把老婆東家的杜爾諾沃家的地產搞到手，擁有了杜爾諾沃莊園。但是，自此之後，納斯塔西婭雖然不斷懷孕，卻都是死胎，斷了後代。儘管納斯塔西婭常常哭泣、禱告，並在夜裡點著長明燈，憂愁地望著聖像極盡心力的禱告，不僅沒有改善，反而讓吉洪回想起父親過世時的那盞長明燈——「吊著長明燈的鐵鍊，投下幾道黑影，屋裡是死一般的沉寂」，[65]那種充滿淡淡的哀傷，與生孩子的祈求氛圍形成無法言喻的對比。

吉洪對生兒育女絕望之後，酒類專賣權的被撤銷也是另一個嚴重的打擊，這二件事情使他常常在想：他到底為誰受這份罪。世間人常常在承受因果業力的果報時，都會浮上這樣的想法。殊不知，因果報應是疏而不漏，有時

64 Бунин, Иван Алексеевич. «Деревня». https://ilibrary.ru/text/474/p.1/index.html (2018.04.23).

65 同上註。

是前生所帶來的業力，有時是承繼祖先的因果業力，你之所以作為他們的後代子孫，當然有其無法擺脫的因緣，該因緣衍生的業力，子孫也無法逃脫。

關於吉洪絕斷後代這件事，在納斯塔西婭生下最後一個死胎之前，剛剛一睡著，就做了噩夢，突然全身發抖，呻吟而尖叫。我們來看看她的陳述：她在夢中突然感到一陣狂喜，夾雜著不可形容的恐懼，因為她看見了聖母穿著閃閃發光的金袍，從田野上朝她走過來，隨著祂傳來和諧的歌聲。但是隨後幻滅了，接下來又看見一個小孩從床底下跳出來，在黑暗中肉眼雖然看不見，但心靈的眼睛卻能看得清清楚楚。這個小鬼捧著一只口琴使勁吹，聲音宏亮雄壯，但是不成腔調。[66]從這夢中的二項情境來看，納斯塔西婭對天神的誠心禱告，並不是沒有感應，但是業力的力量卻無法讓小孩的順利出生能夠「成調」。吉洪只是想生小孩，根本不會相信因果，後來為了生小孩，搞上了雇工的老婆，又再度落入了其曾祖的因果輪迴。如此作為不僅希望落空，也讓他感到恐懼，只好設法趕快辭掉雇工；也因此，使得弟弟庫茲馬能夠進入杜爾諾沃莊園來管理，把布爾什維克革命的思想和行動帶進了杜爾諾沃莊園和村莊，進行土地改造和農民解放。財產怎麼來最終也是怎麼走，戰爭和革命都是世間相的人類共業，如果再與個人的業力交錯影響，將注定果報難逃。

---

[66] 同註 64。

除了私人生活的業力之外，吉洪的事業也承受著果報的折難。吉洪在生意工作上常常需要利用節日趕集；那年聖彼得節，他趕了四天四夜的市集，身體和生意都不順利，甚至生病到醫院折磨了一圈。在返回家鄉的途中，他心事重重，情緒惡劣，順路走到了一個老墳場。這種情境激起了他的回憶和感慨，「…人生是多麼短促而荒唐啊！這個充滿陽光的幽僻之地，這片老墓園又是多麼安寧啊！由於炎熱，過早地變得稀稀疏疏的樹梢露出不見一片雲彩的天空，熱風吹過，樹梢投在墓碑上的淡淡的、透光的陰影，就動搖起來。風停的時候，太陽火辣辣地曬著花朵和小草，鳥兒在樹叢中唱得委婉動聽，粉蝶兒一棟不動地停在燙人的小徑上，墮入甜蜜的睏倦中…」。[67]隨後，他看到了二座墳墓的墓碑上分別寫著：「死神收租，可畏可懼！」，以及「對沙皇忠誠，以仁愛待人，他德高望重…」；吉洪堅信這幾行詩都是謊言，但他也懷疑真理的存在，他說：

> 瞧，快人的顎骨被遺棄在樹叢中，它彷彿像一塊骯髒的臘，或許這就是人所留下的一切嗎？…花朵、緞帶、十字架、地下的棺材和屍骨在腐爛，一切都在死亡，腐爛！…所有的碑文都以動人的語言談到安息，談到柔情和世上似乎不存在的、將來也不會有的愛。至於談到待人忠誠，對上帝順從，以及

67 同註 64。

> 寄託於來生和在另一個幸福國度裡相逢的熱切期望，這些你只是在這兒才相信。[68]

佛家說：一切惟心造，一般人都是到了面對死亡景象的時候，才會開始感受到生命的無常以及生死輪迴的悲嘆；面對這種俗世的虛空，人們一方面又恐懼，另一方面又有意的用理性加以否定，試圖取得短暫的安心，有的時候會想逃離，試圖以事業、工作和生活來麻醉這種恐懼。不過，一旦種下了因，有了業力，它會以各種不同的果報形式跟隨著你。布爾什維克的革命是翻天的，以吉洪的地主身分，屬於小資產階級，是無法免除被農民鬥爭的命運，而且身邊還有一位革命黨員身分的弟弟就近監督著他，下面就來看看吉洪的命運：

> 只要話題轉到土地歸公的議題上頭，吉洪內心的仇恨就甦醒了，…這麼一個杜爾諾沃村就能逼著他扔下自己的事業，吉洪想起來，心裡實在不痛快。…「指示」終於下來了。一個星期天，傳說杜爾諾沃村要開大會，制定向莊園進攻的計畫。…當他看見杜爾諾沃莊園的時候，遲疑了片刻，不知道關於造反的傳聞是真是假。…突然，他的目光落到莊園附近的休閒地上，…農民的馬群正在他的休閒地上吃草！這麼說，果真幹起來了！…後來，莊

[68] 同註 64。

> 園上空突然升起深紅色的火柱，這是農民們在放火燒園子裡的窩棚。…就在那一天，幾乎全縣的農民都起來造反了。…還在傳說杜爾諾沃村的人要殺吉洪，…吉洪決心甩掉杜爾諾沃莊園，心想：「奶奶的，錢不算錢，懷裡的錢才是錢！」[69]

就在莊園裡面，吉洪一生的生活空間或許只在於小小的鄉村，相關的人也不過幾百人或幾千人，儘管傳統鄉村的民情樸實，業力果報一時不易浮現，但戰爭或革命的浪潮依然會帶著業力果報和無常，執行無情的沖刷；克拉索夫兄弟的生命經歷就是明顯的見證。

六、結論

布寧是 1933 年諾貝爾文學獎的得主，也是第一代的俄國流亡作家，其作品在世界文學與俄羅斯文學上確實具有其重要性。從俄羅斯整個文壇來看，布寧雖然不像 19 世紀俄國文學大師們那樣被認為聲名顯赫或具舉足輕重的地位，但是他的不少作品在現代的經典文學中仍然受到很高的評價和肯定。

在評價上，許多批評家對布寧的作品有著正反不同的觀點和意見；一方面，他們確實承認布寧的語言功力和

---

[69] 同註 64。

熟潤的敘事技巧，而另一方面似乎又覺得其作品缺乏生活體驗的深度。對有些人來說，布寧在本質上是一個貴族作家，天生不受日常瑣事的侵擾；另一些人更認為，布寧只不過是昔日大師們的一個追隨者，是時代轉變（蘇維埃革命）所遺留下來的一個古怪標本。然而，同時也有一些捍衛者指出：在其作品中，布寧對愛情和死亡這些大題目及性靈價值的處理手法是超乎尋常的微妙且頗具匠心。正是由於布寧對這些問題的觀察與掌握，以及處理這些問題的精湛藝術，人們至今仍然對他的著作存在著閱讀和研究的熱忱。

事實上，如果深入探究布寧的作品，許多人會發現，他深受東方哲學的影響，尤其是佛教思想；也因為如此，一般人如果不從佛教的思想和宗教哲學加以解讀，他們就很難窺見端倪。例如，布寧對文字的敏感與掌握具有獨特的天賦，根據弗・阿格諾索夫的描述：「他有著音樂家的聽覺和畫家的視覺」，[70]他能將形狀、色彩、光亮、聲音、氣味、溫度和觸覺等諸多因素複雜結合一起的現象，敏銳地感受，並以文字傳達到外部世界。布寧自己也曾經說過：「自己是透過氣味、色彩、光、風、酒、食物…等來認識世界」。所以，研究布寧作品的學者，如果只偏重在文字或表面意象的探討，就容易忽略了作品中文字背

---

[70] 弗・阿格諾索夫著，劉文飛、陳方譯。《俄羅斯僑民文學史》。北京：人民文學出版社，2004。頁 277。

後所指涉的意涵。另外，從佛教思想的角度去看，布寧這種觀相或觀境的方法正符合了佛教建構其宇宙觀的途徑，也就是佛教所謂的「十八界」。[71]

綜上來看，器官、外界客觀世界與精神的作用三者環環相扣，構成我們對事物與現象的認知、想法、態度與作法。從深層探究布寧描述事物的方法，吾人就不難發現布寧的作品是充滿宗教哲學的思想，尤其具有了佛家的修為。因此，本論文嘗試用宗教哲學的角度，深入探討布寧作品文字背後所要表達的哲學精神和豐富內涵。

然而，文學家的寫作如果文筆精練，善於呈現出其用字美學，描述自然景象細膩，同時對相關人物性格的刻畫非常生動，對人、物、自然之間的調和關係，能夠有敏銳的感受，而且具有熟練的敘事技巧，如此將可能讓讀者的領會偏重於文字美學，反而忽略了其中所蘊含的情感內

---

[71] 所謂十八界分為六根界、六塵界和六識界：六根界：能見之根（器官），為「眼界」；能聞之根，為「耳界」。能嗅之根，為「鼻界」；能嘗味之根，為「舌界」；能覺觸之根，為「身界」；能覺知之根，為「意界」。六塵界：眼所見一切色境，為色界；耳所聞一切音聲，為聲界；鼻所嗅一切氣，為香界；舌所嘗一切諸味，為味界；觸即觸著，身所覺冷煖細滑等觸，名為觸界；意所知一切諸法，為法界。六識界：識依眼根而能見色，是為眼識界；識依耳根能聞諸聲，名耳識界；識依鼻根能嗅諸香，名鼻識界；識依舌根能嘗諸味，名舌識界；識依身根能覺諸觸，名身識界；識依意根而能分別一切法相，名意識界。詳見法鼓山聖嚴法師著作《心的經典：心經新釋》。台北：法鼓文化，2015。書中對心識的運作有詳盡的解說。

涵和哲學意義。布寧的文學作品就是這樣一個典型的例子；從文學的角度看，布寧的文字或語言藝術造詣極高，於是就很容易讓讀者的關注點放到其文字美學，因而，大部分人會認為他的作品所表達的是情愛美學，比較不會再深入去探索這些作品是否有深一層的哲學意涵。

雖然文學描寫的生活應該是生活本來的真面目，而人的生活也不是完全受物質的趨使，也有更深層的精神生活；所以，一旦要真正描寫生活本來的真面目，那就無法忽視哲學和思想對人的意義。然而，當文學碰到哲學或攸關心靈的思想而爆出創意思想時，本來就很難用直白的文字來表達。確實，布寧的文學作品中蘊含著佛學思想的元素，他試圖用世間相，包括自然景象和人文風情，來隱喻佛學的因子。也因為文學與哲學的融合本來就需要通過深邃的思維過程，對作者的寫作和讀者的閱讀來說，這種思想的表達和交流都是不容易的，尤其要達到讀者與作者之間的「共鳴」更屬不易。一般讀者終究還是看他想看的情節，以投射自己的情感；一部《三國演義》，日本人欣賞曹操、韓國人肯定劉備、中國人推崇諸葛亮，顯然，一部歷史性的文學作品會依不同的民族性格，各自解讀，各自表述。同樣情況，人們相信，布寧本人在接受多元評論之後，應該也能深知其中的意涵。也難怪，可能有許多人至今還是無法理解，為何布寧能夠獲得諾貝爾文學獎，而且是俄羅斯第一位獲得該殊榮的文學家。

佛教的基本原則就是釋迦牟尼對於宇宙與人生的特別開悟，亦即因緣觀——「緣生緣滅」。就因為宇宙萬事萬物的存在都是冥冥中的「存有」或稱之為「因緣有」，一切世間相皆是因緣而生，也隨緣盡而滅；萬物萬象的生生滅滅，因緣而幻化，生滅變化無常，也就證明一切現象的「存在」，都是假的、暫時的、虛幻的；存在乃是「覺受相」的實有，只是在因緣和合的當下而生，緣盡而滅，譬如，人的生、老、病、死；宇宙生滅的成、住、壞、空，一切都是緣起緣滅的循環，或曰「生死輪迴」，而這存有或存在的本性緣起本是空性圓滿，是為無形、無相、無名、無緣，此之謂「緣於無緣」。

宇宙之間小自一滴水的泡沫到整個世界，乃至太空的星球，都不是永恆不變的；這也符合了當代未來學所歸納出來的一個結論：宇宙之間只有一個不變的真理，那就是宇宙所有存在的現象都在變。既然不是永恆實在的，依佛家的說法，邏輯上就證明了一切萬物皆屬空性。佛教的「空」，是指沒有固定不變的事物，隨時都處於轉換的動態中，是一種「無常」；這個空，雖然是指既有的存在皆處於不穩定狀態之意，是處於變動前的暫時存在（混沌形式），但也不是完全的不存在，而是處在「存有」的轉換過程。[72]一切諸法當下空寂，而空寂的當下又顯現

---

72 聖嚴法師。《因果與因緣》。台北：聖嚴教育基金會，2017。頁12-14。

種種現象的妙有，《華嚴經》指出：一粒微塵可以剖出大千世界的經卷；《楞嚴經》中也揭示：「於一毛端現寶王剎，坐微塵裡轉大法輪」。

以「緣生緣滅」為原則，原始佛教用「四聖諦（四種真理）：苦、集、滅、道」來闡明人生生死的道理，以及如何超脫生死的方法。其實，生死無法解脫，生死之所以被解脫，必須把生與死都空性化，生死乃人的「識」所造，是肉身的覺受相，如果心中並無生與死這些概念的「存在」，那麼哪來的生死？也就是說，概念上能夠超越生死，心中沒有生死，如此才能解脫生死，這也就是《六祖壇經》上所說：「於相而離相，於念而不念」；這應該是佛教哲學中很重要的思想。

從比較宏觀的視野來看，不管是自然景象或是人文風情，這些都不過是「世間相」，佛經上說「整體的我，…一切相…諸多相…」，進一步來說，這些世間相都處在「成、住、壞、空」的生死輪迴中，都是短暫的，都必須承受「無常」的沖刷和洗禮；《金剛經》最後的一句結論說得最清楚：「一切有為法，如夢幻泡影，如露亦如電，應作如是觀」，而世間相也就是「…一切相…諸多相…」，不就是「有為法」的「實有相」嗎？托爾斯泰在晚年想要解脫生死，那麼就必須超越所有世間相，包括他汲汲營營「追求解脫」本身也是世間相（「追求」和「解脫」的本身都是相）；真正的解脫必須經由「大智慧」的自覺過程，這個道理在《六祖壇經》中有著比較詳細的闡釋，根本方法就是「於相而離相，於念而不念」。然而，托爾斯泰至死都還「著相」和「執念」，也就注定只能掙扎於生死的意識之中，而無法達到解脫生死的目標；當年釋迦牟尼尋道，也曾苦行周遊「世間相」，最後則證道於菩提樹下，悟覺了空性的「我」，此乃後來六祖慧能所說的「頓悟」。果如法師說：「現前當下這個有生有死的生命，與不生不死的生命，清清楚楚地運轉在一起；在生死之中不被生死所礙」，[73]這不就是托爾斯泰晚年一直想尋求的解脫嗎？

[73] 釋果如。《禪的知見》。大喜文化公司，2019。頁 32。

參考文獻

1. 弗·阿格諾索夫著，劉文飛、陳方譯。《俄羅斯僑民文學史》。北京：人民文學出版社，2004。
2. 布寧著，陳馥譯。《布寧文集一：短篇小說》。北京，人民文學出版社，2009。
3. 伊凡·布寧著，鄢定嘉譯。熊宗慧導讀，《幽暗的林陰道：愛情，幸福的閃光》。遠流出版社，2006。
4. 吳宏一。《六祖壇經新繹》。遠流出版社，2017。
5. Phil Cousineau著，梁永安譯。《英雄旅程：坎伯的生活與工作》。立緒出版社，2005。
6. 聖嚴法師，Dan Stevenson著，梁永安譯。《牛的印跡》。商周出版社，2002。
7. 聖嚴法師。《因果與因緣》。台北：聖嚴教育基金會，2017。
8. 聖嚴法師。《心的經典：心經新釋》。台北：法鼓文化，2015。
9. 釋果如。《禪的知見》。大喜文化公司，2019。
10. Marullo, Thomas Gaiton. *If You See the Buddha: Studies in the Fiction of Ivan Bunin.* Evanston, Illinois: Northwestern University Press, 1998.

11. Бунин, Иван Алексеевич. Автобиографические заметки / «Собрание соченений в десяти томах». М.: Худолженственая литература. 1965.

12. Бунин, И.А. «Господин из Сан-Франциско Рассказы и повести». Москва: «ПРЕССА», 1996.

13. Под ред. Б. Михайловский. «Горьковские соченения, 1958-59». М.: Издательство академий наук, 1961.

14. Под ред. В. Щербина. « Литературное наследство. Иван Бунин. Книга первая». М.: Наука, 1973.

15. Рубакин, Н. « Среди книг». М.: Наука, 1913.

16. Бунин, Иван Алексеевич. «Освобождение Толстого». http://az.lib.ru/b/bunin_i_a/text_1850-1.shtml (2017.12.17).

17. Бунин, Иван Алексеевич. «Деревня». https://ilibrary.ru/text/474/p.1/index.html (2018.04.23).

18. 「佛教講的人生八苦」。http://big5.xuefo.net/nr/article9/88312.html (2018.05.24).
《大佛頂如來密因修證了義諸菩薩萬行首楞嚴經》CBETA電子版。http://buddhism.lib.ntu.edu.tw/BDLM/sutra/chi_pdf/sutra10/T19n0945.pdf. (2018.05.24)

玖、

俄羅斯流亡作家索忍尼辛的離散情結

本論文旨在探索二十世紀俄羅斯流亡作家索忍尼辛的離散情結；將分為三個部分：首先是離散的相關論述；其次討論二十世紀三波俄羅斯文學家的流亡潮；最後是針對流亡於美國且獲諾貝爾文學獎的作家——索忍尼辛——所背負的離散情結進行分析。

「離散（diaspora）」一詞指的是「一種長期的、大規模的從特定國家或地區移居他鄉」的意義。人在生活慣性下，養成了「安土重遷」的文化習性。而離散正是對這種價值的衝擊，所造成的心理困境。可見，離散「情結」是由外在的「離散情境」與內在的「離散心境」交互作用而成的。換句話說，人並不是處於離散情境下，就必然有離散情結。

關於二十世紀三波俄羅斯文學家的流亡潮，其劃分與政治情勢有關；第一波發生在布爾什維克革命成功前後的一段時期，第二波則是 DP（Displaced Persons）集中營的俄羅斯僑民文學，其時段大約在二次大戰爆發的前後期，第三次應該是二次大戰後到冷戰時期之間流亡在外的俄羅斯作家。

本論文將聚焦於第三波浪潮且獲得諾貝爾文學獎的俄羅斯流亡作家——索忍尼辛——的離散情結。聚焦於探索索忍尼辛的原因，不僅是他在文學上的豐碩成就，更重要的是他的生命體驗正輝映著本文所要研究的離散論述。

前言:「離散」的相關論述

根據《牛津詞典》的釋義,「離散(diaspora)」一詞最早出現於 1876 年的英語語詞中,主要是針對人類遷徙於不同空間情境的心理現象;隨著所處空間的遷移過程,在文化價值觀上,人們的心理認知和生活必須流動於理念世界與現實世界,其疏離感(estrangement)和文化震盪(cultural shock)導致自我在現實世界中的情感離散。這個現象被人們所關注主要是來自於民族國家的主權隔離;西方早在 1648 年就透過簽署 Westphalia Treaty 建構了民族國家(nation state)的概念,緣此,世界形成了「人為」所造就的「國家」體系。所以,離散所表示的是:「一種長期的、大規模的從特定國家或地區移居他鄉」的情感意義,具體而言,是自我情感認同與現實世界的隔閡或排斥。在民族的經驗上,這種情境或感情最早是描述猶太族群的遷徙,一直到十九世紀五十年代中期,它才出現在英語世界而被廣泛使用,其主要原因是西方帝國主義的殖民政策,基於政治和經濟的因素導致許多族群及個人的大量流亡,形成其生活社群對旅居地的離散情感。學術領域對離散情結的研究雖然也與這一個現實意義有密切的關係,但真正受到關注是在後殖民主義時期,相關的理論才紛紛被提出和論述。

從人類文明發展史來看,在文明啟蒙之前,人的生存靠的是天然資源,哪裡有水喝、哪裡有糧食吃,就遷徙移居到哪裡，這種游牧的生活型態，其生存價值並不是靠著人的自我能力，沒有自覺的人性尊嚴，因而也沒有文明的意涵。一直到人類開始懂得仰觀俯察，定四時而發明了曆法，靠著自己的智力和勞動力，開始定土而居，創造了人類生存及生活的價值，有了自我尊嚴的覺知，才真正開啟了人類的文明。自此，人在生活慣性下，養成了「安土重遷」的文化習性；甚至到了今天，文明的典範雖然經歷了農業文明、工業文明，甚至邁入了知識文明的時代，「安土重遷」依然是人在生存和生活上的重大價值。「離散」正是人們在生活空間的流動過程中對這種價值的衝擊，所造成的心理困境。由此可見，一個人或一群人的離散「情結」是由外在空間的「離散情境」與內在心理的「離散心境」交互作用而形成的。換句話說，人並不是處於空間的離散情境下，就必然有離散情結；其實，大部分流亡者都會傾向面對新的現實並且設法融入，成為新社會的成員，但也不是每個人在感情上都能順利融入居留地，尤其是知識分子的文化身分認知和社會身分認知更為明顯。

舉個實際的例子來說，伊朗裔法國籍的女作家瑪贊・沙塔琵（Marjane Satrapi，1969 年生於伊朗拉什特，成長於德黑蘭），就是典型的離散作家。她在童年時就讀於當地的法語學校，中學後在維也納當小留學生，之後又回到伊朗上大學，在德黑蘭取得視覺傳播的碩士學位後，又移居法國。當她發表《茉莉一生：我在伊朗長大》一書時，選擇說出其一生的離散故事，人們就知道她再也回不去了，其心靈情感注定會從空間的離散到心靈的離散，而在現實生活上自然也將從文化身分的離散到社會身分的離散。在書中，她描述了純真的革命童年，以及青春時期的愛情流浪；然而，造化弄人，政治因素逼她離開了故鄉到了歐洲，接著因為鄉愁，又自我放棄了個人自由以及社會自由的追求和想像，再度回到她心中想像的伊朗，然而，此時的伊朗已經不再是她以前所認知或想像的伊朗了。最後，在面對現實而離散的家鄉故土的她帶著離散的心境下再度離開伊朗；這一次，純粹是自我心境的選擇，而該決定也成了永遠的離開。有時生存就是這樣的無奈，終究生長於一個動盪的國度和文化劇變的時代，離散的孤獨和悲鳴就是自由必須付出的代價。

另外，李有成教授在 2010 年 10 月 30 日所主辦的《離散經驗》座談會中，台大中文系高嘉謙教授就曾直白地質疑普遍所認知的離散；她說：「至於離散這個概念，很弔詭的是，現在我們在這裡談離散可以談得很直接，但是你會發現有些馬來西亞的華人學者對離散是很不以為然的，他們覺得他們並沒有離散，是我們自己在離散。」[1]這當中所談到的關鍵就是「我們自己在離散」，也就是說，自己的心境如果沒有離散，離散的種種感情自然並不存在；這就關係到人在潛意識上的歸屬問題，一方是離散者

1 李有成。《離散》。允晨文化，2013，頁 173。

主觀認知的歸屬（可能是原鄉，也可能是居住地），另一方可能是居住國國家主流強加於離散者意識的霸權作為，[2]譬如愛國主義的作為。顯然，離散的內涵應該是有兩個互動性的社會場域，也就是原鄉故土和遷徙的居住地，而離散者就在這兩個場域中，可能也相對於時空的動態中，具有其能動性，進而在生理與心理上呈現出離散者流動於原鄉祖國與異國之間的張力關係；[3]這種關係在許多離散文學家的作品中普遍存在著這樣的情結。除了上述的空間離散之外，這當中可能忽視了文化歷史的離散，那就是在現代性的全球化運行下，離散情結是源自離散者流動於傳統原鄉祖國與現代化原鄉祖國的張力關係，這是俄國索忍尼辛的離散心境，也是俄羅斯總統普丁所說的：蘇聯政權的統治是俄羅斯歷史的斷裂。他可能認為蘇聯的七十年統治改變了俄羅斯的文化空間及社會空間，傳統的俄羅斯人在流動於時代變遷的離異空間，俄羅斯人將離散於現實的俄羅斯社會與國家，這可能也是他認為俄羅斯人民無法全力支持2022年對烏克蘭軍事行動的原因。

根據以上簡述，「離散」一詞代表了一種空間遷移或歷史流動的方向迷惑及心理的失落感。這個詞語較早是用於描述猶太民族的遷徙境遇，或許是基於宗教信仰，他

---

2 Virinder S. Kalra, Raminder Kaur & John Hutnyk，陳以新譯，《離散與混雜》（Diaspora and Hybridity）。國立編譯館 2008，頁 6。

3 同上註，頁 5。

們不斷地在全球土地上追尋上帝給他們劃定的樂園。長期處於如此一個長遠的遷徙過程中，在血緣的生理群性上，他們自認為「白人」族群，但在其他社會性的脈絡裡，卻又體現出種族化的「他者」。[4]由於「安土重遷」的文化歷史，遷徙情境下所帶出來的心理悲苦和怨懟，常常就成了離散的外象寫照。離散人群出於這樣的或那樣的原因、自願或被迫地遠離故土，但只要「家園」仍以任何有意義的形式存在於他們的腦海之中，這些人通常仍有一種回歸故土的希望或期待。另外，離散存在著一個「本源故土」作為其關照點，這種原生性（primordiality）不會隨著離散的情感召喚或干擾而消逝，[5]尤其是對那些受迫性放逐的群體，如那些被放逐的俄羅斯文學作家。有一首關於離散的詩《Lolo 難民》是這樣描述著：

> 從一個城市到另個城市，我們毫無目的，帶著受傷的心靈，愁苦地默默不語…滿懷無力的憤怒，一腔無盡的憂愁，我們自己也不知道，起點和終點在哪裡。[6]

其實，流亡一詞本身就隱含著離散者對居住國社會和文化的疏離。對離散者而言，這是從原鄉祖國的立場投

---

[4] 同註 2，頁 4。

[5] Floya Anthias. "Evaluating Diaspora: Beyond Ethnicity?", Sociology. Vol.32, pp. 557-580.

[6] 弗・阿格諾索夫著，劉文飛、陳方譯。《俄羅斯僑民文學史》。北京：人民文學出版社，2004，頁 13。

射在居住國的生活空間所產生的疏離感；他作為居住國社會和文化的「他者」，還堅持著原鄉祖國的主體身分，但是，在此同時，國家與社會也都處於進化的過程中，原鄉祖國的政、經及社會條件也都在轉移，這種身分也無法在其進化過的原鄉找到可以供其生存的土壤。於是，這種試圖返鄉的過程就成了一種想像中的歸返；在現實中，它是一種永無邊際的、無法真正歸返的流動旅程。對離散者的居住國而言，這些流亡者不管如何優秀，總歸認為自己是「移民」的身分和定位，進而形成其「族群界線」。第一波俄羅斯流亡作家弗拉基米爾·斯莫連斯基（B. Смоленский, 1901-1961）在其生命的最後時刻還飢渴地盼著祖國的接引：

> …穿過塵世的恐懼，懷著已無法窮盡的憂傷，我把俄羅斯有力的大手，緊握在我軟弱的手上。[7]

接下來，我們再進一步來看離散文學，其研究的內容便是那些遠離故土的作家們描述其離散生活的作品，反映其對空間的迷惑、心靈的孤獨和漂移、以及生存關係的身分流失（包括社會身分和文化身分）。事實上，離散並非局限於當代的概念，而是自古早已存在的現象，它早已發生在希臘人、猶太人、亞美尼亞人和非洲人這些族群之中，以及近代華人生活於馬來社會中的離散。而離散也有

---

[7] 同上註，頁 50-51。

諸多種類，包括因政治因素的流亡及經濟因素的自願遷徙，其具體活動涵蓋了殖民活動、勞工服務、貿易行為、文化融合…等。當代資本主義自由經濟的誘惑以及全球化流動的方便性，許多離散者其實是為了追求奢華，懷抱著自我夢想和希望的實現而遷徙到先進國家或體系。[8]根據中國人民大學郭英劍教授的研究，圍繞在「離散」議題的幾項重要元素可延伸到「根基」、「語言」、「家國」和「想像」等關鍵詞。[9]

首先就「根基」而言，郭英劍教授舉出哈金（Ha Jin）的作品《移民作家》[10]作為說明：《移民作家》描述了多位流亡作家的離散心境，其中包括了移居美國多年的俄羅斯作家索忍尼辛（Александр Исаевич Солженицын）、波蘭裔英國作家康拉德（Joseph Conrad）、移居美國多年的中國作家林語堂（Lin Yutang）…等人，當中細緻入微地探討了移民作家在遠離家鄉到達居住地所面對的各種問題，包括生存與寫作、孤獨與鄉愁、個體與集體、政治與

---

8 Sau-ling Cynthia Wong. Reading Asian American Literature: From Necessity to Extravagance. Princeton, N.J. Princeton University Press, 1993.

9 2017 年 9 月 21 日下午，由北京大學中文系、北京大學比較文學與比較文化研究所主辦的「比較文學與世界文學系列講座」第三十七講在該校中文系舉行。此次講座由中國人民大學郭英劍教授主講，題目為「離散文學與家國想像」。

10 Ha Jin. Betrayal of Language and the Position of the Immigrant Writer: On The Writer as Immigrant. Boston: University of Chicago Press, 2008.

藝術、回歸與抵達…等等，而所有這些問題都會指涉到作家本身「自我定位」與「被定位」的問題；也就是「為誰寫作」、「以什麼身份寫作」、「站在哪些人的立場上寫作」…等等攸關社會身分及文化身分的定位問題；這在李有成教授寫的《離散》一書中也有詳盡的述說。索忍尼辛在這方面的認知也相當明確，在接受記者採訪時，他曾明白表示：「我從沒有想過要成為一名西方作家…我只為我的祖國而寫作。」另外如林語堂，儘管在美國生活了三十多年，他仍然有著與索忍尼辛相同的感受與身分認知。

其次，關於離散文學的「語言」問題，也就是離散作家常常堅持使用自己的母語寫作，以使得居住國的社會產生對其身分認定的問題；這一方面，李有成教授的著作《離散》一書中也有相關的討論，當中指出了旅居馬來亞地區的華人作家所面對的身分困惑，包括作家本身的定位及其作品的定位。[11]另外，伊莉莎．奧澤斯科娃（Eliza Orzeszkowa）於 1899 年 4 月份在《家園》雜誌上刊登的一篇評論中，她嚴厲譴責康拉德寫作的文章；其批評主要是認為康拉德用英文撰寫是對自己祖國的背叛，用強勢的外國語言寫作，只是為了掙錢，就是把自己降低到了小商小販的水準。[12]

---

[11] 李有成。《離散》。允晨文化，2013。

[12] Eliza Orzeszkowa. Joseph Conrad : A Pole With Doubts. http://www.poland.gov.pl/arts/literature/joseph-conrad-pole-doubts/ (2019.12.01).

第三，從「家園」的面向來看，郭英劍教授認為離散作家往往面臨著家園難尋、無國可歸的迷惘，這是身分離散的心境感受。最典型的例子就是索忍尼辛的境況，他在 1994 年回到俄羅斯之後，反倒顯得沉寂和無所適從，因為他當時所身處的俄羅斯，是經過 70 年共黨統治之後，早已發生巨大變化的俄羅斯；回國後的索忍尼辛，原先作為俄羅斯祖國代言人的身份也沒有了，一夜之間同時失去了他所想像的社會身分和文化身分。

最後要談的就是離散者的祖國「想像」，當它碰上嚴酷的歷史現實，離散心境必油然而生。大部分的流亡或離散作家，對於母國的認知情境與書寫大都只能停留在流亡前的想像空間和文化情境，其想像一直停留於離開家園的那一個時刻。但是，社會本身和文化歷史是進化的，想像的祖國鏡像與進化的祖國現實總是存在著時代的差異，這也就是形成離散心境的另一項來源。關於這個心境，1992 年諾貝爾文學獎得主，也是聖露西亞的詩人——德里克．沃爾科特（Derek Walcott）——說得最為精要：「我沒有國家，只有想像。」另外，離散的另一層正面的意義是生活空間的轉移會提供離散者豐富的想像，以及創意性的生產空間。李有成教授說：「離散主體其實是具有生命的生產性和創造性的。」[13]也就是說，離散的環境移動和遷徙性的生活經驗對於人的創造力和創新性具有刺激的效應，這也造就了離散作家的許多驚世巨著。

---

[13] 同註 11，頁 34。

針對離散的研究，猶太人的空間離散感很大程度上是族群信仰的自動遷徙，而其離散情結是在面對「他者」社會及文化網絡的壓力和限制而產生。相對而言，受政治和經濟的被迫因素而流亡或遷徙（政權排除異己的流放和帝國主義運行的人力流動），在離散的程度上，這種強制流動將更顯得生存和生活壓力的急迫性；這些人在受迫性放逐的孤獨和無奈情境下，油然產生「返家」的強烈渴望是可以想像的，這可能就是索忍尼辛被流放後產生離散心境的寫照。

二、俄羅斯三波知識份子的流亡潮

針對俄羅斯流亡文學作家的離散議題，一般會從歷史的座標來分類，從沙皇末期的俄羅斯到布爾什維克革命後的蘇聯，歸結起來在 20 世紀有三次的移民浪潮。這些移民浪潮應多屬於政治因素的逃亡或放逐，造就了俄羅斯的離散文學作品—俄羅斯「僑民文學」（эмигрантская литература）或「境外文學」（литература руского зарубежья）。因為是政治因素的流亡，這三次浪潮的劃分也就與政治情勢有關：第一波浪潮發生在布爾什維克革命前後的一段時期，第二波則是產生於 DP（Displaced Persons）集中營[14]的俄羅斯僑民文學，其時段大約是在第

[14] 收留的人包括因戰爭、饑荒、政治等原因流落異國的人士。

二次世界大戰爆發的前後期，第三次浪潮應該是第二次世界大戰後到冷戰時期之間流亡在外的俄羅斯作家，尤其是在他們對赫魯雪夫「解凍時期」的幻想破滅之後。[15]

第一波浪潮是以 1917 年十月革命和之後的國內戰爭為參考點，在此期間所爆發的流亡潮，其主要是政治因素，其次是因為政治動盪導致貧困的經濟處境，兩項因素相互交迫成為流亡的驅動力。這波浪潮包括了大批俄羅斯作家、藝術家以及政治上反對共產主義革命的俄羅斯人；這些人的流亡有著時代的無奈，當時的流亡地點不脫地緣的關連性，主要是歐洲和美洲，這些人或因不能理解新政權的政治、文化政策而主動離開祖國，或遭到強制驅逐，或因懼怕無產階級專政和所謂的「紅色恐怖」而避往國外，或身不由己夾雜在白軍撤退的洪流中，甚至也有因宗教原因而流亡（反正教儀式的教派），凡此種種原因的交錯導致了他們離鄉背井、浪跡天涯。

據統計，當時約有二百多萬人逃離革命後的俄羅斯，其中，最多是知識分子。在一艘駛離聖彼得堡的客輪上載的大都是哲學家、作家與藝術家等文化人，世人稱之為「哲學之舟」（философский пароход）。他們之中有一些在十月革命之前就已經是蜚聲文壇的作家，包括梅列日

---

15 弗・阿格諾索夫著，劉文飛、陳方譯。《俄羅斯僑民文學史》。北京，人民文學出版社，2004。

科夫斯基（Д. Мережковский）、吉皮烏斯（З. Гиппиус）、布寧（И. Бунин）、庫普林（А. Куприн）、什梅廖夫（И. Шмелёв）、扎依采夫（Б. Зайцев）、列米佐夫（А. Ремизов）、茨維塔耶娃（М. Цветаева）…等。在這一波俄羅斯流亡者當中，有許多人設法讓自己融入新的社會現實，當然也有部分人把滯留於他鄉視為一個短暫的無奈，在精神和思想上一直都沒有中斷與祖國的連繫和想像，這些人後來大多也設法回到了俄羅斯。也就是這第一波浪潮的俄羅斯流亡者在境外保全了俄羅斯社會和文化的基本特性，美國哥倫比亞大學教授馬克·拉耶夫尊稱他們為「偉大的俄羅斯僑民」。[16]根據阿格諾索夫的研究，他得出這樣的結論：「無論是就其大眾性而言，還是就其對境外俄羅斯社會的影響而言，占據首位的還是文學。」[17]

這些作家在異國的土地上繼續進行他們的文學創作，這也形成了俄僑文學的第一次浪潮。他們大部分都自視為俄羅斯民族文化的承載者和繼承人，把捍衛普希金、托爾斯泰和杜斯妥也夫斯基的人道主義傳統當成是自己的使命。他們雖然極度重視個人在面對國家統治體制內的權利，尤其是攸關言論的自由，但是他們絕不是個人自由主義的倡導者；基本思想上，他們奉普希金思想中關於

[16] 馬克·拉耶夫。《境外的俄羅斯：俄羅斯僑民文化史（1919-1939）》。紐約，橋梁出版社，1990，序言。

[17] 同註 15，頁 4。

個人內心的和諧為圭臬，但還是偏向支持社會的集體性，強調個人與社會、人類和自然、物質與精神等相對面向的和諧。這些作家面對沙皇末期及革命時期被破壞的人心和社會和諧深有感觸，但他們仍然篤信：和諧在未來將被重建。儘管他們承受著空間流亡的失落，在同時目睹著西方資本主義社會的精神淪喪，因而，更進一步強化對俄羅斯價值的眷念，也產生對西方社會和文化的排斥感。布寧（И.А. Бунин, 1870-1953）的一系列作品，如《鄉村》、《阿爾謝尼耶夫的一生》、《旱谷農莊》、《幽暗的林蔭道》、《舊金山來的紳士》…等，就是這種情境和心境的深刻描述。另外，作家霍達謝維奇（В.Ф. Ходасевич, 1886-1939）的《歐洲之夜》，也正是這種心境的寫照。著名小說家羅曼・古爾（Р.Б. Гуль, 1896-1986）這樣寫道：「俄羅斯一直和我們生活在一起，生活在我們的身上——在我們的血液裡、在我們的心理中、在我們的內心結構中、在我們對世界的看法中。…我們的工作和寫作都是為了她，為了俄羅斯…。」[18]詩人阿達莫維奇（Г.В. Адамович, 1892-1972）這樣表達著他的悲愁：

> 我們何時返回俄羅斯，哦，東方的阿姆雷特，何時？徒步走在被沖毀的路上，走進零下一百度的寒冷，沒有戰馬，沒有凱旋曲，沒有一個人歡呼…

[18] 羅曼・古爾。〈我帶走了俄羅斯〉。《流亡文選》，第 3 卷，紐約，劍橋出版社，1989，頁 166。

> 徒步行走，但我們大約知道，我們能按時抵達，當我們返回俄羅斯…可是積雪已將她掩埋。該準備準備了。天已經亮了。該上路了。兩個銅幣放在眼上，兩手交叉放在胸口。[19]

顯然，這只是一種民族情感的想像，不可能真實，因為那個時間的俄羅斯也正在進化中；流亡文學的普遍性主題還是流亡生活本身，儘管流亡生活的沉重，也沒有迫使這些作家喪失對俄羅斯傳統生活的眷念，依然盡力保存著俄羅斯傳統的社會身分，其寫作風格和語言也沒有因為在居住地的生存與掙扎而丟失其文化身分。顯然，心理上的俄羅斯靈魂與生理上居住地生活土壤的融合，一直是這些流亡作家最難自處的困難。也就因為這種堅守俄羅斯傳統文化的信念和身處離散空間的外在情境，造就了這一波流亡潮作家的離散情結。

關於離散情感的抒發，根據俄國出版界的傳統，文學作品大多要先發表在文學報刊上，然後才以單行本的形式出版；於是，這些流亡作家都會在歐洲幾個大城市內籌建文學團體和出版社，透過報紙和刊物的發行，發表他們的作品。概略來看，這段期間有了下列的文學發表園地：在柏林出現了「俄羅斯之音」（Голос России），「時間」（Время），「方向盤」（Руль）；在布拉格有「俄羅斯的意

[19] 同註 15，頁 7。

志」(Воля России),「哥薩克警報」(Казачий набат);在巴黎有「活力」(Бодрость),「俄羅斯」(Россия),「復活」(Возрождение)…等。這一時期的俄羅斯僑民文學家,其成就各異:象徵派的老一代作家梅列日科夫斯基所寫的歷史哲理小說,描述俄羅斯中世紀的生活景象,力圖恢復「彼得大帝」的語言風貌。另外如獲得諾貝爾獎的現實主義作家布寧,其一系列作品博得同時代人的推崇,稱他為「活著的經典作家」;也因此,有許多西方的讀者就認為,布寧的作品顯得過於俄羅斯化,讓人過於難懂,甚至不懂得他為何是第一位獲得諾貝爾文學獎的俄羅斯文學作家。總結來說,這一波俄羅斯流亡作家大都保留著俄羅斯那種靜思默想的風格,以嚴肅的態度探索和思考關於生死的問題,堅守著與上帝對話的民族性格和文化靈魂。

接下來的第二波流亡浪潮發生於 1940-1950 年代;第二次世界大戰的爆發是此次浪潮的肇始成因。數以百萬計流亡境外的人,包括蘇聯官吏、蘇聯戰俘以及德軍占領區的居民,或趁戰亂之機逃往國外,或因遭受二、三十年代蘇聯政府極左政策的迫害經驗而逃離,或因戰爭流落他鄉而無法返回。根據 1948 年出版的資料集和論文——《流落異國的人士》所記載,有將近三十萬的蘇聯公民被關押在德國西部各地的三百八十個集中營裡,包括十三萬人在英國占領區、十五萬人在美國占領區、一萬多人在法國占領區；[20]這些人後來就形成了第二波的僑民浪潮，根據歷史學者恰克舍娃的統計，第二波浪潮的僑民總數實際上是六十二萬人。[21]這批浪潮的僑民中有很多人後來都成了文學作家，如詩人葉拉金（И. Елагин）、克列諾夫斯基（Д. Кленовский）、辛克維奇（В. Синкевич）、納爾齊索夫（Б. Нарциссов）、欽諾夫（И. Чиннов）、小說家馬爾琴科（Марченко）父子（筆名分別為尼古拉・納羅科夫（Н. Нароков）和尼古拉・莫爾申（Н. Моршен）、馬克西莫夫（С. Максимов）、馬爾科夫（В. Марков）、希里亞耶夫（Б. Ширяев）…等。

與第一次浪潮相比，第二波浪潮的僑民中知識分子比較少，沒有形成較穩定的文化活動圈。普遍來說，其作家的創作成就也不如第一波浪潮的僑民作家，可能是因為第一波浪潮的作家不僅受過比較完整的傳統思想和文化的薰陶，而且大部分都經歷過從俄羅斯到蘇聯的時代劇變，對文化變動的衝擊感受比較深。然而，儘管所承受的創傷內容不同，但也都是肇因於時代的悲劇，第二波浪潮作家的特點是更了解蘇聯嚴酷統治下的社會現狀，以及戰爭的悲慘；他們對政治的迫害和打擊有著深刻的無

---

20 《流落異國的人士》。法文版，巴黎，克萊蒙特出版社，1948，頁 287，350；參見弗・阿格諾索夫著書，頁 511-512。

21 恰克舍娃。《俄羅斯僑民史：第二浪潮》。西伯利亞，1998，頁 15。

奈和悲痛。面對同為法西斯殘暴統治的德國納粹和蘇聯共黨，他們對「俄羅斯」傳統的民族情感更為深刻，但不管如何，在蘇聯與德國的戰爭期間，他們的選擇處於兩難的困境，顯得更為迷惘。第二次浪潮時期，在僑民作家的創作中，蘇聯的統治被描寫成「充滿悲劇的時代」。他們創辦了《橋樑》（Мосты）、《文學、藝術、社會思想雜誌》（Журнал литературы, искусства и общественной мысли）、《邊緣》（Грани）…等雜誌和文學叢刊，開闢了文學創作園地。概括來說，這一波俄僑文學的成就主要集中於詩歌，尤其是政治詩歌和諷刺風格的詩歌，代表作家有葉拉金（И. Елагин）、什廖耶夫（Б. Ширяев）和馬爾科夫（В. Марков）…等。馬爾科夫和許多詩人在其流亡的悲苦生活中，昇華到哲學的自我超越，試圖從悲苦中逃避，走向虛構的想像世界。也因此，這種離散情趕下的虛無主義也就埋下了他們未來返鄉的精神困境；現實的俄羅斯與想像的俄羅斯已經有了很大的差異，離散情結將油然而生。

歸結來說，第一波浪潮的作家所描述的情境是布爾什維克革命前俄羅斯社會及文化的緬懷，而第二波作家所敘述的是二次世界大戰前後期間對家鄉生活的情感抒發。第二波僑民文學作家大都以「自傳體」的寫作方式或隱喻，表達情感上的悲苦，主要是無法在蘇聯統治的現實生活中找到自我的身分，包括社會身分及文化身分；這些人的階層涵蓋面較廣，除了知識份子和不同年代遭到鎮壓的普通公民之外，還有一些是蘇聯集體化制度下破產的農民。這一波作家的共通性就是必須努力克服對政治暴力的恐懼，包括生理上的壓迫及心理上的恐懼。由於時代的作弄，這些作家的命運處在一個兩難的困境和複雜的心境：德國法西斯主義與蘇聯極權主義都讓他們無法選擇，那種無奈和悲苦是糾結的。從這個處境的認知出發，他們的作品普遍都把故事的主角型塑成道德的典範，歷盡萬難，克服外在的壓迫和心理的恐懼，追求人類性靈的價值；很明顯地，這一條探索的過程佈滿荊棘，承受嚴厲的考驗，常常被迫擺盪於恐懼與道德之間，他們總是處於迷惘和煎熬的狀態下，一不小心就會陷入罪惡的深淵。

最後一個階段是發生於二十世紀東西方冷戰期間的第三次流亡浪潮；主要發生於 1960-1980 年代，但追根溯源應該是始於 1950 年代末到 1960 年代初。第三波浪潮的流亡作家大都出生於蘇聯時代，其童年時光幾乎都在蘇聯共黨的統治體制下渡過，從小接受了共黨教育和宣傳的洗腦。他們雖然見證了蘇聯戰勝德國的光榮，卻又是蘇聯極權壓迫下的受害者；這種心境上的矛盾一直持續到 1970 年代的晚期。

戰後在赫魯雪夫執政時期的「解凍」思潮興起，一些揭露社會問題與困境的社會批判文學曾經盛行一時。在此政策氛圍下，思想界和文學界得以表達對生命自在價值的肯定，深信道德價值的不可摧毀，但也因此導致了他們與蘇聯保守派作家的激烈衝突不斷。此時的地下文學（самиздат）迅速開展，與官方文學並存。到了 1960 年代初期，赫魯雪夫的執政改弦更張，開始控制整體的社會生活，控制範圍包括文學和藝術的創作自由。從 1960 年代後半期起的二十年停滯時期，在創作的沉重壓力下，一些作家設法把他們的作品送往國外發表；這類行為引起蘇聯當局的強烈反應，作家們也因此受到蘇聯當局的猛烈攻擊和壓迫，或被開除離開官方的作家協會，或被逮捕、判刑，乃至被驅逐出境。這種作為的結果更迫使這些流亡的作家確信生命的自由價值和傳統文化的道德價值。瓦列里・塔爾西斯（В.Тарсис, 1906-1983）就是第一個典型的例子，他在 1966 年被流放，在此之前曾經被關在瘋人院好幾年，後來寫了短篇小說《第七病室》、以及長篇小說《瓦連京・阿爾馬佐夫的冒險生活》（Рискованная жизнь Валентина Алмазова）。

到了 1970 年代，蘇聯當局故意放鬆公民的出國限制，使得相當一大部分的作家得以紛紛離開蘇聯，前往他國。他們與之前被驅逐的作家一起形成了俄羅斯流亡文學的第三次浪潮。在這段時期，數以百計的作家和文學家中有不乏知名的人物，最典型的知名作家就是獲得諾貝爾文學獎的亞歷山大・索忍尼辛（А. Солженицын）和約瑟夫・布羅茨基（И. Бродский）。

約瑟夫·布羅茨基（И. Бродский）於1940年5月24日出生在列寧格勒（沙皇時期的聖彼得堡），幼年在戰爭時期渡過，其生活必然艱困。再加上父親是猶太人，母親是拉脫維亞人，這種出身使他在深層的意識中埋下了離散的因子，養成了叛逆的性格，使他選擇了孤獨沉思的寫作生活。布羅茨基從15歲起就輟學浪迹各地，做過社會底層的種種苦工，嘗遍人世間的酸甜苦辣之後，他愛上了詩歌；詩歌雖然讓他感受到生命的意義以及生活的陽光，但是也導致他後半輩子的動盪生活。1964年2月因為〈文學寄生蟲〉一文被關進瘋人院，接著於3月再次受審，被判5年流放蘇聯北疆，這就是轟動一時的「布羅茨基案件」，其罪名是他在地下刊物和國外刊物發表作品。布羅茨基在流放期滿之後，返回列寧格勒，還是不容於當局，1972年再度被迫流放海外。

布羅茨基在流亡西方之後不久，就受到了西方國家的重視；1977年他加入美國籍，並在美國多所大學任教，迅速融入了美國的文化圈，並於1987年獲得諾貝爾文學獎。儘管如此，布羅茨基一直認為自己仍然是流亡者身分和俄羅斯詩人的文化身分；這種離散的情結促使他在1996年逝世時自己選定義大利作為其最終的歸宿，以滿足他對古文明的眷念。他在一篇自傳體散文《小於一》（Less Than One）中表達出他的心聲：這個「一」是漂泊的，是永遠無法完成的追逐；所以，一個人永遠無法完整地展示出自我，也無法完整地體驗出自己的內心世界。

布羅茨基在流亡之後，其作品所呈現的孤獨感越來越深重，常常把孤獨感、時間和死亡的主題結合，在人、物、時、空的複雜關係中探索生命的意義和價值。由於生長的政治背景，布羅茨基深度懷疑甚至反對歷史中和現實生活中專制帝國的合理性和正當性。同時，他也嚴厲抨擊西方社會普遍對文化的冷漠感，以及蘇聯專制社會對個人自由的過度壓抑；他認為這些都會對人類文明造成傷害，更是文化發展的重大障礙。他在《第二自我》中做了這樣的描述：

> 每一種社會形態，無論是民主制度、專制制度、還是神權制度、意識形態制度或官僚制度，都懷有一種欲縮小詩歌權威的本能願望，因為詩歌除了能與國家構成競爭以外，還會對自己的個性、對國家的成就和道德安全、對國家的意義提出疑問…。[22]

布羅茨基認為政治提倡集體和服從，詩歌則源自於個人獨特的性靈和思想的自由；政治講求穩定和重復，詩歌必須倡導革新和創造，拒絕複製；詩歌所表現的永遠是新鮮的明天，而政治卻是陳舊的昨日。終究，人類的文明、文化、社會和生活既需要穩定，又都必須邁向明天；也因此，布羅茨基竭力主張詩歌與政治的平等，並一再宣稱詩歌應優越於政治，而且詩歌應該矯正政治之失誤，直到政

---

22 洛謝夫、波魯希娜編。《布羅茨基的詩學和美學》。巴辛斯托克，麥克米蘭出版社，1992，頁 34。

治停止干涉詩歌。布羅茨基更進一步認定詩歌是個人自性的具體表述，也是社會整體道德的保險；他一生堅信「詩歌是語言存在的最高形式」,「用詩歌代替信仰」、「以美拯救世界」。[23]

歸納起來，除了詩歌之外，布羅茨基的作品概略有三大類：一是自傳性或回憶性的作品，如《小於一》、《在一間半房間裡》；其次是一些其他作品的序言和評論，如《文明的孩子》、《哀泣的繆斯》、《詩人與散文》；第三類是學術會議上的演說和社會活動的講稿，如《我們稱之為流亡的狀態》、《析奥登的 1939 年 9 月 1 日》、《悲傷與理智》。這些文章雖然不是詩體創作，但是布羅茨基都用了優美精緻的文字，以及嚴謹的學術精神，傳達了他的思想和人生態度。

最後，透過上述關於離散的論述以及俄羅斯三波流亡作家的情境分析，本研究計畫是聚焦於探索屬於第三波浪潮且獲得諾貝爾文學獎的俄羅斯流亡作家——索忍尼辛——的離散情結。索忍尼辛堪為二十世紀俄羅斯文學界最偉大的作家之一，同時兼具文學家風采、史學家意識、文化學家蘊蓄、思想家品格，代表著俄羅斯重要文化符號的知識份子。[24]本研究之所以聚焦於對索忍尼辛的探

---

23 同上註。

24 張建華選編。《索爾仁尼琴讀本》。北京，人民文學出版社，2012，前言，頁 1。

索，不僅是因為他在文學上的豐碩成就，更重要的原因是他的生命體驗正輝映著本研究的主題一離散情結。

三、索忍尼辛的生命與創作歷程

索忍尼辛，1918 年生、死於 2008 年，渡過了整個蘇維埃政權的統治時期；1974 年被迫流放國外，1994 年返回俄羅斯祖國。他的一生包括了三大生命歷程：苦難的淬礪、流亡的悲憫、以及返鄉後的迷惘和離散。其人生的經歷完整塑造了他的離散情結，包括離散情境與離散心境。

（一）蘇聯時期的苦難淬礪

第一階段是索忍尼辛在年輕時代的苦難淬煉，除了命運的乖戾之外，這種苦難還包括讓他實地體驗了蘇維埃政權壓制個人自由以及殘暴統治的本質；這種對共黨政權本質的徹底認識和體驗，讓他一生堅信共黨的滅亡和自己終將返國的決心。索忍尼辛在嬰兒期就喪父，1944 年母親也離開人間。二次大戰爆發後，他應征入伍，雖然曾多次立功受獎，但於 1945 年，因在與朋友的信函中對列寧和史達林的批判而被判八年監禁，先後於多處監獄、集中營及勞改營服刑，1949 年又被放逐到條件更嚴酷的哈薩克南部沙漠。索忍尼辛在服刑期間，罹患過癌症，癌腫瘤切除後，竟奇蹟式地痊癒；從此，他把這一個奇蹟視為上帝的恩賜，賦予他神奇人生的使命，終生堅信上帝。

索忍尼辛並公開宣稱自己是上帝的獻身者和道德的捍衛者。

索忍尼辛經歷了這段生死邊緣的掙扎之後，於 1959 年創作了《伊凡・杰尼索維奇的一天》（Один день Ивана Денисовича），之後又寫了短篇小說《瑪特廖娜的家》（Матрёнин двор），開創了蘇聯集中營文學和農村小說。在其文學作品中，索忍尼辛除了描述集中營生活的悲慘之外，也有意在那個普遍充斥著謊言、自私自利、無視道德的邪惡統治體制和社會中，塑造一個善良、無私、堅韌的女性形象。瑪特廖娜是小說的主角，她是一位承受貧窮、疾病、以及受盡人性邪惡折磨的苦命但堅忍的女性，其命運的悲慘儼然也像生活在一個沒有圍牆的集中營一樣，但她猶能以誠信善待於人、不念一己之私、自我克制、堅守道德情操；這是索忍尼辛心目中象徵祖國、民族、母親的聖女形象。索忍尼辛透過這種苦難的敘事，展現出俄羅斯民族堅強的生命力，以及俄羅斯文化內涵中所潛存的倫理道德與精神價值。

其實，索忍尼辛運用《伊凡・杰尼索維奇的一天》的主角影射著他自己本身的遭遇。主角本名伊凡・杰尼索維奇・舒霍夫（Иван Денисович Шухов），在集中營的編號是 854，於 1911 年出生於俄國農村的捷姆格涅沃。舒霍夫的境遇與索忍尼辛相仿，曾經為祖國而戰，他從敵方的俘虜營逃出，返回自己的陣營後，反而硬被控間諜罪，又被關進己方的集中營。舒霍夫被關入集中營也是八年，他一直堅守著俄國傳統的農民習性：「從不丟自己的臉」。在那麼艱困的環境中，舒霍夫不會為了求取幾根解悶的香菸或改善甚為惡劣的伙食而低三下四，更不會為了逃離自己的苦境而出賣難友，他一直沒有喪失內心的尊嚴。另外，舒霍夫也堅守著農民的傳統文化，由衷感恩上帝，尊重糧食（麵包），條件再差，從不浪費，吃麵包時一定摘下帽子，以表示對上帝的感恩；他以良心做人，一切所得都要通過誠實勞動而來，不願靠別人活著，不願給別人帶來麻煩。索忍尼辛認為，在艱困的勞動過程中，人的尊嚴、平等待人、精神的自由才能無所隱藏的體現出來；他透過小說的敘事，把舒霍夫的民族性格鮮明地體現在集中營的勞動場景中。小說的敘述儘管是局部性的組合，整體的劇情正好可以反映出當時代許許多多的時代特徵；從索忍尼辛的這篇小說來看，他心目中的極權殘酷歷史是始自於蘇維埃革命之後的年代。

索忍尼辛透過小說描繪一幅幅地獄般的悲慘世界。現實上，時代的悲劇就是如此，孤民無力可回天，人民注定在此悲劇下忍受煎熬。他在《伊凡·杰尼索維奇的一天》這篇小說中有這麼一句話：「飽暖者何時理解過飢寒之人呢？」[25]這也是一般人常說、但卻無法真正體會的一句話：「沒有失去自由的人，哪能體會自由的珍貴？」毫無疑

[25] 同上註，《伊凡·杰尼索維奇的一天》，頁 53。

義，集中營種種生活上的壓迫是人世間的大惡，是一種非人性的暴力，但索忍尼辛認為，受難和共同受難卻可能使人獲得道德上的淨化；這一觀點與中國禪宗六祖慧能主張「菩提證之於煩惱」的道理一樣，也跟俄羅斯文學巨擘杜斯妥也夫斯基所倡言的「超越二元對立」的理念相通。所以，在描繪集中營生活艱困的同時，索忍尼辛在 1950 年代末期寫的一篇散文〈呼吸〉，深刻表達了他對自由的渴望和珍惜。

在這一篇散文中，索忍尼辛以「呼吸」隱喻著生命中最自然的自由，平常不被察覺，但對生命而言卻是最珍貴的價值，人們往往不知如何珍惜和保護。現實中，自由的感覺必須與周圍的環境相照映，而環境卻很容易被忘卻，政治的霧霾一旦汙染了環境，呼吸的自由將在人們的疏忽中被遺忘和流失。在一顆蘋果樹下，人盪漾在甜絲絲的香氣中，張開肺，吞吸著香郁的芬芳，那是因為外在的生態環境支持著生命的存在，雖然最自然、但也是最容易消失的體系。人一旦沒有了自由，不管甚麼原因，任何佳餚、任何美酒、甚至女人的香吻，就都沒有了意義和價值。這一切描述或許是自我勉勵，也或許是同時在勉勵蘇聯暴政體制下的俄羅斯人民。最後，索忍尼辛點出了結局的過程預測：「只要還能在雨後的蘋果樹下呼吸——就還能繼續生活下去。」這一個信念支撐著他，使他於 1994 年終能返回俄羅斯的「故國家園」。

1968 年索忍尼辛對於蘇聯入侵捷克的布拉格之春提出強烈反對；在這個事件上，他甚至公開說：作為一個「蘇聯人」是可恥的。1968 年索忍尼辛完成了長篇小說《古拉格群島》（Архипелаг ГУЛАГ: В 7 частях）（古拉格是蘇聯國家集中營管理總局的俄文縮寫），1970 年獲得了諾貝爾文學獎，1973 年 12 月該小說在西方出版，隨後於 1974 年 2 月 12 日被迫流亡國外。古拉格群島是索忍尼辛關於集中營史實的探索與研究，他稱之為「古拉格現象」；從歷史哲學觀來看，這個現象是俄國數百年專制社會所形成的，而在蘇聯共黨統治的社會達到了極致，它是一個悲劇性歷史文化的現象，也是俄羅斯民族自虐、自殘的巨大悲劇。索忍尼辛在這篇小說中高度關注著這個社會在文化語境上的心靈狀態，擔心著人類的普世價值觀——正義、倫理、道德、良知——在俄羅斯社會的崩解，進而導致善惡的扭曲。他還特別提到：人如果想在一種非人性統治的精神屠戮中保持人性的尊嚴與善良，就必須永遠對上帝抱持著一種堅貞的信念。

索忍尼辛在這一段時期所承受的身體和精神的淬煉，一方面造成他對共黨政權統治的抗拒，同時讓他更醉心於俄羅斯傳統文化的價值探索與追求。這顆種子不僅讓他在後來流亡西方社會時不能栽種於西方文化及社會的土壤中，而且在 1994 年返回俄羅斯之後的晚年，也無法找回他想像的「故國斯土」。其實，索忍尼辛所抒敘的自由是一種文化的感受，也是文人的特殊感應，不是普世所能認知；它既不是美國空間和文化的感受，也不是現實俄羅斯空間和文化的感受，這是一種唯美的想像。這種唯美的想像，就有如宗教修行者所描述的情境：「見山不是山，見水不是水」，如果不能迴向於菩薩的大自在心境：「見山還是山，見水還是水」，最終才能「活在當下」，達到自我超越，否則儘管是如此大成就的知識份子依然很難跳脫其生命的離散情結。

（二）流亡美國期間的空間離散

第二階段是 1974 年遭遇政治迫害後，流亡西方長達二十年，索忍尼辛在離鄉背井的生活現實中，深深感受到空間的離散，這一段經歷也讓他真真確確感受到了離散的「情境」。然而，也在這段時間，他近距離看到了西方文明的精神危機，同時感受到文明價值中關於精神與物質、個人與自然、個人與社會的和諧關係被打破；他也針對西方民主政治提出針砭，發出「勿靠謊言生活」（Жить не по лжи!）的警言。索忍尼辛到了西方社會之後，發現民主政治也並非完美，其運作必須時時刻刻激發人的良心，讓自律和悔過成為人們良心生活的原則。他在〈拙劣的教育〉（Образованщина）一文中，對西方社會缺乏人文關懷，而過度重視物質主義以及在人際間表現出的精神性冷漠，表達他的憤怒。索忍尼辛對西方社會和文明的這種觀察和認知，與他內心中的俄羅斯祖國差距甚遠，於是也就無法對西方社會產生認同感和歸屬感，使得他在西方的流亡生活中籠罩著精神上離散的內心感受——離散「心境」。他始終堅稱自己是俄羅斯作家，是被迫離開祖國，甚至也不承認自己是僑民。換句話說，他在流亡西方的心境上仍然堅守著原鄉祖國的文化身分，並沒有受到空間離散的情境所牽動而心屬居住地；這種文化的感情和身分認同的疏離使他內心產生了離散的心境。

索忍尼辛被驅逐流放後，經過歐洲，二年後定居於美國，全心投入於完成大部頭史詩性小說《紅輪》（Красное колесо: в 4 узлах）的創作。1975 年他的一部自傳體作品《牛犢抵橡樹》（Бодался телёнок с дубом）在法國出版，這是索忍尼辛自我剖析、自我反省的「回憶錄文學」。流亡時期的索忍尼辛雖然在蘇聯政體下歷經磨難，承受著「夢碎」的悲鳴，來到西方世界後，他也猛然發現，「無論任何體制，政治對社會生活和個人命運的滲透和牽制是無所不在的。」索忍尼辛以敏銳的洞察力透析了東西方文化的差異和各自的弊端，並發表了《一粒落入兩扇磨盤間的種子——被驅逐札記，1974-1978》（Угодило зёрнышко промеж двух жерновов），當中對歐美文明，攸關自由、民主、人權的問題也提出深刻的思考。1982 年 10 月索忍尼辛受邀訪問台灣，在台北市中山堂做了一次發人深省的演講，他說：

> 西方人一向珍視自己國家的體制（自由、民主），但是為保衛這個體制挺身而出的人愈來愈少。西方保衛自己的能力正一個年代不如一個年代地衰退、喪失中。……並不是由於他們沒有遠見或是愚蠢，而是由於絕望和精神喪失的緣故。[26]

在流亡期間的索忍尼辛始終相信，他必能在有生之年回到日思暮想的祖國鄉土，而且其作品也必能與祖國同胞見面。1988 年蘇聯時期就有許多蘇聯作家呼籲當局恢復索忍尼辛的蘇聯國籍，但還是被當時的蘇共中央政治局拒絕。接著，索忍尼辛在蘇聯社會的影響力也隨著戈巴契夫倡導「開放、重建」的政策而逐日擴大。1990 年可以說是索忍尼辛文學創作的「回歸年」；他的長篇小說《第一圈》（В круге первом）、《癌症病房》（Раковый корпус）、《古拉格群島》…等重要代表作，都在這一年先後以不同的形式發表和出版。1990 年，索忍尼辛在《共青團真理報》也發表了〈我們應該如何重建俄羅斯〉（Как нам обустроить Россию?）一文，激起了社會的廣大討論。終於在政治環境的巨變之下，索忍尼辛得於在 1994 年舉家返回俄羅斯，於七月返抵莫斯科，結束了二十年的流亡生涯。

---

[26] 索忍尼辛，王兆徽譯。〈給自由中國演講詞，1982，10.23〉。文橋出版社，1984.12.5，頁 2-18。

（三）返鄉後的迷惘和離散

索忍尼辛生涯的第三個時段是返回祖國家園後的迷惘和離散。索忍尼辛在 1994 年返回原鄉祖國後，並沒有見到他在 1990 年發表〈我們應該如何重建俄羅斯〉一文中所期待的俄羅斯。蘇聯政權的瓦解，並沒有使俄羅斯真正重建成索忍尼辛所想像的社會和文化價值；他心中的俄羅斯祖國並不只是土地祖國或空間祖國，他更在意的是社會祖國和文化祖國，因而他的社會身分和文化身分並沒有在後蘇聯時代的俄羅斯找到歸屬和認同。換句話說，他的離散心境並沒有在返回俄羅斯之後找到能夠紓解的土壤。索忍尼辛在流亡期間承受的是離散情境，但至少在心境上依然存在著想像的俄羅斯祖國，因此並沒有真正陷入完全離散的情結，反而是在回歸故國鄉土之後，面對經歷 70 年共黨統治後遭致扭曲的俄羅斯社會和文化，他的祖國想像幾乎完全破滅，那種深層的失落和迷惘是別人無法體會的。索忍尼辛在〈塞格登湖〉[27]一文中，表達了對祖國的想像和懷念；他在文中最後表達其感慨：「空蕩蕩的湖。迷人的湖。祖國啊…」。在此文中，他也描述了他所想像的俄羅斯祖國，正被凶惡的公爵、斜眼的惡魔所占領和封閉。儘管如此，索忍尼辛還是堅持著俄羅斯知識分子的理想和文化使命，在其晚年鞠躬盡瘁於完

---

[27] 索爾仁尼琴著，張建華選編。《索爾仁尼琴讀本》。人民文學出版社，2012，頁 4-5。

成史詩性小說《紅輪》（俄文版約有 70 萬字，中國大陸集多位學者的畢生精力方能完成翻譯）的創作，將其一生的思想、經歷和智慧公諸於世，並傳承給後人。

事實上，索忍尼辛在重返俄羅斯的歲月裡，始終關注著俄國的社會現實和俄羅斯人民的命運和價值觀。這段時期，他也花費了許多精力和時間對俄羅斯當時的社會政治和歷史文化做了深入的研究，發表了〈二十世紀末的俄國問題〉（«Русский вопрос» к концу XX века）（1994）的社論文章，以及《俄羅斯在崩潰中》（Россия в обвале）（1998）等政論集；1997 年 5 月索忍尼辛獲選為俄羅斯科學院院士。從整體的生活實況來看，索忍尼辛應該是失望的；所以，他沒有參加任何社會活動，深居簡出，一直保持著一種知識份子的孤傲。他在這個時期的著作充滿著深沉而智性的反思，常以歷史哲學的思考，檢視二十世紀俄羅斯社會生活及個人生活的苦難，探討能否從過去的教訓中找到出路。

由於悲慘的人生經歷，索忍尼辛的寫作常常透過現實生活的苦難描述，讓人性在被逼迫的情境下呈現其真實面貌，映現出人性中可恨和可敬的樣貌。他對於政治的美麗面紗，不管是基於國家利益或人民利益的美麗謊言，都毫不留情地嚴厲批判。索忍尼辛在《杏子醬》（Абрикосовое варенье）小說中描述一位青年農民的苦難，也反映出道德靈魂迷失的景象；在《娜斯堅卡》

（Настенька）小說中所呈現的是意識型態下充滿謊言的文化生態，借此凸顯兩位青年女性的悲劇人生。對於民族傳統的失落和民族精神的頹喪，索忍尼辛認為必須從體制、意識形態、精神教育、人性尊嚴的價值等多面向從事改革與重建，才有可能共同恢復良善的世界。

基於對上帝的堅定信仰，索忍尼辛感慨地認定：不管是從社會或個人的角度來看，二十世紀人類悲劇的根源來自於人對宗教意識的流失，也就是，人對宗教責任的喪失。在《復活節舉著十字架的遊行》（Пасхальный крестный ход）小說中，索忍尼辛對宗教文化傳統的被褻瀆和踐踏深感憂心。針對這樣的悲劇，索忍尼辛也認為「懺悔」才是改變這種精神失落狀態的重要途徑；他大聲疾呼，為了俄羅斯民族的未來，每個個人和整個社會都必須具備「懺悔精神」，這樣才能透過心靈拯救的覺醒，恢復基督教傳統的俄羅斯精神，重建民族的和社會的道德倫理。毫無疑義，在二十世紀極度動盪的時代，尤其是俄國的歷史，索忍尼辛不僅是文學巨擘，更可堪稱是俄羅斯的文化導師，他在其文學著作中秉持著對上帝的信仰，始終承載著俄羅斯的民族靈魂、國民的生命力和永恆的文化精神。在其晚年，其畢生成就和智慧完成的大部頭史詩《紅輪》，它可以說是人類文明的至寶，除了瞭解這位文學巨擘的苦難歷程，離散心境，更期望讓世人得以探勘共黨政權統治的本質。

四、結論

根據索忍尼辛在揭露歷史真相和追求道德真理的貢獻，有人說他「是上一代作家中最後一位代表良知的作家」。人們普遍同意，索忍尼辛代表了俄羅斯的良心，以及人類的普遍良知；然而，他是用一生的磨難，燭照未來。許多西方人視其為與蘇聯當權者鬥爭的偉大作家與英雄，但他對西方所謂的民主派、資本主義、個人消費主義、自由派的作風也絲毫不留情。然而，世界上還是有許多人，視其為刺蝟，是個很難理解與相處的人，但大致上，西方世界對這樣一位反西方的思想家和作家還是給予肯定的，這或許就是西方民主體制的寬容性。

他的文學作品對世界的貢獻主要反映了文學的歷史責任和真相真理的追求，進而喚醒人們的良知和道德價值。至於索忍尼辛的道德觀、價值觀、世界觀與思想更表現在其晚年的政論作品中，甚至有些人將他定位為新斯拉夫主義者。一般認為，索忍尼辛在攸關新斯拉夫主義（неославялофильство）的內涵表現在《政論三部曲》（Политическая трилогия）三本有關歷史、民族、政治、社會的著作中。他們是：《我們如何安置俄羅斯》（Как нам обустроить Россию, 1990）、《二十世紀末的「俄羅斯問題」》（〝Русский вопрос〞 к концу XX века, 1995）、《傾塌的俄羅斯》（Россия в обвале, 1998）。面對二十世紀 90 年代持續動盪的俄羅斯社會，他已無法滿足用文學來表達個人的觀點與思想，乾脆直接就事論事，對俄羅斯的歷史和現狀、特性和命運、問題和藥方提出了獨到的見解。這些政論基本上傳承了十九世紀斯拉夫派的思想，一是對俄羅斯民族特性的強調，一是對人民的「自我管理」方式的倡導。

在強調俄羅斯文明對世界的貢獻時，索忍尼辛如同其他斯拉夫派的人士或作家一樣，批判西方文明過度的「物化」與「理性」。俄羅斯不應該一味地步西歐或美國的後塵，無論在民族傳統，民族文化與自治管理體制上，都應找回自己的本體，發展俄羅斯獨特的道路，也就是提供給世人避免過度物質化的「精神內涵」。人最大的缺陷就在於面對罪惡的一面時被引誘，而經常喪失了「真我」的「神性」。因為人性本就有貪婪的本能，再加上資本主義制度提供了外在的奪取機會，在內外交乘之下，人將難以避免地會導致物欲橫流，道德淪喪，進而完全失去人最珍貴的「良心」。相對於西方文明的通俗性與理性，索忍尼辛認為，俄羅斯應強調自己文化的特殊價值，特別是精神性與神聖性的價值。這種基於道德良知的文化與精神財富將可以導正西方基於物質慾望的文化理論。最後，索忍尼辛進一步認為，俄羅斯的文明是以上帝、基督的愛為基礎的「自我克制」、「懺悔」和「犧牲」，這才能喚回人的善性和神性。倘若每個人都回到道德層面，整個社會才能和諧，整個國家才得以健康發展，進而促進世界和平。

在當前這樣一個歷史的關鍵時期，天災人禍衝擊著人類的生存，人們應該覺醒地認知到，社會道德的恢復應該遠比經濟發展和工業建設更為重要，一個穩定的社會不是透過私利競爭而能夠達成的，而是應該以有意識的自我節制（самоограничение）為基礎。索忍尼辛說：「我們應該永遠讓位於道德的正義。」（мы всегда обязаны уступать нравственной справедливости.），「人的自由就包括以有利於他人為目的的自願性自我節制。」（свобода включает добровольное самоограничение в пользу других.），「我們的義務應該永遠高於我們享有的自由。」（Наши обязательства всегда должны превышать предоставленную нам свободу.）

索忍尼辛歸結四百年以來的歷史，認為俄羅斯的最大問題就在於統治者過於重視對外的安全與擴張，而對人民的現實生活和精神生活毫不關注，常常為了毫無意義的外交目的，持續不斷地消耗國力與人力。當今俄羅斯的現狀在索忍尼辛的筆下是觸目心驚的；「改革」以來，貧富差距日益加大，少數靠掠奪國家財富、從事投機生意和黑社會勢力致富的「新俄羅斯人」，成為當今的主流，而年輕的一代也忙著吸食西方的垃圾文化。

> 二十世紀末的「俄羅斯問題」是非常明確的：我們的民族還能否存在下去？是的，一股浪潮正衝擊著地球，各國都在平庸的取笑各種文化、傳統、民

族和特性之間的差異。然而，有許多民族在堅定地、甚至驕傲地奮起抗擊這股浪潮！可是卻不是我們…如果情況繼續這樣發展，再過一百年，也許就不得不將「俄羅斯人」這個詞從字典裡刪除掉（摘自《二十世紀末的「俄羅斯問題」》）。

在對人民管理的問題上，索忍尼辛引用了德國哲學家斯本格爾（Освальд Шпенглер, 1880-1936）和法國法學家孟德斯鳩（Шарль Луи Монтескьё, 1689-1755）的觀點，認為國家的形式無所謂好壞，也很難原封不動的從一個國家的制度移植到另一個國家，關鍵是如何讓國家的運作呼應各民族的傳統特色。自古以來，無論是君主制、貴族制或民主制，如果它們能夠服務於公眾利益，那就是好的制度。如果當權者只追求個人的利益，那麼三種體制都會變成專制獨裁、寡頭統治和暴民統治。就當前俄羅斯情況而言，索忍尼辛堅信，俄羅斯只能選擇民主；但是，民主只是一種手段，而非目的。現今西方世界所倡行的民主以及所謂自由的普世價值也是有待商榷之處，因為其關鍵就在於人能否對自我利益的約制。索忍尼辛也引用了早期一些政治學家的觀點，認為民主和自由經常是相互矛盾的；無限的民主往往會形成「多數人的專制」或「多數獨裁」。對於個人而言，服從於個人的專制（獨裁）或是服從於多數人的專制，實質上並沒有甚麼差別。不健康的民主很可能導致不公平，最後往往變成具「組織性的少數人」對「沒有組織的多數人」實施控制的手段。當今世界的民主制很多已經變成了某種專制和寡頭統治，金錢和政黨的力量過於龐大，尤其是形形色色的政黨，更是禍害無窮。索忍尼辛說：「黨派鬥爭對民眾的危害，勝過於戰爭、飢餓、瘟疫和任何一種上帝的憤怒。」若某些民眾支持某個政黨，他們往往把那些不願跟他們走在一起的其餘所有民眾視為敵人或對立者，這終將撕裂他們之間的和諧，導致社會和國家的分裂；更何況，當政黨的利益成為至高無上的利益考量時，它必會與民族的利益和國家的利益不相符合。

> 任何一個政黨都是對個性的簡單化和粗俗化。人具有觀點，而政黨只有意識型態。不能把國家和民族的命運託付給這些不負責任的政黨，應該讓生產、行政、教育、司法等部門獨立於政治之外，取消「執政黨」的概念。(《我們如何安置俄羅斯》)

索忍尼辛代表了二十世紀蘇聯文化的另一面，他曾經是蘇聯時代地下文化的代表，是俄羅斯理念的繼承者，他像十九世紀的杜斯妥耶夫斯基一樣，看到了人類的靈魂，並不斷地提醒我們作為人應該具有的良心。他有一句名言——「不要靠謊言生活」，希望大家都能對社會的是非善惡不再漠不關心。

綜觀索忍尼辛的一生，他在經歷初期集中營生活的苦難後，確立其堅守俄羅斯傳統文化的人生價值；他終其一生都無法尋得心靈和身分的歸屬之地，包括蘇聯社會、西方社會、甚至是後蘇聯時代的俄羅斯社會，從空間離散到心靈離散，可能也因為如此，離散情結也一直跟隨著他。在早期的集中營生活中，索忍尼辛的心靈土壤上有了俄羅斯文化的身分萌芽，後來被迫流亡，承受著空間離散的情境；儘管如此，索忍尼辛在心靈中仍一直堅守著俄羅斯傳統價值的故國家園，後來雖然堅持不歸屬於居住國的社會和文化，但一直都還認定那個理想的俄羅斯依然存在，就因為有著這個想像，使他在心靈上並沒有產生離散的悲情。他這種心靈的固著，卻無法承受現實的殘酷；在 1994 返回俄羅斯祖國後，從遠東的海參崴返回莫斯科的路程中，他的觀察卻讓他心靈中的俄羅斯形象漸趨幻滅，祖國已經不再是那個想像的祖國；在此離散心境的衝擊下，與之前所承受的空間離散，相互糾結。

參考文獻

1. 李有成。《離散》。允晨文化，2013。
2. 李有成。《他者》。允晨文化，2012。
3. 阿格諾索夫著，劉文飛、陳方譯。《俄羅斯僑民文學史》。北京，人民文學出版社，2004。
4. 恰克舍娃。《俄羅斯僑民史：第二浪潮》。西伯利亞，1998。
5. 洛謝夫、波魯希娜編。《布羅茨基的詩學和美學》。巴辛斯托克，麥克米蘭出版社，1992。
6. 馬克·拉耶夫。《境外的俄羅斯：俄羅斯僑民文化史（1919-1939）》。紐約，橋梁出版社，1990。
7. 張建華選編。《索爾仁尼琴讀本》。北京，人民文學出版社，2012。
8. 索忍尼辛著，王兆徽譯。〈給自由中國演講詞，1982，10.23〉。文橋出版社，1984.12.5。
9. 索忍尼辛著，張建華選編。《索爾仁尼琴讀本》。人民文學出版社，2012。
10. 羅曼·古爾。〈我帶走了俄羅斯〉。《流亡文選》，第3卷，紐約，劍橋出版社，1989。
11. Virinder S. Kalra, Ramininder Kaur, John Hutnyk著，陳以新譯。《離散與混雜》。國立編譯館，2008。

12. Anthias Floya. "Evaluating Diaspora: Beyond Ethnicity?", Sociology. Vol.32, 1998.

13. Ha Jin. Betrayal of Language and the Position of the Immigrant Writer: On The Writer as Immigrant. Boston: University of Chicago Press, 2008.

14. Wong Sau-ling Cynthia. Reading Asian American Literature: From Necessity to Extravagance. Princeton, N.J. Princeton University Press, 1993.

15. Eliza Orzeszkowa. Joseph Conrad: A Pole With Doubts.http://www.poland.gov.pl/arts/literature/joseph-conrad-pole-doubts/ (2019.12.01).

拾、

眾聲喧嘩的歷史：阿列克希耶維琪作品中的集體文化記憶

本計畫係以2015年獲得諾貝爾文學獎的白俄羅斯女作家斯薇特蘭納．阿列克希耶維琪（Светлана Алексеевич）的系列作品為研究素材，回顧時代巨變下的文化集體記憶：「蘇聯人」所殘留的「二手時代」對相關人與物的記憶和意義。然而，這種集體文化記憶的真相又是如何呢？阿列克希耶維琪的作品是以一種集合不同視角的「眾聲喧嘩」模式，創造出「口述紀實文學」；亦即從「微觀歷史」（microhistoire）的分析途徑，透過不同時間與空間下個人或群體的視角，統合各別的獨特經驗，補足傳統以來採取只關注大人物視角及總體歷史觀的文學創作模式，反而忽略了事件直接相關的小人物感受及其日常生活的體驗。人們發現，這樣的統合性文學創作才能真正呈現出集體文化記憶的多元性實質脈絡，進而浮出歷史事件的真相。

一、前言

最近台灣社會興起了對許多歷史性集體記憶的重新探索，譬如對中正紀念堂所能顯現的文化記憶——威權或反共；二二八紀念公園的歷史記憶——人權迫害或戰爭時期的憲政獨裁（constitutional dictatorship）；台北市中山堂廣場二二八紀念碑的「有碑無文」，提供庶民的相關想像與記憶；沈春池文教基金會建立《搶救遷台歷史記憶庫》，其中所展現的許多歷史回憶，如請求對澎湖 713 事件紀念碑及紀念公園擺脫威權意識的重新解讀。不管是以物件、圖騰、文字或影片來彰顯歷史事件的社會價值意涵或思想背景，它們都是族群、種族或國家的集體文化記憶，就如二十世紀史學家柯林伍德 Robin George Collingwood（1889-1943）指出，歷史事件並非純然已死的過去，而是某種意識下還生活於現在的過去，存留於現代人的記憶中；這種歷史記憶的意象及內涵受到其生存時空背景轉移的影響，一來可能呈現出模糊的意象，其次，歷史記憶也常受到集體價值體系的轉移而遭致對事實的扭曲或在無意中產生錯誤的解讀，而任何時代的集體價值體系又不能避免地會受到這時代的權威解讀所影響或支配。

不僅僅在台灣，這種集體文化記憶在被解讀方面所呈現出來的差異或扭曲，也同時頻繁的發生在幾個世代以來的中國大陸，尤其在中共的權威價值觀與傳統歷史事件的記憶存在著巨大的差異；中共在 1958 年就下令，基於「厚今薄古」的方針，訂出「中國歷史七條指導思想」，已對中國歷史做出了權威性預設立場的歷史詮釋。[1]最近的典型例子就是在 2021 年上映的《長津湖》，該影片敘述 1950 年年底抗美援朝的戰役；這是中共在很大程度上沖刷並重新詮釋當代人對此歷史事件的集體記憶。然而，對於這一個關係著美國和中國兩國因政治意識形態的差異而爆發在朝鮮半島的歷史事件，卻存在著跨國性的不同集體記憶，不僅在美國和中國，甚至在真正當事國的南北韓，對該事件的集體歷史記憶也存在著不同的面貌與詮釋；這也證實了歷史事件的集體記憶具有被詮釋性及模糊性。

當然，幾乎所有歷史集體記憶的建構都難免受到當時代或這時代的權威解讀，包括擁有政治正確性的文人及「大人物」的主導或支配。根據余英時的《歷史與思想》，任何歷史事件的發生都是源於當時代的思想體系或集體價值體系。從大歷史的視野來看，歷史的演進可以說是各個時代思想的轉移軌跡；而當思想體系轉移時，歷史的事件也將產生不同的面貌。再從另一個角度來看，每一世代的人都有每一世代的主流思想，當時間推著世代轉移時，主流價值觀和思想體系也會改變，這或許就是一般都能認知的「代溝」。針對某種程度已經結構化的歷史集體記

[1] 陳木杉。《中共編寫「中華民國史」真相探討》。台北，國立編譯館，1994，頁 1-3。

憶，不管是物質性的記憶或是意識性的記憶，當時代的人對於這些歷史集體記憶的象徵，在其腦海中都是呈現著「二手時代」的文化意義，有著遙遠而模糊的想像。那麼，如何才能做到如澎湖 713 事件見證人 91 歲的黃端禮先生所強調的「歷史不能遺忘，真相需要被了解」呢？2015 年獲諾貝爾文學獎的白俄羅斯作家斯薇特蘭納·阿列克希耶維琪運用了「口述紀實文學」的體裁，讓事件相關的大小人物「眾聲喧嘩」，再經過分析和整合，在這方面做出了貢獻。

接下來，回到俄羅斯的歷史長流中來看，蘇聯政權可以說是歷史發展中的一種斷裂，最近俄羅斯總統普丁在談到俄羅斯與烏克蘭的關係時，也做了類似的說明；蘇聯切斷了傳統及當代俄羅斯的國家認同以及人民的身份認同。白俄羅斯女作家斯薇特蘭納·阿列克希耶維琪（Светлана Алексеевич）就在她的作品《二手時代》（Время секонд хэнд）呈現出這種迷網及矛盾，也令人產生了深刻的感受。她在書中寫道：「我們告別了蘇聯時代，告別了那個屬於我們的生活。我試圖忠實地聆聽這部社會主義戲劇中每個參與者的聲音…」。[2]的確，蘇聯解體後，許多活在那個年代的人卻令人意外地認為，七十多年來，馬列主義實驗室的最大貢獻在於創造出獨特進化類型的

---

[2] Алексиевич Светлана. «Время секонд хэнд». Москва: «Время», 2013.

人種——蘇維埃人（Homo Sovieticus），或簡稱為「蘇聯人」。現在回頭來看，這個詞本當充滿著負面的涵義，但卻仍然存在著人們對它的歷史集體記憶。當代人對「蘇聯人」的稱謂，本來是諷刺當年共產主義系統的倡導者自認為蘇聯體制將創造一個新的、更進步的新蘇維埃人；然而，到了 1991 年終，這個夢想終於幻滅了，人們應該避免去談它，但事實不盡然如此。隨著蘇聯的崩解，社會產生的不確定性也隨之產生一種文化心理上的精神崩潰；頃刻間，人民議論紛紛，所有對過去與現在的不滿、恐懼、失落、懷疑等情緒都紛紛出籠。面對這樣複雜的情境，俄羅斯人走在這個時代的劇變中，在擺脫對「蘇聯人」的集體記憶之餘，必須思考如何尋求人類生活的共同真理，同時也需要重新探求他們自己國家的信仰價值及生活的真實意義。

許多歷史事件在三十多年過後的今天，人們逐漸從創傷中走出來，開始回憶那段曾經屬於彼此的共同歲月，甚至有人開始對蘇聯文化產生了懷舊的心態。這種文化集體記憶也引發無限商機，許多公司在現今的廣告中加入了許多復古、懷舊的元素，例如，蘇聯時期的冰淇淋被視為是無添加的優質食品，所以聖彼得堡的大型冷凍食品製造商彼得霍洛德（Петрхолод）旗下有一款名為「就像過去」（Как раньше）的雪糕系列，賣的是「三手記憶」的文化商品。基於此種背景，本論文擬從文化研究中的集體文化記憶研究途徑來探索蘇聯歷史傷痕下的集體記憶、表述及其影響。以下就先來探討集體文化記憶的相關理論與內涵。

二、集體文化記憶

文化學的研究對群體記憶的概念不同於一般所認知的記憶，它不僅僅是從神經學或腦生理學的角度出發，而是將集體記憶本身看成是一種文化的內涵，並與歷史等範疇緊密相連，因為文化本身就是集體的生活方式及生活型態，會隨著時空的轉移而演進。而記憶是連結著過去和現在，並且意圖建構未來，本身就具有歷史的意涵。因此，不管是個人記憶或是集體記憶都是受到其所處的社會、文化及時空環境的影響。顯然，個人記憶和集體記憶不但是他們各自主體同一性（subject identity）的重要組成部分，同時也是其歷史演進的建構成分。根據社會學的「建構主義」（constructivism），歷史的演進其實是個人記憶及集體文化記憶的時空轉移。

法國社會心理學家莫里斯．哈布瓦赫（Maurice Halbwachas）在其著作《記憶的社會框架》（Les cadres sociaux de la mémoire）一書中就指出：記憶在很大程度上受到社會因素的形塑和制約。他並延伸此一概念，進一步提出了集體記憶（collective memory）的概念。集體記憶是在一個群體或現代社會中，人們對於所共享、傳承以及一起共同生活的事或物，所建構的動態記憶，進而形成一個價值體系的社會結構。一方面，集體是透過其成員的記憶方式來獲取並保存其記憶，另一方面，個體也是在他所屬的集體中，透過與其他成員的交往與互動，才有可能獲得自我價值的認知，進而形成屬於自己的記憶並進行回憶。[3]其次，哈布瓦赫又將集體記憶分成「自傳記憶」（autobiographical memory）和「歷史記憶」（historical memory）兩個部分；前者是描述個體自身經歷事件的記憶；而後者則是透過書寫記錄、建立共同記憶的符號或影像、紀念日的集會，及法定節日的特殊意義…等，是一種通過集體生活的描述所傳承的記憶。

一般而言，自傳記憶會隨著時間的流動而淡忘，它可能需要透過轉化為歷史記憶的形式才得以存續。而集體記憶是一群共同生活的人，同時經歷具休戚與共的集體事件，進而一起以集體認知的符號或圖騰，建構可回憶的事或物；爾後，有關這方面的研究和討論，則由出版《文化記憶》（Das kulturelle Gedächtnis）一書的德國學者簡·阿斯曼（Jan Assmann）所延續；阿斯曼也是研究「埃及學」的著名學者。

---

[3] Halbwachas Maurice. Les cadres sociaux de la mémoire, 1925. http://classiques.uqac.ca/classiques/Halbwachs_maurice/cadres_soc_memoire/cadres_soc_memoire.html (2022. 03.08).

在這個領域的研究，比較近期的學者有英國社會人類學家保羅・康納頓（Paul Connerton），其著作《社會如何記憶》（How Societies Remember），把這個概念再伸延；他認為人類身體的機能就是記憶的保留和繁衍這種集體過程所進行的所在。另外，法國歷史學家皮埃爾・諾哈（Pierre Nora）是研究記憶與空間的關係，其著作《記憶所繫之處》（Les Lieux de memoire），該書對集體回憶的研究有很大的貢獻。諾哈認為，一個記憶所發生的場所，無論是物質的或是非物質的都是重要的東西，藉由人們的共同意願或時代的沖刷和洗禮，逐漸變成一個特定時空下的群體記憶，成為整體記憶遺產中的標誌性元素。

集體記憶又常與紀念化的形式相結合，國家或民族所建的紀念性建築物正顯現著集體記憶的象徵符號，例如，美國首都華盛頓的越戰退伍軍人紀念碑、中國各地的抗戰紀念館、歐洲受害猶太人的各種紀念碑、俄羅斯的衛國戰爭紀念館、台灣的中正紀念堂、以及二二八事件紀念公園和音樂會…等；這些形式或符號都反映著共同生活的族群、民族或國家對某些歷史事件的集體記憶。除了建築之外，集體記憶也可以經由文字、圖片、影像等的「再現形式」（representational forms）不斷地透過重複製作而得以持續；這也就是一般所謂的「二手記憶」（second-hand memories）。隨著當代數位技術的快速發展，某些故事和影像被重新製作、虛擬建構、修改與詮釋，也因為如此，這種「再現形式」的真實性也常常受到質疑，會面對許多挑戰。例如，透過電影重現歷史事件的場景，給予不同的詮釋，企圖扭曲事實修改歷史。中央研究院的學者陳相因說得沒錯：

> 不管怎麼回到過去，記憶的拼湊就像拼貼的藝術創作一樣，處在一種「被需要和召喚的」變形，亦或「被使用過」的扭曲。由是，「二手或許外貌可以保存得如嶄新一般，但絕不可能如初，…。[4]

綜上所述，集體記憶具備了以下的幾個特點：它在時間和空間上是具體的事物或事件，並專屬於某一集體，透過對這些事件或事物的回憶，將決定著這一集體對自身的認知；同時它又是可以被重構以及被集體詮釋的。因此，「集體」並非客觀地回憶過去，而是根據各個不同的時段在不同的社會框架中，對過去進行回憶或重構。隨著時空的轉移，社會框架如果發生變動，如政權的轉移或世代價值觀的改變，其集體記憶也會產生變化；這就是歷史哲學大師余英時所敘述的《歷史與思想》，歷史事件將隨著思想的改變而有不同的呈現面貌，同時，一旦時代的思想改變，也會帶動歷史事件以不同面貌展現。準確地說，集體記憶不是簡單地用普遍被認同的新思想來完全代替

---

[4] 陳相因。導讀〈一手空間、二手時代與三手迴響—回到過去的永遠鄉愁〉。斯維拉娜・亞歷塞維奇著，呂寧思譯，《二手時代》。台北：貓頭鷹。2016，頁 25-26。

已經被遺棄的舊思想，而是以重新的文化或政治價值體系去闡釋過去發生的歷史事件，來達到鞏固自己主體同一性的目的。所以，這種「二手記憶」往往是為了迎合當時代社會的需求意識，滿足一些人在情感或現實上的需要而產生不同的記憶和意義；當「一手的當下」未能使人滿足其社會情感的價值時，這些人往往會放大現狀的不堪和不滿，二手的記憶就會成為當代人的補償心理，被認為是骨董珍品，只會傾向記得過去曾經有過的榮耀而忘卻其中付出的悲慘境遇。在《二手時代》中，阿列克希耶維琪如此描述當代俄羅斯社會的「蘇聯人」：

> …個人的存在並不因為蘇聯的解體而有所改變，相反的，個人在失去了該群體意識的信念後，主觀認知上卻覺得生活的空間益加渺小和荒謬。於是，無盡的詛咒、痛罵與酗酒成了一種正常合理的日常生活。然而，這背後與醉後的清醒，換來的是，對蘇聯時代無垠的緬懷與悼念；於是乎，個人與群體之間產生了一種失落感，以及永遠回不去的鄉愁。[5]

共產黨所創造的「蘇聯人」如此，「中國人」也是如此；而「中國人」的意識更令人混淆，傳統「中國人」的意識象徵著傳統大帝國的文明榮耀，而當代所創造出來

[5] 同註 1，頁 27。

的「中國人」意識與「蘇聯人」一樣，代表著推動世界主義的榮耀和霸權意識。

在《二手時代》的書中，也引述了一位亞美尼亞人的話，最能反映這種榮耀流失的嘆息，他說：「莫斯科曾經是蘇聯的首都，可是現在卻已經是另一個國家的首都了，而我們的祖國，在地圖上已經找不到了。」其實這種「離散情結」也曾經是 1990 年代返國後的索忍尼辛，其落寞情懷的寫照，雖然索忍尼辛的離散情懷是對「傳統俄羅斯人」的失落。人們相信，這種對「蘇聯人」的離散情懷，應該是許多活過蘇聯政權，現在投身進入後共產時代的前「蘇聯人」，他們所共同體驗的愁緒與失落感；他們突然感覺，國家之大，卻找不到國家情感的容身之處，精神似乎飄移在缺乏榮耀的虛空之中。事實上，歷史的集體記憶應該都是二手的價值意義；人們如果以當下的價值觀來評述，有些確實是具有橫跨時代的永恆意義，值得人們的珍惜，但有些也存在著當下難以處理的問題。現實上，人們追求的偉大常常是難再企及的魔魅；以當下而言，它是一種虛幻，而且曾經是過去創造的謊言，不管是當代人或是那個時代的人所編造，它們也往往是揮之不去的夢魘。看看當下生活在台灣的一部分「中國人」，他們與索忍尼辛一樣，何嘗不是處於一種傳統榮耀族群的離散情懷之中；他們不經意地把民族情感投射到共產黨所創建的「中國人」意識中，企望找回作為「中國人」的榮耀，然而他們所記憶的「中國人」，卻是已經流淌於歷史洪流中的傳統「中國人」，這就跟索忍尼辛對「傳統俄羅斯」的民族情感一樣，已經不存在於「後蘇聯的俄羅斯」國家之中。

作為社會心理學家的哈布瓦赫對集體記憶的研究並沒有擴展到文化的範疇。而上述提到的德國學者簡・阿斯曼，在 1997 年所出版的《文化記憶》（Cultural Memory）一書中，把集體記憶的概念延伸到「文化記憶」的概念，將「記憶」引入到文化學的研究領域之中。另外，阿斯曼也堅信記憶不單單只是生理的問題，同時認為記憶的整體影像應該是與許多外部條件相互關聯的，並存在於社會和文化框架的脈絡當中。根據此概念，他又將記憶分為四類：模仿式記憶、物品式記憶、通過社會交往傳承的記憶以及文化記憶。[6]

模仿式記憶是人類的本能記憶，它通過模仿他人來學習如何行事，例如，孩童模仿父母的行為舉止，而傳承了上一代的文化記憶，此即「身教重於言教」的由來。其次，對物品的記憶指的是人在與周圍物品接觸的過程中學習如何使用它們，形成個人對物品的喜好、審美與運用等，並以此將自己融入到由這些物品組成的生活世界中，而這個世界也相對地為記憶提供可依附的空間，也就是

---

6 阿斯曼。文化記憶：早期高級文化中的文字、回憶和政治身份。北京大學出版社，2015。

可見聞、可聽聞、可嗅聞、可味聞、可觸聞的外在世界。當人們投身於歷史博物館中探索文明進化的歷史，就是透過對古物的文化探索建構了「物品式記憶」。第三種記憶型式是通過社會交往傳承的記憶，它是透過語言、文字或圖騰符號，與人交往所產生的記憶；這種能力並非與生俱來，而是後天習得的，它是經由內、外部因素共同作用的結果。最後是文化記憶，它涵蓋了前面三項記憶的範疇，並且與集體的歷史和社會相連結。從社會整體意義來看，文化記憶擔負了文化層面上的意義以及傳承的任務，同時會不斷地提醒人們去回想並面對這些意義。其中透過社會交往傳承的意義和文化記憶，同時肩負著社會、文化及歷史的意義，都屬於集體記憶的範疇。

其次，阿斯曼認為，每個文化體系都存在著一種「凝聚性結構」（cohesive structure），包含了兩個層面。第一個層面是歷史的傳承，在時間上，它將過去與現在連接在一起；將過去重要的事件和對它的回憶，以某種意義形式固定和保存下來，並不斷使其重現，進而獲得現實生活的存在意義。第二個層面是社會性的意義，這種凝聚性結構包含了共同的價值體系和行為準則；而這些對所有成員的思想和行為具有約束力，並形成一個規範體系，也都是從過去的共同記憶以及回憶中剝離出來的價值準則。

具體來說，這種凝聚性結構存在於每一個民族或國家的文化體系之中，而且構成了堅固的基礎；其意義在於使所有成員的行為舉止對此文化體系產生歸屬感和認同感，進而認定自己對這群體的承諾（commitment）。也就是社會學家班尼迪克．安德森（Benedict Anderson）所說的，這是促成「想像的共同體」（imagined communities）的形成要素。一個人可以與完全陌生的人分享著一種共有性和繼承傳統的意識，並感到跟來自同一個國家、地區、城市或民族的人有一種「血緣性」、「生活性」或「地緣性」的緊密關係；這也都是文化記憶作為凝聚民族情感的動力。[7]

另外，阿斯曼亦嘗試從以下幾個面向，對「文化記憶」做進一步的闡釋。首先，文化記憶對歷史事件回憶的目的並非要這些事件客觀地重現而已，而是政治或社會主體為了政治性或社會性的意圖，去論證這些集體歷史記憶對增強生活現狀的必要性和合理性，然後進一步達到鞏固集體同一性的目的。因此，有些不符合社會需要的歷史事件或相關細節就會有意地被遺忘，因為它們對集體的主體同一性是無足輕重的，甚至有時具有挑戰性或威脅性，例如，在目前的執政氛圍下，很少人會去提及台灣 228 事件中某些外省族群亦是受害者；事實上，很多族群，不管是優勢族群或劣勢族群，在一個歷史事件中的真相往往會在政治正確或社會情感的考量下刻意被遺忘或被疏忽，這在澎湖 713 事件紀念碑下的歷史記憶中也是如此。

---

[7] 班尼迪克．安德森著，吳叡人。《想像的共同體：民族主義的起源與散布》。時報出版社，2010。

其次，文化記憶的傳承通常會遵循著特定的形式，需要有固定的附著物作為媒介，以勾起記憶，當中也需要有一套自己的符號系統或者演示方式，如文字、圖像、儀式…等；其中節慶和儀式是文化記憶中很重要的傳承和演示方式。節慶日期一般是固定的，年復一年的循環出現，這種規律性和重複性的集體生活形式往往是文化記憶得以傳承的保證。與此同時，儀式的演示更提供所有集體成員聚集到一起親身參與演練，以此來確立或鞏固自己作為集體成員的地位與認同。相對地對集體而言，也正是透過這些儀式的演示使自己的文化記憶不斷地重現並獲得現實的意義，進而將其文化記憶植入到每個成員的腦中，從而保有自己的主體同一性。

最後，集體中的某些成員會設法在文化記憶上取得掌控權與闡釋權。因為文化記憶對集體的主體同一性至關重要，所以它的儲存、延續與傳播都會受到嚴格的控制。對文化記憶的掌握與控制一方面意味著文化價值的話語權和主導權，進而形成它對其他成員的行為規範權力，另一方面也意味著擔負集體文化生存與傳承的責任和義務。因此，各種政權都會企圖掌握或操控對文化記憶的話語權。近代，這種以政治操弄族群集體意識到最高層次的最明顯例子，就是上世紀的「蘇聯人」意識，至今依然存在於許多俄羅斯人的心中，回憶著這個集體文化意識的榮耀，不捨得、也不願放棄。這個集體文化記憶的現象就在阿列克希耶維琪的作品《二手時代》（Время сэконд хэнд, 2013）中有著深刻的描述。

三、蘇聯人

蘇維埃人或簡稱為「蘇聯人」（homo soveticus）本來是西方世界，特別是民主國家和反共人士，對蘇聯和其他東歐國家的一般民眾，所附加的一種貶義詞。這個詞正式出現在蘇聯社會學家、也是文學作家亞歷山大・季諾維耶夫（Алекса́ндр А. Зино́вьев）所寫的《蘇聯人》（Гомо Советикус）一書中。這本書雖然出版於 1982 年，但是更早在 1970 年代時就可以在蘇聯的「地下刊物」中找到，而且季諾維耶夫還創造了一個縮寫 homosos（俄文字 гомосос，當中隱含著同性戀 homosucker 的意思），可見是有意貶低。這個詞真正的起源是布爾什維克黨企圖在蘇聯的十五個加盟共和國以及一些附屬的東歐國家中，創造一種從意識上超越各別民族性的「新人類」。蘇維埃政權的締造者一再指出：制度上，建設世界性的共產主義需要創造一種易於統治的「新人類」。「……以列寧為首的布爾什維克正在對俄羅斯、俄羅斯人民、俄羅斯無產階級所有的生命體，從社會的體系內進行殘酷的科學實驗。…『體驗』的目的是改變一切具有生命的人類物質。」[8]

---

[8] Березко Владимир. «Ленин и Сталин: Тайные пружины власти». Москва, 2007.

其實，自十七世紀民族國家的概念被確立以來，一般來說，人們都是通過所居住和生活的領土疆域來感知自己的歸屬。本來，「蘇維埃人」的概念也沒有出現在蘇聯的執政初期，在俄羅斯的傳統概念中，「蘇維埃人」應該是一個相當抽象的術語，尤其在還沒有經過蘇聯共黨進行廣泛宣傳之前。然而，隨著執政慾望的擴張，布爾什維克黨當時就興起一項雄心勃勃的任務；這個任務就是企圖在俄羅斯、烏克蘭、亞美尼亞和格魯吉亞…等種族在其民族意識開始形成的過程中，阻止各自對其固定疆域的固著，並讓這些民族的認同意識向單一的大蘇聯民族轉移。但是現實上，由於各民族都有其集體的歷史記憶和文化記憶，布爾什維克在革命後的最初幾年裡，一直都未能如願。

隨著第二次世界大戰的爆發，直到 1940 年代後，在認知到外敵入侵的共同威脅，因為生存情勢的需要，這個名詞才開始漸漸被廣泛提及和使用。後來，在 1960 年代和 1970 年代，共產主義領導人尼基塔·赫魯曉夫（Никита Хрущёв）和列昂尼德·布里茲涅夫（Леонид Брежнев）才得以正式開始積極倡議關於「蘇聯人」的意識，對所有共產世界的新興社區及其人民進行宣導，範圍也同時擴大到包括附屬於蘇聯的東歐國家。在統治野心的擴張下，蘇聯就運用廣大的國家機器不斷地在這些地區宣傳這種「大一統」的集體意識形態，強調整個大統治範圍的社區應該將所有人種團結在「蘇聯人」的公民意識中，而且要把這個公民的意識超越狹隘的國籍意識及民族主義。其實，這種倡議與當前中共在香港、新疆、西藏、蒙古、滿州、台灣、甚至在南海諸國的社會圈中建構「中國人」的被統治意識是一樣的；它試圖凝聚廣大、久遠的多種族群體，成為被中共統治的單一群族，這在馬列主義就是共產社會的世界主義，而在中國則是習近平倡議的「世界命運共同體」。

再回到「蘇聯人」的統治議題，布爾什維克黨的權力結構是從上而下的一種運行方式。最初，他們只在某一個城市掌控政府的權力，隨後就開始透過人事行政權在該區域大量安置聽從命令的幹部，執行相關政策；其關鍵因素就在於確保選任的幹部必須絕對服從，進而由點、到線、到面完成全面性掌控，一直下到各地方和各共和國的社會最底層。因此，在革命成功後，有了如此嚴密的統治網絡，布爾什維克黨人深信這個大一統意識的進程最終會達到完全的勝利，並將整個蘇維埃聯邦帶到一個共同點；即隨著「蘇聯人」大族群意識的建立，所有人的生存及生活機能都將被控制住。如此一來，在其統治範圍內，每個「蘇聯人」的個人意識將在社會整體氛圍及資訊網的控制下被徹底洗腦，一切問題都可以被掌控和解決。既然生活的一切都是統一控制的，權力就能夠無限延伸、深入和擴張，將能穩穩掐住蘇聯所有公民（蘇聯人）的脈搏和喉嚨，所有人都會在無意識下乖乖地聽話與服從。那麼，在生存和生活的空間上，什麼又是「蘇聯人」的實際操作狀況呢？說白了就是蘇聯人民必須服從來自統一支配世界六分之一土地的單一權力系統；那就是莫斯科的命令。

但是在另一方面，俄羅斯歷史學家米歇爾・海勒（Michel Heller）和獲得諾貝爾文學獎的斯薇特蘭納・阿列克希耶維琪卻都斷言，像這種完全依賴於政治權力的外在控制，而且又違反自然發展的種族意識以及生存本能，必然會在缺乏地緣意識及血緣意識的自願認同下，一方面造成人類文明的短期退化，另一方面也注定將走入失敗的命運。這個詞對於跨越多種族（血緣上存在自然性的差異）以及多元文化意識（隨著地緣形成不同的生活型態及生活方式）為基礎的新人種，在馬克思主義的社會實驗以及政治操作下，如果真的能夠成功，將帶給人類下一個文明的退化。關於蘇聯建立這種大種族意識的議題，諾貝爾文學獎得主斯薇特蘭納・阿列克希耶維琪在其作品中有著很精細的觀點，本論文將對其文學作品的特殊性及敘述模式，做詳細的研究和論述。以下先做初步的介紹。

四、阿列克希耶維琪的出身及其創作背景

斯薇特蘭納・阿列克希耶維琪是 1948 年出生於烏克蘭斯坦利斯拉夫城（Станислав）的白俄羅斯人；出生後不久，舉家又遷回了白俄羅斯。1972 年她畢業於國立白

俄羅斯大學的新聞系，前後在報社與雜誌社工作。她自1990 年起，因為批判了白俄羅斯的當權者，隨後曾移居義大利、法國、德國等地。她的主要文學作品有：《戰爭的面孔不是女人的》（У войны не женское лицо, 1985）、《最後的證人》（Последние свидетели, 1985）、《鋅皮娃娃兵》（Цинковые мальчики, 1991）、《被死神迷住的人》（Зачарованные смертью,1994）、《車諾比的祈禱》（Чернобыльская молитва, 1997）、《二手時代》（Время сэконд хэнд, 2013）…等。

阿列克希耶維琪的創作手法有別於傳統的文本模式，同時也與一般的報導文學有所不同，而是透過現場訪談，雖然也是採取一種口述記錄的方式，但主要是從事件不同經歷者的多元視角及真實感情，呈現出事件的整體面貌。這種口述紀實文學是 20 世紀後半葉發生於世界文壇上的一種新的文學體裁。它可能在某種程度上與電子科技的發展有著密切的關係，譬如，錄音電子器材的廣泛運用以及資訊上多角度認證的可行性，這些技術性的輔助讓口述紀實文學的創作便捷可行。

若與其他文學體裁相比較，口述紀實文學的最主要特點在於作者本身放棄了事件敘述的唯一話語權，先擺脫當局者的主觀視野，將自己置身於受話者（聽眾）和記錄者的地位；但是，隨後又維護了自己身為作者的身分，基本上也參與敘述架構的建構及事件的整體詮釋。另外，口述紀實文學的創作情節不像傳統文學，以「大敘事」為主，而是選擇「小人物」擔任敘事者，激發他們對事件的看法及觀點，任其抒發感情，讓眾聲喧嘩，進而開放了「作者／敘事者／讀者」三方對故事或事件的對話空間，積「小事」成「大事」，創造了多元共生的對話平台，進而可以讓事件的情境更完整的呈現。

儘管口述紀實文學的文體尚未發展成熟，然而它具備了一些傳統文學所不及的特性，可能更符合當代社會文明的發展趨勢：

1. 作者在文本中的存在與必要的缺席

口述紀實文學最突出的特點是作者在文本情節的建構中，對自己所扮演的角色與應發揮的功能做了重新的定位。最明顯的是，作者讓出了主要講述者的發言權力，調整自己的角色成為中立者，隱身於文本之後，但是又成功地引導訪談的方向和統合各種不同視角的觀點，仍保有作者的地位。

也就是說，在一般的文學敘事，作者通常是扮演著主要講述者的角色，甚至是唯一的講述者。傳統的文學敘事，無論是講述自己的所見所聞，或是運用虛構人物講述事件，或是參與事件，或是隱身於事件背後發言，講述者始終是作者；作者也是藉此建立自己在該文學作品中穩固的話語霸權。然而在口述紀實文學中，檯面上的作者是處於受話者（receiver or listener）的地位，換句話說，作者已經不再是一般所認知的「作者」，而是成了講述者對相關事件敘述的第一聽眾；作者不再於事件的探索過程中去顯示自己的價值觀或偏好，並對事件的人、事、物做直接的判斷或評論。

然而，另一方面，作者並非完全放棄自己的角色功能和身分，文本的總體構思和最終的事實呈現仍然掌握在作者本身。作者雖然放棄作為主要講述者的地位，但並不意味著完全放棄了選擇、刪節與整合的功能和任務。作者可以精心安排不同文化、不同的生活階層以及不同政治背景的敘述者，並設想可能的讀者對象；讓他們在一個多重時空的對話平台中，針對活生生的事件，進行各種虛實認知的交錯與交織，甚至讓正反意見彼此交晃與交戰。如此，在事件的座標中引入眾聲喧嘩，讓每個人的生活感受和價值判斷都能躍然紙上，亦即創造一個文本空間，讓敘事更符合人的生活現實和生命價值，也讓歷史事件接近於真相。

因此，在口述紀實文學所呈現的情節中，從讀者的閱讀和感覺來看，作者好像是缺席的，可是還能感覺到她／他又始終在場，引導著敘述者及讀者的喧嘩。

2. 以多元的小人物為主角，並採取集結式整合的論述結構

大多數口述紀實文學的作品概多以不同視角的「小人物」作為主角，是以廣大、普遍、世俗的庶民生活為事件的主要感受者和敘述者。作者在一開始只是傾聽所有人從不同視角所敘述的是是非非，只做真實的記錄，而不隨意妄加判斷或褒貶；在這一階段，作者預期將此權力保留給讀者。在眾多小人物從不同角度或途徑所呈現的表述中，真是名副其實的眾聲喧嘩，對於事件的表述內容常常是既矛盾又統一，既傳統又現代的面貌，其特色就是可以完整保留事件的「第一手文獻」。其實，從眾多小人物的言說中，往往才能看到事件的真實性及完整性，也才能展示出當時背景的標本與足跡。

然而，從另一個角度來說，小人物畢竟是「人微言輕」，對事件的觀察或陳述一般會過於表象，不夠深入；因此，口述內容也常出現陳述失衡的現象，而這種現象就需由作者來調和、整理及統合。一般而言，大部分的口述紀實文學都不約而同地採用了獨特的結構形式——集結式整合，亦即集合多數人的訪問稿，依事件的理路邏輯整合而成。

讀者如果把一篇篇的個人訪問從整部作品中抽離出來，他們就會發現，單獨訪談所陳述的內容就顯得單薄而

不具代表性與說服力。但是，一旦將這些訪談紀錄納入整體，將內容梳理並連貫起來，那麼每個單篇作品就會超越其原有的局限，而從整體中獲得新的生命，共同結合成為一個有機的完整結構，呈現出深遠的意義和文學內涵。當然，作者必須使結構不分散，每部作品就一定要環繞一個中心的話題發展，才能呈現出一種放射的結構，既向中心集中又向外輻射；這就是口述紀實文學的核心價值和特色，同時也是作者的主要角色和功能，作品的品質很大程度決定於作者的緊密思維及寫作功力。

3. 採用作者與講述者之間直接對應方式的話語表達

一般的文學敘事，受話者即是讀者，是一個不確定的群體。因此，這種傳統模式可以確定的是一種個體（講述者）對群體（讀者）單向對應的話語表達。相對來看，口述紀實文學的主要講述者是多元身分、多視角的受訪者，他們雖然是被採訪者的身分，卻是事件陳述的實際作者；在整個創作過程中，形式上，採訪者是以次要的身分出現，然而在作者與受訪者之間卻能夠形成一種直接而明確的個體對應關係，也只有在這種對應關係中才能產生真實、坦率、鮮活的話語，呈現著事實的樣貌及可能的真相，如此更能強烈吸引著讀者。

由於受到複雜社會關係和其他種種因素的限制，人在現實生活中的話語常常會加以偽裝，也因此許多個人自傳的作品往往也不可信，甚至最後呈現出來的是別人的他傳。因此，現實上，只有無直接利害關係的陌生人或事件的旁觀者，才可能會講出真實的觀感。一般而言，口述紀實文學中的作者（採訪者）與受訪者都是素不相識的陌生人，而且隨後也不大會再繼續交往，因此，其間的個體對應話語才有可能成為最能坦露心扉、最真實的話語。

瞭解了口述紀實文學的特性後，接著我們回頭來探討白俄羅斯女作家阿列克希耶維琪的文學作品；她的許多作品是有關戰爭事件的口述紀實。本論文將進一步分析她的創作特色及其作品的價值。阿列克希耶維琪之所以會採用此種獨特的方式從事文學的創作，主要是來自於童年的經驗。她曾如此描述這種經驗：

> 我們的男人都戰死了，女人工作了一整天之後，到了夜晚，便聚在一起彼此分享她們的心事。我從小就坐在旁邊靜靜的聆聽，看著她們如何將痛苦說出來；這本身就是一種藝術。[9]

除此之外，阿列克希耶維琪的創作也深受亞當莫維奇（Алесь Адамович, 1927-1994）的影響；這位文學界的前輩可以說是其寫作生涯的領航者。亞當莫維奇的作品——《我來自燃燒的村莊》（«Я из огненной деревни», 1977）——描寫二戰期間，隸屬於蘇聯紅軍的白俄羅斯軍隊在前線與納粹德國的交戰情景，戰況慘烈，死傷人數多

[9] 高莽。〈阿列克西耶維奇和她的紀實文學〉。《俄語學習》，2000：1, 2。

達白俄羅斯人口的 1/4。亞當莫維奇為了探索該戰場上的真相，親自下鄉訪問生還者；這樣的寫作模式和作品所呈現的內容帶給了阿列克希耶維琪莫大的震撼和靈感。

延伸這樣的靈感，阿列克希耶維琪也曾這樣描述自己的寫作方式：「我雖然像記者一樣收集資料，但可是用文學的手法來寫作」。她在寫一本書之前，都得先訪問好幾百個事件相關的人，平均需要花 5-10 年的時間。其實，透過採訪、蒐集資料，並非一般人想像的那麼容易，尤其是對於經歷慘痛事件的受訪者，這種透過訪談的資訊蒐集往往會造成其二度傷害。阿列克希耶維琪也特別提到：

> 每個人身上都有些秘密，不願意讓別人知道，採訪時必須一再嘗試各種方法，幫助他們願意把惡夢說出來。…每個人身上也都有故事，我試著將每個人的心聲和經驗組合成整體的事件；如此一來，寫作對我來說，便是一種掌握時代的嘗試。[10]

根據這樣的寫作模式，阿列克希耶維琪在文壇初露頭角的作品——《戰爭的面孔不是女人的》——就是以第二次世界大戰作為背景，對當時參與作戰的蘇聯女兵進行採訪，所整理出來的話語集結。這部作品在 1984 年 2 月刊載於蘇聯時代的重要文學刊物——《十月》（Октябрь），其主要內容是陳述 500 名蘇聯女兵參與蘇

---

10 同上註。

聯衛國戰爭的血淚故事。作品問世後，讚譽有加，評論界與讀者一致認為該書的作者超越傳統的寫作方式，從多元的庶民角度成功地展現了這場偉大戰爭的艱苦、嶄新的另一種面貌。當時，大家都很驚訝且難以置信：一位名不見經傳的白俄羅斯女作家，又是一位沒有參加過戰爭的女性，竟然能夠寫出男性作家都無法感受到的、許多不易觀察到的戰爭層面。阿列克希耶維琪用女性獨特的心靈觸動，揭示了戰爭的真實面，深刻陳述了戰爭本質的殘酷。她以非常感慨的口吻說：「按照官方的說法，戰爭是英雄的事蹟，但在女人的眼中，戰爭是謀殺」。

顯然，成功絕對不會偶然，在這本文學作品的寫作過程，阿列克希耶維琪用了 4 年的時間，跑了 200 多個城鎮與農村，用錄音機採訪了數百名參與過這場衛國戰爭的婦女。阿列克希耶維琪以耐心和細心，完整記錄了這些勇敢女戰士的陳述，刻繪了她們的心聲與感受。該作品最後也做了動人的結語，它說到：戰爭中的蘇聯婦女和男人一樣，冒著槍林彈雨，衝鋒陷陣，爬冰臥雪，有時也要背負比自己重一倍的傷員。戰爭結束後，許多婦女在戰爭的洗禮下改變了自己作為女人的天性，變得嚴峻與殘酷；這或許也可以說是戰爭所導致的另一層悲慘的結局。

毫無疑問地，阿列克希耶維琪成功地讓這本書中的女人們陳述了男人無法描述的戰爭，一場我們所不知道的戰爭面向——戰場上的女人對戰爭的認知。

> 男人喜歡談功勳、前線的佈局、行動與軍事長官等事物；而女人敘述了戰爭的另一種面貌：第一次殺人的恐怖，或者戰鬥後走在躺滿死屍的田野上，這些屍體像豆子一樣撒落滿地。這些死屍都好年輕：有德國人和我們俄國的士兵。[11]

接著，阿列克希耶維琪又寫到，

> 戰爭結束後，女人也要面臨另一場戰鬥；她們必須將戰時的記錄與傷殘證明收藏起來，因為她們必須回到現實生活再學會微笑，穿上高跟鞋、嫁人…而男人則可以忘了自己的戰友，甚至背叛他們，從戰友處偷走了勝利，而不是分享…。[12]

這本書出版後，阿列克希耶維琪於 1986 年與她的另一部著作《最後的證人》獲頒列寧青年獎章。在《最後的證人》這本書的內容，基本上也是描述戰爭，只不過不是從女人的眼光和體驗看戰爭，而是透過 7 歲到 12 歲孩子

---

[11] С.А. Алексиевич, *В поисках вечного человека,* http://alexievich.info/(2012-10-09). Мужчины говорили о подвигах, о движении фронтов и военачальниках, а женщины говорили о другом – как страшно первый раз убить...или идти после боя по полю, где лежат убитые. Они лежат рассыпанные, как картошка. Все молодые, и жалко всех – и немцев, и своих русских солдат.

[12] После войны у женщин была еще одна война. Они прятали свои военные книжки, свои справки о ранениях – потому что надо было снова научиться улыбаться, ходить на высоких каблуках и выходить замуж. А мужчины забыли о своих боевых подругах, предали их. Украли у них Победу. Не разделили.

的眼睛，陳述孩子們如何觀察成人的戰爭以及戰爭所帶給家庭與人們的不幸。

這部作品和《戰爭的面孔不是女人的》一樣，它不是訪談錄，也不是證言集，而是集合了 100 個人，讓他們回憶發生在其童年時代的那場戰爭。書中情節的主角不是政治家、不是士兵、更不是哲學家，而是兒童。書中匯集了孩子們的感受和心聲：在他們童稚純真的年齡，是如何去面對親人的死亡，以及生存的鬥爭；在親眼目睹戰爭的殘酷與非理性時，他們又是如何克服心中的恐懼與無奈。書中雖然沒有描述大規模的戰爭場面，許多受訪的孩子都表示，從目睹法西斯分子發動戰爭、進行殘忍大屠殺的那一刻起，他們就已經不再是孩子了。他們也不自覺地學會了殺人。

> …戰爭爆發的很長時間以來，一直有一個相同的夢折磨著我；我經常夢見那個被我打死的德國人…他一直跟著我不放，一直跟著我幾十年，直到不久前他才消失。當時在他們機關槍的掃射下，我目睹了我的爺爺和奶奶中彈而死；他們用槍托猛擊我媽媽的頭部，她黑色的頭髮變成了紅色，眼看著她死去時，我打死了這個德國人。因為我搶先用了槍，他的槍掉在地上。不，我從來就不曾是個孩子。我不記得自己是個孩子....。[13]

[13] С.А. Алексиевич, *Последние свидетели, http://lib.ru/NEWPRO*

整體來說，毫無疑義地，阿列克希耶維琪的紀實文學擺脫了傳統戰爭文學的視角。與擅長描寫戰爭題材的蘇聯男性作家，如西蒙諾夫（К.М. Симонов, 1915-1979）、邦達列夫（Ю.В. Бондарев, 1924-）、貝科夫（В.В. Быков, 1924-2003）等人相較起來，她的作品既沒有表現悲壯宏大的戰爭場面，也沒有刻意塑造的英雄形象和歌頌衛國的民族救星，更沒有以戰爭作為考驗人民是否忠誠的試金石。阿列克希耶維琪所關注的是對戰爭本身的意義及個人生命價值的思考；她力圖粉碎戰爭的神話，希望能喚起參戰的民族能夠自我反省的意識；她應該可以說是一位典型的反戰作家，她的作品更是一種無可磨滅的、歷史性的「集體文化記憶」。

其次，再就敘事的風格而言，阿列克希耶維琪的口述紀實文學是透過實地訪談的資料整理，是眾多被採訪者的心聲所共構的合唱曲。其作品中除了清唱獨白，有詠嘆

ZA/ALEKSIEWICH/*swideteli.txt* (2012-10-15). После войны меня долго мучил один и тот же сон... Сон о первом убитом немце... Которого я сам убил, ... Один и тот же сон... Он преследовал меня десятки лет. И только недавно исчез... Когда я убил этого немца... Я уже видел, как застрелили моего деда на улице, а бабушку у нашего колодца... На моих глазах маму били прикладом по голове... Когда она умирала, волосы у нее были красные, а не черные... Но когда я стрелял в этого немца, я не успел об этом подумать. Он был раненый... Но он не успевает первым выстрелить, успеваю я... И, видимо, попал, потому что пистолет у него выпал из рук... Нет, ребенком я не был. Не помню себя ребенком.

曲調，也有敘情的曲調。而作家既是沉默的聆聽者，也是統籌調度眾聲的協調者。作者可以從眾人深刻的內心感受和記憶中，拼貼出時代的悲劇，並喚起大眾（讀者）對生命與人性尊嚴的重視。

關於戰爭的歷史記憶，阿列克希耶維琪還有另外一部關於戰爭的紀實作品——《鋅皮娃娃兵》。這本書已經不是描述蘇聯人民參與衛國戰爭的作品了，而是敘述從1979 年 12 月蘇聯入侵阿富汗到 1989 年 2 月撤軍，這段期間所歷經的戰爭故事。在阿列克希耶維琪的認知裡，參與這場戰爭的蘇聯士兵已經不再是保衛國家的英雄，而是成為入侵他國的侵略者和殺人者，變成了破壞別人家園的罪犯。在這本作品中，阿列克希耶維琪寫出了蘇聯軍隊的內幕，描述了蘇聯軍隊上下官兵的心態和他們在阿富汗令人髮指的行徑。

該作品同樣是由數十位入侵阿富汗有關人員的陳述內容組合而成的。這場戰爭歷時長達 10 年，時間要比蘇聯衛國戰爭多出一倍，死亡人數不下萬人，而且參與這場戰爭的主要士兵都是一群年僅 20 歲左右的青年，也就是稚嫩的娃娃兵；他們無知地將十年的青春葬送在一場莫名其妙的戰場廝殺中。

《鋅皮娃娃兵》中的陳述者除了參戰的士兵、軍官、政治領導員外，還有等待兒子或丈夫歸來的母親與妻子等人，內容都是他/她們含著血淚的回憶。作品中幾乎沒有作者個人的任何描述，然而透過戰爭的參與者所描述出來的潛在思維與意識，讓人有更深一層的感受。從這部作品開始，阿列克希耶維琪對於生命有更高、更深的體會和看法，也讓她的作品有了新的發展方向：她企圖更深入地探討人類生命的意義、揭露人間的悲劇與人內心的觸動。

在作品的創作上，阿列克希耶維琪宣稱自己是以女性的視角探討戰爭中人的情感歷程，而非描述戰爭本身。她不諉飾訪談者的錄音紀錄，以毫不遮掩的方式，試圖探索一種真實。然而，除了對事件的真實認知外，讀者也可以感受到作者的反戰意態和情感；她反對殺人，反對戰爭（無論何種戰爭），她想明白地告訴人們，戰爭就是殺人，而軍人就是殺人的工具。阿列克希耶維琪的寫作就是極力想喚醒人們的認知：戰爭是一種將人帶進情感邊緣的極端場景，而文學作家就是要在這種特殊環境下，重塑人們的心靈感受與情感世界，令人覺醒與反省，進而避免戰爭。

在《鋅皮娃娃兵》這本作品裡，阿列克希耶維琪對阿富汗戰爭進行了深刻的反思，進而還原了士兵在戰場上的真實面目，例如書中描述一位普通士兵回憶了他在戰場上殘忍地殺死阿富汗孩子的瘋狂行為，與他回國後的心理矛盾和反思：

對於打仗的人來說，死亡已沒有什麼祕密了。只要隨隨便便扣一下板機就能殺人。我們接受的教育是：誰第一個開槍，誰就能活下來，戰爭的法則就是如此。指揮官說：

『你們在這裡要學會兩件事，一是走得快，二是射得準。至於思考嘛，由我來承擔。』

他讓我們往那裡射擊，我們就往那裡射。我就學會了聽從命令執行射擊。射擊時，沒有一個人是可憐的，就算擊斃嬰兒也行，因為那裡的男女老少都在和我們作戰。

有一次，部隊經過一個村子，走在前面的汽車突然馬達不響了，司機下了車，掀開車蓋⋯一個 10 來歲的孩子，一刀子刺入他的背後⋯正刺在心臟上。士兵撲倒在發動機上⋯那個孩子被子彈打成了篩子⋯如果此時此刻下了命令，這座村子就會變成一片焦土。

每個人都想活下去，沒有考慮的時間。我們的年齡都只有 18-20 歲啊！但我已經看慣了別人死，可是也害怕自己的死。我親眼看見一個人在一秒鐘內變得無影無蹤，彷彿此人根本不曾存在過。[14]

---

14 С.А. Алексиевич, *Цинковые мальчики,* http://lib.ru/NEW-PROZA/ALEKSIEWICH/aleksiewich.txt (2012-10-20). Для людей на войне в смерти нет тайны. Убивать -- это просто нажиматьна спусковой крючок. Нас учили: остается живым

該作品中亦有許多母親敘述著她們接到兒子的死訊或屍體時那種難以形容的傷痛，例如有一位母親每天到墓地去探望在戰爭中死去的兒子，整整持續了四年，內心的痛楚一直無法平復。

> …我急急忙忙地向墓地奔去，如同趕赴約會。我彷彿在那兒能見到自己的兒子。頭幾天，我就在那兒過夜，一點也不害怕。到了現在，我非常理解鳥兒為什麼要遷飛，草兒為什麼要搖曳。春天一到，我就等待花朵從地裡探出頭來看我。我種了一些雪花蓮…為的就是儘早得到兒子的問候…問候是從地下向我傳來的…是從他那兒傳來的…
> 我在他那兒一直坐到傍晚，坐到深夜。有時候，我會大喊大叫，甚至把鳥兒都驚飛了，可是卻聽不見

тот, кто выстрелит первым. Таков закон войны. "Тут вы должны уметь две вещи -- быстро ходить и меткострелять. Думать буду я", -- говорил командир. Мы стреляли, куда намприкажут. Я был приучен стрелять, куда мне прикажут. Стрелял, не жалелникого. Мог убить ребенка. Ведь с нами там воевали все: мужчины, женщины, старики, дети. Идет колонна через кишлак. В первой машине глохнет мотор. Водитель вылазит из кабины, поднимает капот... Пацан, лет десяти, ему ножом -- в спину... Там, где сердце. Солдат лег на двигатель... Из мальчишкирешето сделали... Дай в тот миг нам команду - превратили бы кишлак в пыль. Стерли. Каждый старался выжить. Думать было некогда. Нам же повосемнадцать-двадцать лет. К чужой смерти я привык, а собственной боялся. Видел, как от человека в одну секунду ничего не остается, словно его совсемне было.

自己的聲音。烏鴉像一陣颶風掠過。它們在我的頭頂上盤旋，拍打翅膀，這時我才會清醒過來…我不再大叫了…一連四年，我天天到這兒來，有時早晨，有時傍晚。當我患了血管梗塞症，躺在醫院病床不許下床時，我有 11 天沒去看他。等我能起來，能悄悄地走到盥洗室時…我覺得我也可以走到兒子那兒去了。如果摔倒了，就撲倒在他的小墳頭上…我穿著病服跑了出來…在這之前，我做了個夢：瓦列拉出現了！他喊著：『媽媽，明天妳別到墓地來，不要來了。』可是我來了，悄悄地，就像現在悄悄地跑來了。彷彿他已不在那兒，而我的心也覺得他不在那兒了。[15]

---

[15] Там же. -- На кладбище летишь, как на встречу... Первые дни ночевала там... И не пугалась... Я теперь полет птиц оченьпонимаю, и как трава колышется. Весной жду, когда цветок ко мне из земливырвется. Подснежники посадила... Чтобы скорее дождаться привета от сына... Они оттуда ко мне поднимаются... От него... Сижу у него до вечера. До ночи. Иногда как закричу, и сама не услышу, пока птицы не поднимутся. Шквал вороний. Кружат, хлопают надо мной, я иопомнюсь. Перестану кричать. Все четыре года каждый день прихожу. Или утром, или вечером. Одиннадцать дней не была, когда с микроинфарктом лежала, неразрешали вставать. А встала, тихонько до туалета дошла... Значит, и до сынадобегу, а упаду, так на его могилку. В больничном халате убежала... Перед этим сон видела. Появляется Валера: -- Мамочка, не приходи завтра на кладбище. Не надо. Прибежала: тихо, ну вот так тихо, словно его там нет. Вот чувствуюсердцем -- его там нет.

在這本書中，來自各個階層有如上述引言這樣哀慟的陳述，比比皆是。然而，這種真實情景的呈現，在讀者眼前，卻換來兩極化的批評。有人感動不已，感謝終於有人說出真相；但是，同時也招致了許多嚴厲的批評，有些民族主義者就認為作者在汙衊蘇聯軍隊所做出的貢獻，甚至還有人告上法院，認為這種陳述是毀謗為國家付出貢獻的人。對於這些批評，阿列克希耶維琪也在其作品的最後書頁中一一忠實地反映出來。例如，書中把某位讀者以電話表達的批評摘錄如下：

> 好吧！我們不是英雄，照你說，我們現在反而成了殺人的兇手——殺婦女、殺兒童、殺牲畜的兇手。或許再過30年，說不定我會親口告訴自己的兒子：『兒子啊，一切並不像一般書中寫得那麼英雄豪邁，也有過汙泥濁水。』我會親口告訴他，但是這要過30年以後……而現在，這還是血淋淋的傷口，剛剛開始癒合，結了一層薄疤。請不要撕破它！痛……痛得很……[16]

> 您怎麼能這麼做呢！您怎麼敢往我們孩子的墳上潑髒水，他們自始至終完成了自己對祖國應盡的責任。您希望將他們忘掉……全國各地創辦了幾

[16] Там же. Ладно... Мы -- не герои...Мать честная! Может, через тридцать лет я сам сыну скажу: "Сын, не все было так героически, как во книжках написано, была и грязь". Я сам скажу... Но через тридцать лет... А сейчас это живая рана, только-только начала заживать, затягиваться плёнкой...

> 百處紀念館、紀念堂。我也把兒子的軍大衣送去了，還有他學生時代的作業本。他們應該可以做榜樣!您說的那些可怕的真實，對我們有什麼用呢？我不願意知道那些!您根本就是想靠我們兒子的鮮血撈取榮譽。我堅信：他們是英雄！是英雄！您應當寫出關於他們優美的書來，而不是把他們當成砲灰。[17]

阿列克希耶薇琪的戰爭紀實文學，表面上看來是作家在受訪者面前傾聽並錄音，然後將這些口述的錄音資料轉成文字；而實際上，作者在過程中並非單純的聽眾，她一方面要設法打開敘述者的沉痛記憶，同時必須將所有的痛苦先吞下，然後再吐出來，細細咀嚼，最後再組合成具有邏輯性、說服性、感性及共鳴性的文本，留下歷史的真實記憶。這對於受訪者與作者來說，她／他們的工作皆非易事。顯然，受訪者需要承受第二次的傷害，喚起他們沉重的回憶，共同回顧那段殘酷的歲月；這是一段集體的歷史記憶，也是那一個時空的集體文化記憶。通常他們開始講述的時候，語調還很平靜，講到快結束時，他們已經不只是在訴說，而是在嘶喊，然後失魂落魄的呆坐著；

[17] Там же. -- Как вы могли! Как смели облить грязью могилы наших мальчиков. Они доконца выполнили свой долг перед Родиной. Вы хотите, чтобы их забыли...Повсей стране созданы сотни школьных музеев, уголков. Я тоже отнесла в школушинель сына, его ученические тетрадки. Они -- герои! Герои!! О них красивыекниги надо писать, а не делать из них пушечное мясо.

那一刻，作者真覺得自己是個罪人。另外，還有許多自阿富汗回來的受訪士兵，對作者的詢問懷有敵意，他們不願打開那段傷痛的記憶；有的退伍士兵走了，有的是真的不願意說，也有的想想之後，又回頭再來找到作者進行述說。

面對這本書所激起的複雜情感，以及不同立場的衝突，阿列克希耶薇琪在其後記中放上了自己的日記，其中特別談到：她是「透過別人說話的聲音來聆聽世界的」。由此可見，這本書所展現的，這不僅是作者的寫作模式，更是她觀察世界、找尋事實真相及探索人性的一種方法。

開始時，阿列克希耶維琪確實擔心在前兩部陳述戰爭的作品中所展現的「講話體」，會不會成為之後寫作的障礙。阿列克希耶薇琪不願在作品中無時無刻地重複自己的角色及自己的觀點。她透過事件的參與者與相關人從不同的角度表達各自的觀點及感受，讓自己更能理性的判斷事件的真相。她在寫作中指出，這種將未成年的娃娃兵們從日常生活、學校、音樂、舞蹈等地強拉出來，投入殘酷的戰場之中，讓他們誤以為自己參加的是偉大的衛國戰爭，這種作為完全扭曲了小孩子們的價值觀，就算是國家的決策也是錯誤的。

但是，現實的發展是，當這些孩子長大以後，終究會了解，自己所投入的戰爭竟然不是另一場保國衛民的戰爭，而是侵略戰爭。該書中也引用了某些娃娃兵的話說：

「我本想當英雄，如今我卻不知道自己變成了什麼人」。根據這樣深入的訪談，阿列克希耶薇琪深信，歷史會有記憶，總有一天，人性終會覺醒的。顯然，口述戰爭紀實文學讓人以多角度的途徑看到了事件的真實面向，其作品帶給人們的震撼和感動，不亞於傳統書寫模式的文學經典，它們必然會在歷史的記憶中留下足跡，也會成為集體的文化記憶。

除了上述三部戰爭題材的作品外，阿列克希耶維琪還有另外三部作品，描述的是攸關人類的災難：《被死亡迷住的人》寫的是政治災難；《車諾比的祈禱》寫的是生態的災難；而 2013 年的《二手時代》則是闡述共產主義的災難。

當中的《二手時代》是屬於晚近的作品，談的是蘇聯瓦解的前後期間，各加盟共和國的人在歷史事件的突變下，其生活的寫照。蘇聯解體後，人們極力避免去談它，沒想到，現在三十年過去了，人們好不容易從那個時代的創傷中走出來，卻反而開始回憶起那段曾經屬於彼此的共同歲月；或許這就是集體歷史記憶吧！對於這種情感的失落及殘餘，阿列克希耶薇琪也有著深入的觀察及細緻的描述，她這樣寫道：

> 共產主義有很瘋狂的計劃——改造亞當「舊」人。而這件事實現了…，也許是唯一的，但是做到了。

70 多年以來，「馬克思—列寧實驗室」製造出獨特的人種--蘇維埃人（homo soviticus）。有些人認為這是悲劇性的人物，有些人稱他為蘇維埃公民（совок）。我知道這個人，我和他很熟識，我在他身旁，並肩活了多年，他就是我。這是我認識的人、朋友、父母。若干年以來，我走遍了前蘇聯，因為蘇維埃人不只是俄國人，他們也是白俄羅斯人、土庫曼人、烏克蘭人、哥薩克人…。現在，我們住在不同的國家，說著不同的語言，但是我們不會和其他的人弄混，你立即就認出他們！我們所有的人都是從共產主義走過來的人，與其他世界的人相像，但又不相似：我們有自己的字典，自己對善與惡、悲哀與苦難的認知，我們對死亡有特別的態度。我所抄錄的小說裡，那些「射擊」、「槍決」、「整肅」、「驅離」等字眼已漸漸被拿掉；或者蘇聯時期的用語，如「逮捕」、「十年無權通信」、「移民」等字眼都已經消失了。個人的生命價值多少？

如果我們還記得不久前才死了好幾百萬人。我們充滿了恨與偏見。所有的人都從「古拉格」（集中營）和可怕的戰爭走來。集體化、清算富農、人民大遷徙…。[18]

---

[18] Алексиевич Светлана. «Время секонд хэнд». Москва: «Время», 2013.

事實上，阿列克希耶薇琪本人可能對「蘇聯人」也存有部分殘留意識或情感；她承認自己在寫《二手時代》的時候，「還是能感受到史達林不只是無所不在，甚至曾經是生活的價值座標。…我們告別了蘇聯時代，告別了那個屬於我們的生活。我試圖忠實地聆聽這部社會主義戲劇每個參與者的聲音…」。接著，她又回頭去探索其他人對那一段歷史的殘留感情：「歷史其實正在走回頭路，人類的生活沒有創新…多數人仍然活在『用過』的語言和概念，停留在自己仍是強國的幻覺裡…」。這些人由於受到過去這種「蘇維埃人」的認知意識以及所殘留的優越感，對於外來的挑戰，也會油然發出對抗的意識。關於這一個直覺，阿列克希耶薇琪又寫到：「…莫斯科的街頭，到處都可聽到有人在辱罵美國總統歐巴馬，全國人的腦袋裡住著一個普丁，相信俄羅斯正被敵國包圍」。這也就是「蘇聯人」的榮耀意識對當代俄羅斯人及其他相關族群所發揮的集體文化記憶。

五、結論

不管怎麼說，從文明的進化路程來看，人類行為雖然會一再犯下重複性的錯誤，然而透過文學作品的紀錄與反省，讓人們深刻認知到世間的不完美本質，也讓人們能夠從歷史的真相與經驗中學習與成長，期待能夠在自我反省的省思中，創造和諧的世界。

參考文獻

1. 阿斯曼。文化記憶：早期高級文化中的文字、回憶和政治身份。北京大學出版社，2015。
2. 班尼迪克·安德森著，吳叡人。《想像的共同體：民族主義的起源與散布》。時報出版社，2010。
3. 高莽。〈阿列克西耶維奇和她的紀實文學〉。《俄語學習》，2000：1, 2。
4. 陳木杉。《中共編寫「中華民國史」真相探討》。台北，國立編譯館，1994。
5. 陳相因。導讀〈一手空間、二手時代與三手迴響—回到過去的永遠鄉愁〉。斯維拉娜·亞歷塞維奇著，呂寧思譯，《二手時代》。台北：貓頭鷹。2016。
6. 斯維拉娜·亞歷塞維奇著，呂寧思譯，《二手時代》。台北：貓頭鷹。2016。
7. Halbwachas Maurice. Les cadres sociaux de la mémoire, 1925. http://classiques.uqac.ca/classiques/Halbwachs_maurice/cadres_soc_memoire/cadres_soc_memoire.html (2022. 03.08).
8. Алексиевич Светлана. «Время секонд хэнд». Москва: «Время», 2013.

9. Березко Владимир. «Ленин и Сталин: Тайные пружины власти». Москва, 2007.

10. Алексиевич Светлана. «В поисках вечного человека». http://alexievich.info/ (2012-10-09).

11. Алексиевич Светлана. «Последние свидетели». http://lib.ru/NEWPROZA/ALEKSIEWICH/swideteli.txt (2012-10-15).

12. Алексиевич Светлана. «Цинковые мальчики». http://lib.ru/NEWPROZA/ALEKSIEWICH/aleksiewich.txt (2012-10-20).

國家圖書館出版品預行編目（CIP）資料

俄羅斯文學中的生命議題：跨越文化的生命觀 / 劉心華　著
—初版—
臺中市：天空數位圖書　2023.10
面：14.8*21 公分
ISBN：978-626-7161-79-1（平裝）
1.CST：俄國文學　2.CST：文學評論
880.2　　112017550

書　　名：俄羅斯文學中的生命議題：跨越文化的生命觀
發 行 人：蔡輝振
出 版 者：天空數位圖書有限公司
作　　者：劉心華
美工設計：設計組
版面編輯：採編組
出版日期：2023 年 10 月（初版）
銀行名稱：合作金庫銀行南台中分行
銀行帳戶：天空數位圖書有限公司
銀行帳號：006—1070717811498
郵政帳戶：天空數位圖書有限公司
劃撥帳號：22670142
定　　價：新台幣 550 元整
電子書發明專利第　I　306564　號
※如有缺頁、破損等請寄回更換

服務項目：個人著作、學位論文、學報期刊等出版印刷及DVD製作
影片拍攝、網站建置與代管、系統資料庫設計、個人企業形象包裝與行銷
影音教學與技能檢定系統建置、多媒體設計、電子書製作及客製化等
TEL　：(04)22623893
FAX　：(04)22623863　　MOB：0900602919
E-mail：familysky@familysky.com.tw
Https　://www.familysky.com.tw/
地　址：台中市南區忠明南路 787 號 30 樓國王大樓
No.787-30, Zhongming S. Rd., South District, Taichung City 402, Taiwan (R.O.C.)